JN276059
真音
SIN ON
「1」
指先で刺激されると、くすぐったさに身を捩りたくなった。進藤の鼻先から
甘えた音が漏れるのを聞いて、富樫が咬み合っていた口を離す。
「…感じるだろ?」

真《しん》音《おん》1

谷《たに》崎《ざき》 泉《いずみ》

ILLUSTRATION
麻《あ》生《そう》 海《かい》

CONTENTS

真音 1

真音 1

「進藤《しんどう》」

背後から呼ばれた気配に気付いて振り返ると、硬い顔つきの工場長が立っていた。渋い表情は何度も呼んでいたせいなのかと、最初は思った。間近ではバチバチという金属音があがっているし、その他にも工場内には様々な音が溢《あふ》れていて、呼び声がすぐに聞こえる方が稀《まれ》だ。しかし、続けられた嫌そうな一言で、そうでないのを知った。

「客が来てるぞ」

吐き捨てるように言い、工場長が背後を見せる為《ため》に身体を横へ動かす。工場の入り口近くに作られた事務所の前に男が二人立っている。共にスーツ姿であるが、どういう職業なのか、聞かずとも分かる独特の雰囲気を纏《まと》っていた。

進藤は内心で溜《た》め息《いき》を吐《つ》き、分厚い手袋を外すと、手にしていた溶接ガードを置いて立ち上がる。長い間、フィルター越しに青い花火を見ていたせいで視界が霞《かす》む。すぐ前にいる工場長を目を眇《すが》めて見ながら、「すみません」と詫《わ》びた。言葉とは違い、すまなさそうな表情のない進藤の顔を見ながら、工場長は怪訝《けげん》な口振りで聞いた。

「知り合いなのか？」

「…いえ…」

見覚えはないが、心当たりならある。曖昧《あいまい》に首を振る進藤を一瞥《いちべつ》し、工場長は厄介《やっかい》ごとから逃げるように奥へと入って行った。その背中に拒絶を感じて頭を掻《か》くと、他の従業員たちに見られているのに気付いた。歓迎しない訪問客と、それを招いてしまった同僚《どうりょう》に対する乾いた好奇心が浮かんだ顔。あちらこちらからの視線を避けるように背を丸め、進藤は俯《うつむ》き加減で客のもとへと向かった。

工場の出入り口に近付くと、屋外の明るさが目に染《し》みた。顔を上げ、相手を確認すると同時に、若い男の声が工場の機械音に紛《まぎ》れて耳に届く。

「進藤…か？」

尋《たず》ねて来たのは二人連れの、若い方だった。黒っぽいスーツが似合っていない男はまだ若く、年齢的には自分と変わらないだろうと思った。茶髪に幼さの残る顔、小柄な体型がどうしても安っぽさを感じさせる。虚勢を張ろうとしているのが見え見えで、だから、余計に底の浅さが露呈《ろてい》していた。

「…はあ…」

「これ、覚えあるだろ？」

男がそう言って突きつけて来たのは一枚の書類だった。文面は見ていないが、末尾にサインされているのは自分の名前だ。そして、自《みずか》ら書いた覚えもあった。その時からこうなるような予感はあった。けれど、進藤にはサインを断るという選択肢はなかった。

「……逃げたんですか？」

　単刀直入な問いを、もう一人の男に向ける。若い男をバカにしていたからではなく、その方が話が早そうだったからだ。

　用紙を翳《かざ》している若い男の、斜め後ろに立っている連れは、彼よりもずっと年上で貫禄《かんろく》があった。三十代後半。身長は進藤よりも低く、痩《や》せているが、貧弱には見えない。スーツも着慣れており、何より、独特の臭いが強かった。短く刈った髪に皺《しわ》の浮かび始めた顔、疲れた感じの無精髭《ぶしょうひげ》に不似合いな、鋭さのある目。それに全身から感じられる諦観《ていかん》めいた雰囲気が印象的な男だった。

　自分を見て尋ねる進藤に、男は軽く肩を竦《すく》めて答える。

「ああ。進藤倫子《のりこ》。母親か？」

「ですね」

　戸籍《こせき》上も遺伝子上も、紛れもない母親だ。長く連絡のなかった母親から、工場に電話がかかって来たのは先月の話だ。ちょっとあんたのサインと判子が欲しいのよ。役所に出さなきゃいけない書類があるんだって。そんな言葉に従って、仕事が終わった後、工場近くの喫茶店で待ち合わせた。母親と顔を合わせるのは何年振りかで、久しぶりに見た彼女は酷《ひど》く歳を取ったように思えた。

　喫茶店のテーブルに書類を置き、週刊誌で前文を隠して、末尾にサインするよう要求された。ここにサインしてくれればいいからさ。判子は私が押しておくから。それが役所の書類などではなく、借金の連帯保証人欄であるのは聞かなくても分かっていたけれど、母親を問い詰める気も断る気もなかった。自分の母親がどれくらいどうしようもない人間であるか、小さな頃から見て来たからよく分かっている。そして、そのどうしようもない母親に散々迷惑をかけたのが自分だ。お互い様だと、思った。

「幾《いく》らでしたっけ？」

「お前、自分が判子押した金額も覚えてねえのか？　連帯保証人だぞ、連帯」

　年長の男の方に聞いたつもりだったのだが、苛《いら》ついた口調で答えたのは若い男だった。存在を軽んじられたように感じたのか、若い男の顔は険しいものになっている。そういうつもりはなかったと言っても無駄だろうなと思いつつ、一応、事情を説明する。

「借金の書類だとは聞いてなかったんです。サインしてくれって言われただけで」

「知らなかったで逃げるつもりか？」

「そういうつもりはありませんけど…」

　借用書だと知らずにサインしたのだと言い張れば逃げられるよう、法律は消費者を守ってくれている。それは知っていたが、逃げるつもりはなかった。ここで逃げてもいずれ何かに追われる。そういう気持ちの方が強かった。若い男に首を振ると、片方が短く、「百」と答えた。金額を示す数字に、進藤は初めて不審げな表情を浮かべる。

「あの人が百も借りれるとは思えないんですが…」

「いや。元は十だけど、よその債権《さいけん》、うちが買ったから」

「ああ…」

　それなら頷《うなず》ける範囲だと、溜め息まじりの声を出した。決まった勤め先も持たず、パチンコ屋通いをしていような中年の女に最初から百万もの大金を貸すような業者はいない。過去にも幾つかのサラ金で借金を踏み倒し、ブラックリストに名前が挙がっている筈《はず》だ。今回、金を借りられたのは相手が正規の業者でなく、自分が連帯保証人となったからだろうが、その保証人もまともな職歴の人間とは言えないから、額は相当低いと分かっていた。十万でも高額の方だろう。

「けど、俺がサインしたのってまだ最近なんで…百まで膨《ふく》れ上がる程の時間は経ってないと思うんですが…」

「いちいち、文句つけるなよ。こっちにはお前がサインした証文《しょうもん》があるんだよ」

見てみろよ…と若い男が眼前に突きつける証文をざっと読み、進藤は淡々とした声で言った。

「…承諾《しょうだく》書って、契約《けいやく》書じゃないんですね」

ぽつりと吐かれた言葉に、若い男は簡単に激高《げっこう》し、声を荒らげる。舐《な》めてんのか、てめえ。その迫力や声量は通常の人間なら怯《おび》えるようなものだったろうが、進藤の顔色は少しも変わらなかった。何処《どこ》か困ったような顔で怒鳴る相手を見ている進藤を観察していたもう一人が、若い男の肩に手をかける。

「青木《あおき》。そうイキるなよ」

「っ…でも、槙原《まきはら》さんっ。この野郎…」

青木と呼ばれた若い男から書類を預かると、槙原という年長の男が進藤の前に出た。槙原の顔には進藤と似たような…困ったような表情が浮かんでいた。

「契約書だろうが、承諾書だろうが、俺たちにはどうでもいいんだよ。この内容もな。…分かるだろ?」

自分たちがどういう種類の人間であるか、見れば分かるだろうと、槙原が言おうとしているのは進藤にもよく伝わった。ヤクザ相手にゴネても得はないぞ。暗にそう示せるだけの静かな迫力が槙原にはあった。

「俺たちは金融屋じゃないからな。利息だけちびちび払わせるなんて、めんどくせえことはしないんだ。

幾らならあるんだ？」

「……ばっくれるつもりはないんですが…払いたくても払える金がないっていうのが本音です」

「他の業者も来てるのか？」

「いえ…。どうしてですか？」

「慣れてるみたいだから」

ヤクザから脅《おど》しを受けているというのに、進藤には驚きも焦《あせ》りも見られなかった。ただ、諦《あきら》めを浮かべた顔で困っている様子に、槙原がそう指摘すると、彼は短い髪に手を当てて、「いえ」と首を振る。

「ここの勤めは長いのか？」

「…今日で九十五日目ですね」

「……」

勤務日数の短さよりも、進藤が口にした数字の方が気になって、槙原は微《かす》かに目を細めた。何処か普通でない感じが進藤には漂っていた。長身の身体は均整の取れたもので、作業着の上からも適度に筋肉がついていると分かる。小さな頭に短く刈った髪。顔立ちは端整で、派手なものではないが、独特の雰囲気がある。他人の視線を惹《ひ》きつける何か。感情が表れない顔には鋼《はがね》のような強靭《きょうじん》さと、若さ故《ゆえ》の脆《もろ》さが共存していた。

少し話しただけでも賢さが分かる進藤が、どうして書類の中身を見ないでサインしたりしたのか。実の母親だから？　一番最初に浮かんだ理由を陳腐《ちんぷ》だと思い、他を考えていると、進藤が呟《つぶや》くように言った。

「……十日ごとの返済で…利子は四割なんですね。一月《ひとつき》、延滞したとしたら……元本《がんぽん》入れてざっと二十六万っていう計算でいいんですか？」

「……それならあるのか？」

「いえ。ないんですけど……待って貰《もら》えるなら、払うよう、努力します」

進藤の口調は淡々としていたが、真面目《まじめ》に言ってる風だった。元々、闇金業者が適当に作った承諾書で、まともな契約内容など書いていない。槙原自身、偶々《たまたま》手に入れた借用書を見ていて、連帯保証人欄にあった住所が帰りがけにあると分かって、小銭でもむしり取るかと思い寄っただけだ。全額を回収しようという気は最初からなかった。闇金から金を借りる人間などロクでもないが、その連帯保証人になるヤツだって同じだ。まともに金を持っているとは思えなかった。

だから、相手に有り金を全部出させてしまい…でよかったのだが、槙原にとって進藤は思いがけない「連帯保証人」だった。

「それは…上の人間に聞いてみないと分からないな。…ちょっと、一緒に来いよ」

こいつは面白そうだと判断した槙原がそう言うのを、青木が不思議そうな顔で見る。進藤は分かりやすい反応を見せる青木をちらりと見てから、頭に手を当てて槙原に尋ねた。

「今から、ですか？」

「俺も暇《ひま》じゃない」

肩を竦めて、槙原は懐《ふところ》から煙草《たばこ》を取り出す。槙原が煙草を咥《くわ》えたのを見て、青木は慌《あわ》ててライターを取り出す。けれど、先に槙原は自分で煙草に火を点けて吸い込んだ。二人の上下関係を表すような図式に、進藤は異世界に対する違和感を覚えながら、「ちょっと聞いて来ます」と返事をし、工場の奥へと戻った。

仕事を抜ける許可を貰おうと工場長を捜したが、進藤を待っていたのは工場長の父親である社長だった。

「面倒は困るんだよ」

渋面《じゅうめん》の社長は嗄《しゃが》れた声で言い捨て、進藤の前に茶色の封筒を差し出した。給料袋、と書かれた薄っぺらな封筒が全てを物語っていた。クビ。反論する権利を持たない進藤は厳しい現実を受け止めるしか出来なかった。お世話になりました…と頭を下げ、事務所を出ると、既《すで》に事情が知れ渡っているのか、従業員たちが窺《うかが》うように見ていた。

短い間だが世話になった相手だからと、軽く頭を下げ、事務所の脇にある階段へ回る。錆《さび》の浮き出た鉄骨の階段を上ると、工場の二階にある狭い小部屋に入った。工場に勤め始めてから、進藤はそこで暮らしていた。

住む場所も金もない進藤が工場の二階で暮らせるよう話をつけてくれたのは、就職を世話してくれた相手だった。厳しい仕事に見合わない安い賃金の職場には事情のある人間しかいなかった。進藤もそういう一人だったから、雇《やと》って貰えただけでも有り難く思うようにしようと、真面目に働いた。

六畳一間の部屋は元々、事務所に使われていた場所で、トイレだけはついていた。仕事が終わると近くのスーパーで売れ残りの弁当を買って食い、日課にしているロードワークに出た。十キロ程走って戻って来ると、しまい際の銭湯《せんとう》で汗を流して、古いソファに身を横たえた。人が暮らす家と呼ぶには遠かったが、寝起きするだけの生活には十分な空間だった。

その簡素な部屋に入ると、小さく溜め息を吐いて、作業着を脱いだ。勤めが決まってから支給された作業着は進藤には小さくて、寸足《すんた》らずなズボンと、裄《ゆき》の短い上着を窮屈《きゅうくつ》に思いながら着ていた。それらを丁寧《ていねい》に畳《たた》み、Tシャツとジーンズに着替える。それから、少ない自分の荷物をデイパックにまとめた。衣類に生活用品。それも最低限の数しかないから、出て行く用意はすぐに終わった。

デイパックを肩に担《かつ》ぐと、尻ポケットに入れていた給料袋を取り出し、中を覗《のぞ》いた。二万とちょっと。到底、足りない。封筒をデイパックの前ポケットに仕舞い、部屋をあとにした。

一階に下りて槙原のもとへ行くと、怪訝《けげん》そうな顔で見られた。

「仕事は終わりか？」

「…ちょっと……クビになったんで」

「クビ？」

はあ…と曖昧に頷く進藤を槙原は暫《しばら》く無言で見ていたが、めんどくさそうに「まあいいか」と言った。

工場の前にはレクサスが停まっており、その後部座席へ乗るよう促される。進藤がドアを開けて乗り込むと、運転席に青木が座っていた。遅れて、槙原が助手席に乗り、車が走り出す。

何処へ連れて行かれるのか、興味のなかった進藤は窓の向こうに見える景色をずっと眺めていた。流れて行く風景は進藤にとっては珍しいものだった。幼い頃から車に乗る機会は余りなかった。せいぜい、電車かバスで、それも数える程しかない。歩いたり、走ったりしている時とは違うように感じる風景を、ぼんやり見ている内に車が停まっていた。

「降りろよ」

助手席から促され、進藤はデイパックを持って車を降りた。目の前に建つ古い雑居ビルを見上げると背後に停まっていた車が走り去って行く。さほど走ってないので、工場と同じ新宿《しんじゅく》区内だろうというのは予想が付いたが、詳しい場所は分からなかった。

「前から面倒起こしてたのか？」

車が走って行った方角を見ていた進藤は、槙原の声で顔を戻す。突然、言われた意味が分からなかったが、クビになった工場のことだと気付き、苦笑して頭を振った。

「…そういう覚えはないんですけど…。真面目にやってたつもりです」

「なのに、ヤクザが来ただけでクビか？　それ程お綺麗な商売には見えなかったが？」

「まあ……色々と…」

語尾を濁す進藤を冷めた目で見て、槙原はビルの中へと入って行く。人気《ひとけ》のないビルは酷く静かで、空気がひんやりとしていた。奥にあるエレヴェーターのボタンを押して、後ろを着いて来た進藤を振り返る。

「…何処へ行くのか、聞かないのか？」

「組事務所とかですか？」

「ヤクザなんか怖くないって舐めてる口か？」

皮肉めいた口調で尋ねる槙原に、進藤は真面目な顔で否定する。

「そんなことないです。…ただ……余り…現実感がなくて…」

「現実感？」

「すみません。気にしないで下さい」

不可解そうに眉を顰《ひそ》める槙原に、説明のしようがなくて、詫びるしかなかった。自分は長い間、現実感を喪失《そうしつ》したままなのだと言ったところで、槙原が分かってくれるとは思えない。自分の身に起こること、自分がここにあることが、正確に捉えられていない気がし始めてから、長い。

多分、物心がついた頃からだ。

「……気を付けろよ」

低い声で囁《ささや》かれた言葉に、進藤は伏せていた視線を槙原に向けた。何に気を付けろというのか？　疑問を込めて見ていると、槙原は開いた扉《とびら》からエレヴェーターへと乗り込む。

「俺にとってはお前もオカシイ人間だが、今から会う人はもっとオカシイ」

「オカシイ？」

「会えば分かる」

乗れよ、と促され、進藤は狭い箱へと足を踏み入れた。オカシイ。繰り返された単語を頭に浮かべながら、奥に立って閉まる扉を見つめる。五階のボタンを押す槙原に、進藤は真剣な口調で言った。

「……俺は…おかしくないですよ？」

「オカシイ奴は皆、そう言うぜ？」

からかうような笑みに、進藤は困った顔になって、頭を押さえた。


がたん、と不吉な音を立ててエレヴェーターは停まった。ゆっくりと開いたドアから外へ出ると、真っ直ぐに廊下《ろうか》が連なっている。片側にはドアが幾つか等間隔《とうかんかく》に並んでおり、一方は腰壁となっていて、外が見えた。外と言っても隣《となり》に同じようなビルがあるから、その壁面だ。廊下の突き当たりには非常階段があり、その手前の部屋の前で槙原は立ち止まった。

　茶色いスチール製のドアにはスコープが一つあるだけで、表札などはなかった。小さなチャイムがドアの横にある。槙原はそれを押した。

　間もなくして内側から鍵《かぎ》の外される音が聞こえた。ドアを開け、顔を出したのは槙原が連れていた青木よりも、ずっとそれだと分かりやすい面相の男だった。スキンヘッドにスーツ。眉はなく、目付きが悪い。槙原に「ご苦労さんです」と頭を下げたが、進藤には鋭い視線を向けた。

「本部長は？」

「おられます」

どうぞ…とドアを開け、中へと促す男の態度からも槙原がそれなりの立場なのだと知れる。本部長、というのがどういう立場なのか分からなかったが、それが槙原の言う「上」なのか。ヤクザ社会も大変だな…とぼんやり思いながら、進藤は槙原の後に続く。

　そこが組事務所だと、槙原は言わなかったが、その類《たぐい》であると考えていた。けれど、それにしては人気がない。奥には大勢いるのだろうかと、不思議に思いつつ、槙原が開けたドアから部屋の中心部である空間に入った進藤は、困惑を深くした。

　眉なし男のようなステレオタイプなヤクザがたむろしているのを想像していた場所には、全く考えもしなかったものがあった。広い…二十畳以上の空間に、トレーニングマシンが二台ある。それと、壁際《かべぎわ》に革張りの長いソファが一つだけ。他には何もない空間は広いだけに寒々しさが漂う。

　そして、古い雑居ビルと簡素な部屋に不似合いな最新式のマシンでは、一人の男が汗を流していた。

「……」

トレーニング中だった男は動きを止めないまま、部屋に入って来た二人に視線だけを向けた。槙原を見て、それから斜め後ろに立つ進藤を確認する。その男と目が合った瞬間、進藤は思わず顔を顰《しか》めてしまった。

普段は感情を表に出すことは滅多にない。どんな時でも…突然ヤクザが訪ねて来ても…変わらぬ顔で接することが出来る。意識してそうするのではなく、元々、自分の感情を表現することが得手《えて》ではなかった。

そんな進藤にとっても、その男から受ける「嫌な感じ」は特別なものだった。大抵の人間は顔を顰めるのではなく、怯えて目をそらすだろう。強烈な光を宿した目。猛禽《もうきん》類のそれを思い出させる目は、都会には似つかわしくない野性を感じさせた。ギシギシとマシンを軋《きし》ませながら、男は槙原に尋ねる。

「なんだ、そいつ」

「例の小野《おの》が持ってた証文の連帯保証人です。返済を待って欲しいって言うんで、連れて来ました」

「はあ？」

淡々と説明する槙原に、男は聞き返すように声を上げた。動きを止め、マシンから抜け出して立ち上がると、引っかけてあったタオルを手に取って汗を拭《ふ》く。離れた場所にいても、男の身長が自分より高いのだと分かって、進藤は訳もなく緊張を覚えた。一八五以上はあるだろう。上半身は裸で、下はトレーニングウエアという出《い》で立《た》ちだから、体格の良さがありありと分かった。鍛えられた筋肉で覆《おお》われた身体はがっしりとした重そうなもので、自分が敵《かな》わないと一目で思い知らされる相手は進藤にとって余りおらず、だから余計に畏怖《いふ》が大きくなっていった。

「連帯保証人って…幾らのだ？」

「元は十です」

「十？」

驚いた顔で繰り返し、男が歩み寄って来る。逃げ出してしまいたくなる心情を堪《こら》えて、進藤は拳《こぶし》を握り締めた。本能が危険を察知して警鐘《けいしょう》を鳴らす。槙原に感じた厄介さは面倒なものだったが、目の前の男に感じるそれはすぐに逃げなくてはいけないと思わせる種類のものだった。同じヤクザでもこれは別だ。絶対に関わり合いにならない方がいい。少ない経験と防御本能がそう教えているのに、身体が動かない。

まるでその目に囚《とら》われてしまったかのように。自分に向けられる鋭い視線を進藤は真っ直ぐ受け止めた。近付いて来た男の顔は彫りが深く、普通でない厳しさを湛《たた》えた目が鋭く光っていた。顔や身体の肌の色が濃く、やけた肌に高い鼻梁《びりょう》はよく似合う。しっかりした眉と獲物《えもの》を狙う猛獣のような目。凜々《りり》しい顔立ちに一つだけ、アンバランスに感じるのが厚めの唇だ。けれど、逆にそれが彼の男としての色気を高めていた。

視線を外さず、身動《みじろ》ぎもしない進藤の前で男は立ち止まり、鋭い目で舐め回すように見た。執拗《しつよう》な視線を受けた進藤は、全てを…身体の内側まで見られているような気分になって、思わず眉を顰める。覚えのない不快感は、味見をされているような気分に近かった。そんな風に進藤が嫌がるのを面白いとでもいうように、男は唇を歪《ゆが》めて笑う。

「…手、見せろよ」

低い声が聞こえるのと同時に男の腕が伸びて来た。触れられそうになった瞬間、進藤は後ろへ飛び退《の》く。触れられたくない、捕まったらどうなるか分からない。本能が感じる恐怖が言葉よりも先に身体を動かした。

「なんだ?」

すっと避けるように後退した進藤に男は眉を顰め、不機嫌《ふきげん》そうな声で呟いた。訳を問うようにすぐ近くにいる槙原を見る。槙原は呆《あき》れたように肩を竦め、興味なさげな顔で聞いた。

「気に入ったんですか?」

「…まあな」

フン、と鼻先で笑い、男は槙原を見たまま、再び進藤に手を伸ばした。高い身長に見合うだけの長い腕はあと少しで進藤に届きそうだったが、僅《わず》かのところで空振りする。進藤は嫌悪感を浮かべた表情で男を見ており、男の方は益々興味深げな…嬉《うれ》しそうにも見える顔になっていた。獲物を狩る獣《けもの》の目で進藤を捉え、手を伸ばす。進藤は反射的に逃げる。その繰り返しに、槙原は嘆息《たんそく》し、とばっちりを避ける為に壁際へと身を寄せた。

「あんたの遊び相手に連れて来たんじゃないんですけどね」

「じゃ、なんだよ?」

槙原の意図など関係ないと切り捨て、男は笑い顔で進藤を捕まえようと足を踏み出す。追いかけっこは次第に喧嘩《けんか》のようになり、共に退《ひ》けない状況になっていた。飛び退くだけでは避けきれなくなって来た進藤は、自分を捕まえようとする手を振り払った。次は叩き落とした。男から視線を外さず、間合いを測っていると、今度は蹴りを入れられる。それをかわして飛ぶと、背後に壁が迫っていた。

「…っ」

しまった…と思った時には目の前に男の掌《てのひら》があった。さっと避《よ》け、身体を屈《かが》めると床に手を突いて低い位置から男の背後へと抜ける。咄嗟《とっさ》に駆けた方角に槙原の顔を見つけ、進藤は迷わず彼を盾《たて》にした。男や進藤のように身体能力の高くない槙原は簡単に捕まる。右腕を摑《つか》んで後ろへ捻《ひね》り、動けないように押さえて、迫って来る男を槙原の肩越しに睨《にら》んだまま、囁くように言った。

「…止《や》めるように言って下さい」

「俺の言うことを聞いてくれると思うか?」

見たら分かるだろ? そんな諦め口調で言う槙原に、進藤が「でも…」と言いかけた時だ。男が「槙原」と名前を呼ぶ。

その一声で、槙原は男の意図を覚《さと》り、一瞬だけ、まずそうな顔をした。めんどくさいが、協力しなければ、痛い目に遭うのは自分だ。男が容赦《ようしゃ》ないのはよく分かっている。進藤の方が力がよくて、振り払えないのは分かっていたから、腕を持たせたまま、上半身を前へ倒して屈み込んだ。

タイミングよく、槙原へと殴りかかった男の拳が、盾を失くした進藤の顔へと近付く。目の前に現れた拳を、進藤は槙原の腕を離して受け止めるしかなかった。

「っ……！」

骨の芯《しん》まで響くような衝撃に顔を顰める。拳を止めると同時に身体を退こうとしたのだが、男の方が上手《うわて》だった。手首を掴まれ、外側へ捻られる。幸《さいわ》い、利き手は自由だったので、殴り返そうかと拳を握り締めたが、今一歩のところで踏みとどまった。殴ってはいけない相手だ。懸命《けんめい》に自分に言い聞かせ、理性を喚起しながら、無言で男を睨み付ける。

「殴らないのか？」

無言で耐えている進藤を見下ろし、男は握り締めている拳を掴んだ。抵抗する進藤をものともせず、力尽くで自分の前へ引き寄せると、捻り上げていた腕を放し、拳を開かせる。

「手を見せろって言ってるだけだろうが」

無理矢理こじ開けた進藤の右の掌には、長い間拳を作っていたせいで赤く爪の痕が滲《にじ》んでいた。格別大きい訳ではないが、指が長く、しっかりとした掌だった。

手相でも見るようにじっと手を見つめていた男は、暫くして「フン」と鼻息を吐いて、進藤の手を離す。さっと離れる進藤に構わず、巻き添えを食らい、不服そうな顔で立っている槙原に尋ねた。

「こいつ、何してるんだ？」

「溶接工…なんですかね。クビになったみたいですけど」

「溶接工？」

槙原が口にした職業が解《げ》せないというように繰り返すと、男は離れた場所から自分を凝視《ぎょうし》している進藤に目をやった。緊張と怯えと、けれど、それと同じ位、不遜《ふそん》な匂いのする表情に、男はにやりと笑って、進藤には理解出来ない台詞《せりふ》を吐いた。

「飼い主募集中って、顔に書いてあるがな。エロい顔しやがって」

男の台詞が理解不能なのは槙原も同じだった。溜め息を隠さずに吐いて、自分の用件に戻ろうと、説明を再開する。

「だから、あんたの遊び相手じゃないって言ってるでしょう。親の借金なんで、ばっくれるつもりはなくて、払いたいけど、金がないって言ってんですよ。どうします?」

「証文は?」

男に求められ、槙原は懐から出した書面を差し出した。受け取ると同時に男は呟くように「煙草」と言う。槙原は続けて煙草のパッケージを取り出し、男に差し出した。一本、抜き取り、男が唇に咥えるのと同時にライターで火を差し出す。そのタイミングは見事なもので、先程、工場の前で槙原と青木のぎこちないやりとりを見たばかりの進藤には、印象深く映った。二人の間にある関係は強固なものだと、聞かずとも分かる気がした。

「…ちんけな証文だな。進藤……なんて読むんだ?」

ざっと文面に目を通し、末尾の連帯保証人欄に目を留めた男は、進藤にちらりと視線を向けて尋ねた。不快な気分でいた進藤は話したくなかったのだが、無視すれば更《さら》に話がややこしくなりそうな相手だ。渋々、自分の名を口にした。

「ここね、です」

「心音で『ここね』か。確かにシンドウシンオンじゃ、語呂《ごろ》が悪いな。けど、女みてえな名前だな」

男はからかい口調で言い、同意を求めるように槙原を見たが、彼はどうでもいいといった顔つきで乗らなかった。そんなことより本題を考えろと言いたげな表情で証文に視線を移す槙原に、男は肩を竦め、咥えていた煙草を指先に取った。

「借りたのは母親か。逃げたのか？」

「みたいですね。小野自身がばっくれたんで、正確にどれくらい延滞してるのかは分からないんですが」

「日付は…先月か。…どういう意味だ？　これ。単純に十日に四万、利子がつくってだけの話なのか。…ったく、素人《しろうと》の金融屋ってのは抜けてるのか、抜けてないのか、分かりゃしねえな。六十日でも…三十四万にしかならねえ。で、お前は三十四万位、持ってねえのかよ？」

「……」

ヤクザ相手に金銭感覚をどうこう言っても仕方ないが、三十四万と言えば、大金だ。それを端金《はしたがね》のように言われ、進藤は微かに眉を顰める。小さく反応を見せる進藤に満足げに唇を歪め、男は再び煙草を咥えて煙を吸い込んだ。

「どうやって返すつもりだ？　一括で三十四万、返せる宛があるのか？　待ってくれって言ったって、借金ってのは雪道を転がる雪だるまみたいに太っていくもんだぜ？」

冷たく吐き捨てられる現実に、進藤は小さく息を吐き出した。確かに男の言う通りで、仕事も失った自分には返せる宛のない借金だ。利子だけでも十日に四万。それがどんどん加算されていくとなれば、到底、払えるとは思えなかった。勝手な言い分が聞き届けられるとは思わなかったが、他に道はなく、重い口を開いた。

「……出来れば…その…三十四万ですか。それだけでも分割で返していきたいんです。ただ…利子は払えそうにないんで」

「チャラにしろって？　度胸のある奴、連れて来たな。槙原」

からかうような声を向けられた槙原は、興味なさげに肩を竦めた。全ては男次第で、状況を楽しんでいるのも分かっていた。

「俺は気が長い方じゃないんだ。そこのサラ金行って、金借りて来いよ。その金を俺に返せ」

「……俺は…借金とか出来ないと思うんで…」

「なんで？」

「さっき…勤め先はクビになったし……身分証明書っていうんですか。ああいうの、持ってないから」

「他に家族は？　兄弟や、親父《おやじ》はいねえのか？　親戚《しんせき》でもいい。金、持ってそうな奴、教えろよ」

「父親も兄弟もいないです。親戚とかは…いるのかどうか、分かりません」

あっさりと答える進藤が嘘《うそ》を言ってる様子はない。男は指先に挟んでいた煙草を咥え、煙を吸い込んでから、「友達は？」と聞いた。

「いません」

進藤の答えを聞くと、男は短くなった煙草を床に捨てた。それを裸足《はだし》で踏みつける。熱くないのだろうかと、進藤が足下に視線を落とすと、潰《つぶ》れた吸い殻を槙原が屈んで拾う姿が見える。彼は何でもないことのようにその吸い殻を、懐から出した携帯灰皿にしまった。

槙原の行動に気を取られていた進藤は、男の動きに気付くのが遅れた。はっと顔を上げた時には、男の姿がすぐ近くにあって、防御する間もなく、顎《あご》を摑まれた。反射的に後退《あとずさ》る進藤の身体を、男はそのまま壁に押しつける。

「っ……！」

顎を押さえている男の腕を摑み、離そうとするのだが、びくともしない。皮膚の上から骨を摑む男の力は強く、痛みに顔が歪んだ。苦しげな表情を浮かべる進藤を見て、男は唇の端を上げて笑みを作った。

「お前、俺のところで働けよ。借金はチャラにしてやるから」

「っ…い…やです…」

「甘く見るなよ」

言葉とは違い、男は笑みを浮かべたままだった。けれど、手の力は徐々に強くなっていく。顎を砕か

れそうな力に頭蓋骨《ずがいこつ》が軋む。必死で自制していた進藤だったが、堪え切れなくなって、男の腕を摑んだまま、その腹を蹴り上げていた。

「…っ…」

しかし、足が届く前に手を離した男が脇へと避ける。男の腕を摑んだまま、進藤はその身体を捻り倒そうとしたが、逆に引き寄せられ、足を掬《すく》われた。バランスを崩して倒れ込んだ隙をつかれ、男に腕を摑まれ逆さに捻り上げられる。そのまま床に叩き付けられ、背中を膝《ひざ》で押さえつけられると、男の重みで全く動けなくなった。

「…とんでもないの、拾って来たな」

進藤を抑え込んだまま、男は壁際へと早々に逃げた槙原を見る。とても付き合ってられないと、呆れた顔付きで槙原は肩を竦めた。

「本部長は物好きなんで」

「好きにしていいのか?」

「そんな暇、ないでしょう?」

嫌気の滲んだ槙原の口調に、男は失笑して、乗り上げていた進藤の背中から膝を退《ど》かす。力が緩《ゆる》んだ気配を感じ、進藤は慌てて逃げだそうとしたが、背後からTシャツの襟首《えりくび》を摑まれ、強引に男の方へと顔の向きを変えさせられた。乱暴で強引な行為に対する嫌悪感で顔を歪める進藤を、男はじっと見つめる。力で押さえつけた自分に対する怯えよりも怒りが強く表れている顔には、同時に諦めもある。感情を抑え込むのに慣れた顔は、同類の臭いがした。

「金の話は槙原としろ。気が変わったら、うちへ来い。俺がお前の人生、誰よりも高く買ってやるよ」

傲慢《ごうまん》な台詞を吐き捨て、男は進藤から離れた。立ち上がる逞《たくま》しい長身を、進藤は床から見上げる。何に対しても逆らう質《たち》ではなかったのに、どうしてもその男にだけは、苛つきに似た感情を覚えた。どんなに偉そうな態度でもむかつく相手でも、いつもは簡単に無視出来るのに。相手にならないことが一番の得策だと分かっているのに。

どうしてもじっと見てしまうことを止められなくて、男の動きを執拗に追う。槙原に声をかけ、男は奥へと向かう為に背を向けた。広い背中には入れ墨の代わりに、傷痕があった。背中から腰へと伸びる傷痕は古いもののように見える。進藤は古傷を目に焼き付けるように睨みながら、閉まるドアの向こうへ消えて行く背中を、瞬《まばた》きもせずに見つめていた。

男が出て行ってしまうと、進藤は床から立ち上がり、槙原を見た。ビルに入った時、槙原から言われた言葉が甦《よみがえ》る。今から会う人はもっとオカシイ。そんな台詞の意味を量りかねていたが、実際、体験した出来事はそれを十分に裏付けている。ヤクザに着いて来て、タダで済むとは思っていなかったが、それにしても疲れる相手だった。

「どうしたらいいですか？」

選択権は槙原に移ったようだったから、進藤は掠《かす》れた声でそう聞いた。久しぶりに緊張したせいか、喉《のど》が酷く渇いていた。

「…お前、クビになったんだろ？　働き口は？」

「探します」

「……。別に逃げてもいいんだぜ？」

突然、そんなことを言い出した槙原を、進藤が驚いた気分で見ると、彼は煙草を取り出した。口の端に咥え、ライターで火を点ける。しまったなあ、というような呟きが聞こえてきそうな、渋い表情だった。

「大した額じゃないし、元々、うちの借金じゃない。お前が逃げたりしても追いかけたりはしないぜ？」

「…俺をここまで連れて来たのは…そっちですよ？」

「そうなんだけどよ…」

不思議そうな顔で指摘する進藤に、槙原は困った顔で首を捻る。元々、借金の話を本題にしようと思っていた訳ではない。他の展開を考えて進藤を連れて来たのだが、槙原にとっては想像通りでもあり、予定外でもあった男の反応が、彼を悩ませていた。

「あの人が…ここまで気に入るとは思ってなかったんだ。いや、気に入ると分かってたから、連れて来たんだが……」

相反する内容を口にしながら煙草を吸い込む槙原の前で、進藤は顎の痛みを覚えて頬に手を当てた。摑まれた位でこんなに痛いのだから、思いっきり殴られたら顔の形が変わっていただろう。そう思うと、とても槙原の言うことが信じられなくなる。

「…気に入られたとはとても思えませんけどね」

「…あの人のアレはレクリエーションみたいなもんだ。あれだけ対等にやりあえるのは珍しいぜ。普通なら殴られて、顎、外して今頃病院だ」

にやりと笑って槙原は褒《ほ》めるけれど、進藤にとっては歓迎出来ない褒め言葉だった。気に入った人間に暴力行為を仕掛けるというのはどういう心情なのか。理解出来ないと思う進藤に、槙原は「それに」と続ける。

「手、見てただろう?」

「……」

立ち回りを演じるきっかけはそれだったのだが、そもそも「手を見せろ」という意味が分からなかった。頬をさすっていた手を下ろし、槙原に意味を尋ねる。

「手相でも見るんですか?」

「手を見ればどういう人間か分かるってのが、あの人の持論なんだ。ただ、相当気に入った人間の手しか見ないがな。さっきの…青木なんか、手どころか、顔も見て貰えなかったんだぜ」

「…………は?」

他の人間が「槙原」と呼ぶのを聞いてはいたが、名乗られてはいなかったので、進藤は迷った様子で槙原の顔を見つめながら聞いた。そんな仕草で進藤の戸惑《とまど》いに気付いた槙原は「ああ」と低い声を出す。

「俺は槙原だ。…俺も初対面の時に手を見せろって言われたぜ。俺はお前と違って素直に見せたからな。

痛い目は見なかった」

「……さっきの…人は…」

「俺の上役だよ」

槙原は短くそう言っただけで、名前などは口にしなかった。短くなった煙草を根本まで吸ってしまうと、指先で潰して、ポケットから取り出した携帯灰皿に仕舞う。さっきも吸い殻を拾っていたし、几帳《きちょう》面《めん》な性格なのだろうな、と思いながら、進藤がじっと見ていると、槙原が苦笑する。

「マナーは守るタイプなんだ」

ヤクザの癖《くせ》におかしなことを言う槙原に、進藤は小さく笑みを浮かべる。厄介な存在である筈の槙原に、どうして親近感らしきものを覚えるのか、小さな欠片《かけら》が教えてくれているような気がした。


どうして「逃げてもいい」なんて言うのか。その理由を槙原は説明しなかったし、借金の返済についても何も言わなかった。彼の話から、男が自分を気に入ったから遠ざけたいというのは分かったが、その意味は分からなかった。進藤は戸惑った気分のまま、槙原に促されて、共に部屋を出た。

廊下には外からの陽射しが入り込んでいた。光の色で夕方が近付いて来ているのが分かる。エレヴェーターへと向かいながら、槙原は後ろをついて来る進藤に、帰り方は分かるかと聞いた。

「あの工場の近くに住んでるのか？」

「……いえ。工場の二階に住んでました」

「……」

それが過去形であるのには槙原にも心当たりがある。足を止めて進藤を振り返った槙原の顔には、無表情な中にも、何処かバツの悪そうな色合いがあった。

「クビになったんだろ？」

「はあ」

「追い出されたのか？」

はあ、と二度頷くと、槙原は黙ってしまう。罪悪感めいた心情を彼が覚えているのが分かって、進藤は困った気分で頭に手をやった。確かに槙原が訪ねて来たのがきっかけにはなったが、長くはいられないだろうと最初から思っていたから、彼のせいだとは思わないのに。

「気にしないで下さい。適当にやりますから」

「行くところ、あるのか？　親も兄弟もいないんだろ？　友達も？」

「はあ。…まあ…今時、何処でも暮らしていけますし…」

そう言いながら、進藤ははっとした表情になり、肩にかけていたデイパックを下ろす。前面のポケットに入れていた給料袋を取り出すと、そのまま槙原に差し出した。

「これ…全然足りないと思うんですけど、返済の足しにして下さい。それから……槙原さんの携帯、教えて貰ってもいいですか。金が返せる宛が出来たら、連絡します。俺は…携帯とか、持ってないんで…」

「……」

微かに眉を顰め、進藤から茶色い封筒を受け取った槙原は、つまらなそうな顔で中を覗く。薄っぺらな袋は見なくても中身が分かるものだ。一万円札が二枚見えたところで、詳しく数えるのも嫌になって口を閉じた。

「…これ、俺に渡しちまったら、お前はどうすんだ？　他に、金、あるのか？」

「…働けるところ、探します」

他に答えようがなくて、適当な返事をした進藤に、槙原は肩で息を吐いた。受け取った給料袋を懐にしまい、再びエレヴェーターへ向かって歩き始める。手垢《てあか》で汚れたボタンを押すと、ゴウンという低い機械音が聞こえ、箱が上がって来る気配がする。何も言わない槙原に合わせ、進藤も沈黙していたのだが、のっそりとやって来たエレヴェーターの扉が開くと、軽く頭を下げて詫びを口にした。

「…あの…色々すみませんでした。ここでいいですから。…それで…携帯は？」

「俺も下に行く用事があるんだ」

「……」

　ぶっきらぼうに言う槙原に進藤は「はあ」と頷き、一緒にエレヴェーターに乗り込んだ。一階に着くまで槙原は無言だった。三度、聞くのもなんだか気が引けて、進藤も口を閉じていた。微妙な揺れを伴い、停まったエレヴェーターから下りると、槙原の後についてビルを出る。建物の前で立ち止まった槙原は、左右を窺うように見てから、進藤を振り返った。

「働き口、紹介してやる。そこで暫く働いてから、借金、どうするか考えろ。額は…さっきあの人が言ってたのでいいから。三十四万だったたか」

「利子は…」

「貧乏過ぎて、取る気にもならねえよ」

　ふん、と嫌そうに鼻息を吐き、槙原はさっさと歩き始める。その後に従いながら、進藤は「槙原さんは…」と声をかけた。

「ヤクザなのに人がいいんですね」

「バカ。甘く見てると痛い目に遭うぞ」

「そうなんですか？」

「…俺はいつも貧乏クジなんだ」

　ああ、だから。そう呟いた進藤は、その先は口にしなかった。だから、あんな人の下にいるんですね。そう言おうとしたのだけど、何かが違う気もして、言えなかった。そんな単純なものではないような雰囲気が、二人にはあった。きっと自分には分からないだろう。そう思いながら、顔を上げると、新宿の雑多な街並みに槙原の背中が溶けているように見えた。


　槙原が進藤を連れて行ったのは、ビルから歩いて十分程の場所にあるパチンコ店だった。都内でチェーン展開している「キング」という店は上役にも知り合いがいるし、立場上、地元の店には融通が利かせられる。店へ入ると槙原は店長を呼び出した。慌てた顔でやって来た店長は、三十代に入るか入らないかの、若い男だった。

「槙原さん、ご苦労様です。…あの…何か…？」

「あんたんとこ、人、募集してるだろ。こいつ、使ってやってくれないか？」

そう言って、背後の進藤を差す槙原に、店長は驚いたような顔で「はあ」と頷いた。人手不足であるのは何処の業界も同じで、常に求人募集をかけているから、誰でも歓迎なのだが、槙原がわざわざ連れて来る意味が読めなかった。不思議そうな顔の店長に、槙原は一方的に続ける。

「確か…寮があるんだろ？　こいつ、宿無しなんだ。今晩から入れるか？」

「まあ…大丈夫なんですけど…」

「真面目な奴だから、ちゃんと働く。安心してくれ。何かあったら俺に連絡くれればいいから」

身許は自分が保証すると付け加え、槙原は背後の進藤を見た。表情のない顔で自分を見ている進藤に、「また寄るから」と言って肩を軽く叩く。一人で店を出ると、タイミングよく電話が鳴った。そろそろ鳴る頃だと思っていた。

「…すぐに戻ります」

短い返事で通話を切ると、来た道を引き返す。何を言い出すのか、大体予想はついていたから、億劫《おっくう》だったが、種を蒔《ま》いてしまったのは自分だ。下手《へた》を打ったと、後悔しながら先程の部屋に戻ると、服を着替えた男がソファに座って待っていた。

「何処行ってたんだ？」

「…ちょっと」

「さっきの坊主に勤め先でも紹介してやってたのか？」

にやにやと笑いながら言う男に、槙原は渋い表情を見せただけで答えなかった。けれど、勘の良い相手に図星を突かれてしまう。

「キングか?」

「……俺が片付けますから。あんたはちょっかい出さないで下さいよ」

「何言ってんだ。お前が連れて来た癖に」

フンと鼻息を吐き捨てる相手に何とも言いようがなくて、槙原は困った顔でズボンのポケットに手を入れた。男が進藤を気に入るのは分かっていた。槙原自身、それを狙って連れて来た。好き嫌いの激しい男の側《そば》に置く人間には苦労している。進藤は一目見て、その身体能力の高さが分かったし、何より、少し話しただけで彼の賢さが感じられた。

事情があって、賢く、強い人間は滅多にいない。だから、「使う」為に連れて来たのだ。男の「遊び相手」にするつもりなど、最初からなかった。

「…あれの何処が気に入ったんですか。野犬でしょ。ありゃ」

「何言ってんだ。ああいうのを手懐《てなず》けるのが醍醐味《だいごみ》だろ?」

「あんたは本当に悪食《あくじき》ですよね。理解出来ないですよ、その変態趣味だけは」

「変態とか言うな。流行だろ?」

にやりと笑う男に槙原は深々と溜め息を吐いた。どんなに止めても、この手のことでは自分の意見に耳を貸さないのは分かっている。進藤は確かに整った顔をしているし、雰囲気もいい男だ。けれど、槙原にはどう見たって性欲の対象には成り得ない人間だった。性別云々《うんぬん》も大きな問題だが、進藤はしっかりとした強さを持っている人間で、誰かに屈する種類の人間ではないと、短い間でも感じられたのに。

あれが目の前の男とぶつかったら、それこそ、肉弾戦だろう。恐ろしい想像を頭から追いやるように緩く首を回すと、取り敢えず、別方向からの忠告を向ける。

「自分の立場、分かってるんですか。余計な真似してる暇はないでしょう」

「お前こそ。ケチな債権、拾って歩いてどうすんだ」

「青木が一緒だったから、小遣いにでもやろうかと思ったんですよ。あいつんとこ、先月、子供生まれたんで」

「フン。そうやって人のいいことばっかしてるから、舐められるんじゃねえか」

「舐めてるのはあんただけです」

疲れた顔で言い返し、槙原は伸びた無精髭をさすった。安易《あんい》にキングなど、近場を紹介するんじゃなかったか。だが、男もかなりの飽き性であるから、すぐに忘れてくれるといいと願う。厄介ごとはごめんだったし、進藤に対する罪悪感もあった。自分が気紛《きまぐ》れを起こさなければ、巻き込まれずに済んだかもしれないのに。

けれど、進藤が同じ世界の人間だというのは、その臭いで分かっていた。

「…あれだけ器量がよくて、若くて、賢そうな男が、溶接工をクビになった理由、お前は聞いたのか？」

笑みを浮かべたまま、男は槙原に尋ね、ソファの背に凭《もた》れていた身体を起こす。首にかけたままだったネクタイの長さを調節し、器用に結び目を作る。シュルという絹《きぬ》が擦《こす》れる音を聞きながら、槙原は小さく息を吐いた。

「…聞きませんでしたけど…。勤めて三カ月だって言ってましたから、出て来たばかりなんでしょうね」

「クサイ飯とはよく言ったもんだな。臭いが染み付いて取れやしねえのな」

可哀想《かわいそう》に。笑い顔のままで呟き、男は立ち上がる。槙原はソファにかけてあった上着を手に取ると、その背中に向けて広げた。慣れた態度で袖を通した男は、肩を上下させて上着を着終えると、槙原を従えて部屋をあとにした。

槙原が店を出て行ってしまった後、店長は困惑した顔で進藤を事務所へと連れて行った。賑《にぎ》やかな店から一歩出ると、さほど静かな訳ではないのに、静《せい》寂《じゃく》を感じる。薄暗い廊下を進み、スチール製のドアを開けて中へ入る。事務所には店内を映す監視カメラが幾つも並んでおり、その突き当たりにあるドアから奥の部屋へ入った。

「履歴書ってある？」

「…いえ…」

「…訳アリなんだよな。…いいや。……これに記入出来るところだけ、書いてくれるかな」

進藤が首を横に振ると、店長は困り顔を深めて、机の引き出しから一枚の書類を取り出した。座って書くように指示され、進藤は借りたボールペンで記入した。住所、氏名、生年月日。記入出来るのは氏名と生年月日だけで、身分証を出せと言われたらどうしようかと思ったが、店長は慣れているらしく、何も言わなかった。

「…一応、バイトってことで入って貰うけど…こういう店は初めて？」

「はい」

「仕事はすぐに覚えられると思うから…時給は最初、これで……勤務はどうしようか。こっちで勝手にシフト組んでもいいかな」

「はい」

「…じゃ、今から寮の方に案内するけど…寮なんて言ってるけど、大したもんじゃないから。期待しないでくれ」

どんな場所でも夜露《よつゆ》が凌《しの》げるだけマシだと思い、進藤は何も言わなかった。店長は携帯を取り出し、出掛ける旨《むね》をホールの人間に伝えてから、進藤を連れて事務所を出た。パチンコ店の裏口から外へ出ると、夕暮れに染まりかけた空が微かに見えた。ビルの影が闇を早く作る。建物に挟まれた細い道を歩き、五分程歩くと、古ぼけたアパートがあった。

「…これ、鍵。施錠《せじょう》だけはしっかりしてくれ。開いてると住み着く奴がいるんだ」

「はあ…」

「明日の朝、十時に店に出て来てくれ。分かるようにしておく。……いなくなったら、槙原さんに報告するから。悪く思うなよ」

最後に付け加えられた言葉を耳にした進藤は、切れかけた廊下の電球から店長へと視線を移す。その台詞は店長が進藤の「事情」を把握《はあく》して、その上で判断している事柄があるのだと示していた。

「…俺みたいな奴、他にもいるんですか？」

「……。槙原さんが頼んで来るのは初めてだけど……他からはよくあるよ。借金、返させる為に真面目に働かせてくれって言われるんだが、大抵、トンズラするんだよ」

「あの…槙原さんって……どういう人なんですか？」

店長は槙原をよく知っている様子だから聞いたのだが、怪訝そうに眉を顰められた。知らないのにどうして一緒に来たのだと言いたげな顔だったが、深入りしたくはないというように、自分が知っていることだけを短く口にする。

「諏訪《すわ》組の…俺も立場はよく知らないけど、結構偉い人だろ」

軽く肩を竦めて言うと、店長はそそくさと戻って行った。諏訪組というのが槙原の所属する組の名前なのか。やっぱりヤクザなんだと、今更に実感し、進藤は渡された鍵を握り締める。小さく息を吐いて天井《てんじょう》を見上げてから、自分に与えられた部屋へと向かった。

一階の端に当たる部屋のドアはノブが錆びついていて、鍵を差し込んで回すと嫌な金属音がした。軋んだ音を立てるドアを開ければ黴《かび》臭さが鼻をつく。暗い玄関で電気のスウィッチを探し、点けると、狭い室内が明らかになる。

店長は期待するなと言ったけれど、断然マシな部屋だった。玄関を入ってすぐの脇には小さなキッチンもついているし、その前にはユニットバスもある。何処も薄汚れていたし、部屋の幅は進藤の身長以下という窮屈さだったが、狭い場所には慣れている。十分だと満足して、デイパックを床に置き、空気を入れ換える為に、部屋の突き当たりにある背丈窓を開けた。

窓のすぐ前は隣に建つビルのコンクリートの壁だった。これでは昼間も真っ暗だろうなと思っていると、近くに店でもあるのか、油の焼ける匂いが漂って来る。決していい匂いではないのに食欲を刺激される自分の身体を安いなと笑い、新居の床に腰を下ろした。


パチンコ店での仕事は進藤には苦にならないものだった。パチンコ好きだった母親のお蔭で、進藤にとっては小さな頃から慣れ親しんだ場所だ。一喜一憂する母親を長く見ていたせいか、自分でやりたいとは思わなかったが、仕事としては悪くないものだった。

槙原は「また寄る」と言い残していったが、一週間が過ぎても姿を見せなかった。その代わり、歓迎しない相手が現れた。

「よお」

肩を叩かれ、振り返った進藤はすぐに表情を硬くする。槙原の上役、ビルの一室で嫌な目に遭わされた男が立っていた。先日、会った時は上半身裸にトレーニングウエアというラフな格好だったが、今日は濃紺のスーツ姿だ。薄いストライプの線が入ったスーツや同色のネクタイ、水色のシャツなどは、決して派手なものではないのに、身体から滲み出る臭いが職業を教えていた。

「飯でもどうだ?」

「……槙原さんが教えたんですか?」

誘いに答えることなく、不審げに尋ねる進藤に、男はにやりと笑う。自信に溢れた笑みは彼が発する強い気に似合う。

「槙原がしそうなことなんざ、なんでも分かる」

フン、と鼻先で息を吐く男を進藤はじっと見つめた。店長の口振りでは槙原もかなり知られた人間のようだった。男はその上役だというが、年齢は槇原よりも若く見える。どういう人間なのだろう…という疑問は、慌てて走って来た店長により、明らかになった。

「富樫《とがし》さん！　すいません、何か問題でもありましたか？」

駆けつけた店長は男を「富樫」と呼び、怯えた顔で頭を下げた。槇原は男を名前で呼ばなかったから、進藤はその時、初めて男の名を知った。

「いや…。なんだ、お前、こっちの店長になったのか。前、花園《はなぞの》店にいた奴だろ？」

「はい。天野《あまの》といいます。あの…槇原さんに言われて……雇った奴なんですが…問題ありますか？」

不安げな表情で聞く店長に、男…富樫はめんどくさそうに首を横に振る。

「いいや。真面目に働いてるだろ？」

「はい。仕事はちゃんと出て来てます」

「ちょっと借りてもいいか？　飯、食いに行きたいんだ」

どうぞ…と気軽に返事をする店長を、進藤は信じられない気分で見たが、口出し出来る立場でもない。にやにやと笑った富樫が「着替えて来いよ」と言うのに逆らえなかった。

「……」

少しむっとした顔で富樫に背を向け、進藤は更衣室へと向かう。店を出て、廊下を歩き始めてすぐに「進藤」と呼ぶ声が聞こえた。振り返ると、追いかけて来た店長が側で立ち止まり、訝《いぶか》しげな口調で尋ねて来た。

「お前、富樫さんとも知り合いなのか？」

「……」

槇原にも遜《へりくだ》った態度を見せていた店長が、その上役である富樫を丁重《ていちょう》に扱うのは当然の話ではある。しかし、二人の立場が分からない進藤は、困惑した気分で槇原の時と同じ問いを店長に向けた。

「…あの人も……その…諏訪組の人なんですか？」

「何言ってんだ。お前、本当に何も知らないであの二人と付き合ってるのか？　富樫さんは諏訪組の本部長だぞ」

　呆れた顔で店長は言うが、諏訪組というヤクザもその本部長というのも、進藤にはどれくらいのものなのか、想像もつかない世界だった。どう答えればいいのか分からず、「はあ」と相槌《あいづち》だけを返すと、店長は眉を顰めて「今日は戻らなくていいから」とだけ言って足早に立ち去った。

　更衣室に入ると、中途半端な時間のせいか、誰もいなかった。壁際の時計は午後四時を指している。昼食には遅いし、夕食には早い。だが、朝から満足に食べていない進藤は空腹だった。

　朝からだけじゃない。パチンコ店に勤め始めてから、まともな食事をしていない。理由は一つ。金がなかった。工場勤めの時は週に一度、給料を現金で貰っていたから、それで弁当などを買って食べていたのだが、パチンコ店は月給で、給料日はまだ巡って来ていない。工場から受け取った最後の給料を槙原に渡してしまい、財布に残っていたのは小銭をあわせて二千円に届かない程の端金だった。毎日、食パンで凌いでいるから、常に空腹な状態が続いている。

「……ふう…」

　富樫との食事は億劫だが、奢《おご》ってくれるというならば、有り難い話ではあった。気楽に考えようと思っても、身構えてしまうのはどうしてなのか。あの目に見られると、つい緊張してしまう自分自身に嫌気を覚えるせいだ。ロッカーの扉を閉める力が、自然と強くなった。


　いつもは制服を着替えたら裏口から出るのだが、富樫が待っているので、店へと戻った。姿を捜して歩いていると、台に座って打っている富樫が見えた。さっきは来たばかりのようだったから、着替えている間に席に着いたのだろうが、それも僅かな間だ。なのに、富樫の台からは玉が溢れている。

「…すみません」

「おい、ちょっと箱、持って来いよ。お前、遅いからつい遊んじまった」

　富樫に言われるまま、進藤は箱を取って来て、玉を入れていった。煙草を咥えながら台を操《あやつ》っている富樫の顔には、嬉しそうな表情はない。それよりもめんどくさそうな雰囲気の方が強かった。

「…パチンコってのは間怠《まだる》っこしくてどうも性に合わねえ。肩が凝《こ》るし。お前はやるのか？」

「…俺は興味ないんで」

「お前、運、なさそうだもんな。槙原と同じで」

　台を見たまま、笑って言うと、富樫は唇の端に咥えていた煙草を左手で取り、灰皿に押し付けた。槙原がいない場所ではちゃんと灰皿に捨てるのかと、妙な感心をしていた進藤は、次第に富樫よりも次々と出て来る玉の方に視線が奪われていった。これも運だと、富樫は言いたいのだろうか。そして、自分は運のある人間だと。

　そうかもしれないが、どうでもいい。自分には関係のない話だと、進藤は切り捨て、定期的に下皿から箱へ玉を移し替え、富樫の台から吐き出される玉が止まるのを待った。フィーバーが終わると、富樫はさっと立ち上がった。進藤が箱をカウンターへと運び、レシートを出してくると、特殊景品に替えて来いと命じた。それを外の景品交換所へ持って行き、現金を受け取った富樫は「飯に行くか」と歩き始める。

「焼肉でいいか？」

「何でもいいです」

　食べるものを選ぶ程、余裕のある生活は送っていない。あっさりとした返事をした進藤を、富樫は怪訝そうな顔で振り返る。

「肉、嫌いか？」

「…いえ」

「じゃ、もう少し嬉しそうな顔でもしたらどうだ？」

「……」

何を言ってるのかと、思った心がつい出てしまう。仕事を無理矢理切り上げさせておいて、嬉しそうな顔をしろというのは勝手過ぎるんじゃないか。そういう本音がむっとした顔として出てしまっていると気付いた進藤は、はっとして表情を元に戻そうとした。

富樫を前にすると、普段は決して表にはしない感情が漏れるというのは先日も経験した。誰にどんな嫌なことを言われても、平然とした顔でやり過ごせる。富樫は、一番、そういう態度で接しなくてはいけないと思われる相手なのに、どうしてか、自制が効かなかった。

「嫌いなのは、俺か？」

にやりとした笑みを浮かべ、ずばりと言い当てて来る富樫に頷ける訳もなくて、進藤は無表情を装って黙っていた。沈黙が肯定《こうてい》を表しているとは気付けなかった。

「嫌われるような真似はまだしてないがな」

笑いながら言う富樫は、先日の一件を忘れてしまっているかのようだ。初対面で追いかけられ、床に押さえつけられた。あとからあちこち痛くなり、腕には今でも摑まれた痕が残っている。再び、怪訝そうな表情に戻った進藤は、斜め前を歩く富樫の後ろ姿を複雑な気分で見ていた。

富樫は景品交換所から暫く歩いた先に停めてあった車の前で立ち止まった。銀色のベンツ。進藤にとっては街中で走っている姿を見ることでしか、縁のない車だった。

「乗れよ」

ロックを解除し、富樫は運転席へと回る。助手席のドアを開け、革張りのシートに座った進藤がドアを閉めると、すぐに車を発進させた。何処へ行くのか、場所を聞いても分からないだろうから、黙っていた。車で行くのだから遠いのだろうかと考えた進藤の予想は外れ、車は程なくして雑居ビルの前で停まった。

　エンジンを切った富樫が車を降りるのに従って、進藤も助手席のドアを開ける。交差点を二回曲がっただけで到着した店は、同じ区内であるのが電柱に貼ってある標示で分かる。大久保《おおくぼ》という地名は山手《やまのて》線《せん》の駅名として、進藤も知っているものだった。

　雑居ビルに入り、地下へと続く階段を下りた。突き当たりにあった店の前には「明洞《ミョンドン》」という店名の書かれた看板が出ている。店へ入るとまだ早い時間のせいか、客は一人もいなかった。テーブルに座って作業をしていた中年の女が入って来た富樫を見て立ち上がる。

「二人?」

「ああ」

　顔馴染《かおなじ》みなのか、慣れた様子で聞く女に頷いた富樫は座敷へと上がり、一番奥のテーブルに腰を下ろした。続いて進藤がその前に座ると、さっきの女が生ビールを二つとキムチやナムルなどを載せた小皿を運んで来る。頼んでもないのにと驚いたが、常連らしい富樫は当然のような顔付きだった。女はテーブルの中央にある焼き網に火を点けると、富樫に韓国語で話しかけた。富樫は同じ言葉で返し、進藤はそのやりとりをじっと聞いていた。

　女が去って行くと、富樫はジョッキを持ち上げ、ビールを飲んだ。半分程、飲んでしまってから、手をつけない進藤を不思議そうに見る。

「飲まないのか?」

「…俺、飲めないんで」

「未成年って訳じゃねえだろ? 幾つだ?」

「二十一です」

　進藤の答えを聞いてから、富樫は大声で奥へと呼びかけた。間もなくして、女がグラスに入ったウーロン茶を運んで来た。自分のビールを飲み終え、空《から》になったジョッキを女に渡し、進藤の前からビールジョッキを移動させる。富樫が韓国語で何かを話しかけると、女は笑って進藤を見た。自分の分からない言葉で会話されるのは、余計に気になるものだ。進藤は女が行ってしまうと、何を言ったのかと富樫に尋ねた。

「酒も飲めない赤ちゃんだからって言ったんだ」

「……。今のは…韓国語ですか？」

「ああ」

短く返事をして、富樫は進藤に食べるように勧める。銀色の細くて重い箸《はし》を進藤が珍しげに持ち上げると、今度は違う女が肉や野菜を運んで来た。さっきよりもずっと若い女は富樫に嬉しそうな顔で話しかける。その態度だけで、彼女が富樫に好意を持っているのだと分かり、進藤は不思議な気分で見ていた。こんな厄介そうな男に好意を向けるなんて。考えられない世界もあるものだと思いながら、自分の前に置かれたキムチを食べた進藤は、その辛さに顔を顰める。

「…なんだ？」

「辛い…ですね」

「そうか？　お前、辛いのも駄目なのか」

「余りこういうのを食べたこと、ないんで」

正直、焼肉店に入るのも初めてだった。外食と言えば、大抵ファストフードで、母親がパチンコで当てたりして豪勢な食事をさせてくれる時は必ず、ファミレスだった。ファミレスではいつも同じものを頼んだ。ハンバーグ定食。滅多に入らないから、何を頼んでいいのか分からなかった。

ふうん、と興味なさげに頷いた富樫は焼き網に肉をのせていく。勝手に食えよ。そう言って、自分の分だけのせたのだが、進藤が焼き始める気配がない。

「…食わないのか？」

「俺も…この皿の肉、食っていいんですか？」

「当たり前だろ。これで四人前だ」

「四人って……二人なのに？」

「……お前、もしかして、焼肉屋に来るの、初めてなのか？」

呆れた顔で聞く富樫に、進藤は「はあ」と頷く。

「驚いた。そんな奴、いるんだな」

「焼肉とかって高いんじゃないんですか。俺ん家《ち》、金、なかったし」

「二十一だろ？　自分で稼《かせ》いで食おうって考えはなかったのか？」

焼き上がった肉を進藤の取り皿にのせてやりながら聞いた富樫は、槙原と話していたことを思い出す。ああ、そうか。こいつは浦島太郎だったと、苦笑した。

「…どんだけ入ってたんだ？」

富樫は何処にとは言わなかったが、進藤にはその意味がすぐに通じた。自然と表情が強張る。やっぱりこの人は苦手だ。そんな思いを強くして、進藤は自分の前に置かれた肉を見つめた。


富樫が現れた二日後、槙原が姿を見せた。閉店間際にやって来た彼は、飯でもどうだと進藤を誘った。

「そこの交差点を曲がって、一本目の筋を右に入ってすぐに『さめ』って店があるんだ。小さいけど看板が出てるから、すぐに分かる」

先に行ってる…と言って、槙原は店を出て行った。

その日は遅番ではなかったので、その後間もなくして、進藤は着替えて店を出た。槙原の言ってた店はすぐに見つかった。細い路地に面した、古い雑居ビルに挟まれた小さな店。道の端に、申し訳なさそうに置かれた看板がある。槙原から聞いた「さめ」という店名が平仮名で書かれていた。

店の間口《まぐち》は一間程しかなく、引き戸の前に紺色の暖簾《のれん》がかかっている。さめ、と隅っこに白い文字が染め抜かれた布地を持ち上げ、引き戸の細い格子《こうし》の合間から中を覗いた。槙原の姿がカウンターにあるのを確認してから、戸を開けた。

「いらっしゃい」

進藤を出迎えたのは老女の声だった。意外に感じて声のした方に顔を向けると、カウンターの内側に声に見合う年齢の老女が立っていた。年齢的にも店員ではないだろうから、店主なのだろうか。軽く頭を下げると、槙原の声が聞こえる。

「こっちだ」

　カウンターには十五程の椅子があり、槙原の隣以外は全て埋まっていた。奥にテーブル席が二つあり、そこも満席だ。全員がスーツ姿のサラリーマン風の男で、仕事帰りに一杯やっているといった様子だった。

　その中で一番若いのが明らかな進藤は、少し居心地の悪い気分を覚えながら、逃げるように槙原の隣に腰を下ろす。背もたれのない小さな椅子に座ると、老女が何を飲むかと聞いて来た。

「…ウーロン茶、ありますか?」

「あるよ」

　愛想《あいそ》のない口調で言って、老女はさっと取り出したグラスを進藤の前にひょいと置き、ウーロン茶の小瓶《こびん》を隣に置いた。トントンと軽やかな音を立ててやって来た二つを、進藤はちょっと面食らった気分で見る。その横から槙原が栓抜《せんぬ》きを差し出す。

　自分で栓を開けた瓶からウーロン茶をグラスに注ぐと、隣の槙原がビールの入ったグラスを掲げた。

「ご苦労さん」

　小さく頭を下げ、冷たいお茶に口をつける。不思議とグラスに入ってやって来るウーロン茶よりも香りも味も強い気がする。

「何食べる?」

「…ええと……」

　そう聞かれても、カウンターの上にはメニュウらしきものはない。壁などにも何もなくて、進藤が困った顔で「メニュウは」と口にしかけると、老女が小鉢《こばち》を出しながらメニュウはないと言った。

「食べたい物があったら言っとくれ。ないものは作れないけどね」

　潔《いさぎよ》く言い切る老女の言葉に、進藤の隣に座っていた客が笑い声を上げる。ないものだらけじゃないか。そんなからかいに他の客からも笑いが起きたが、老女は全く取り合わず、カウンターの反対側へと行ってしまった。

「…何を頼めばいいですか?」

声を潜《ひそ》めて槙原に聞くと、笑って「腹減ってるか?」と聞き返される。

「まあ…それなりに」

「腹、減ってるって言うから、適当に出してやってくれますか」

進藤の返事を聞いた槙原は、カウンターの老女に向かって声をかけた。口調が丁寧なのは老女の年齢を気遣ってだろうかと考えながら、進藤はカウンターの上に置いてあった割り箸を手に取った。

「色々ありがとうございました。寝るところも働き場所も……お世話になりました。来週、給料日なんで、幾らか返せると思うんで…」

「…ああ。そうだったな。忘れてたよ」

進藤の生真面目さに苦笑して、槙原はグラスのビールを飲み終える。瓶が空になったのを見て、熱燗《あつかん》を頼んだ。

槙原の前に白い徳利《とっくり》とお猪口《ちょこ》が出されると、進藤は箸を割って、小鉢を持ち上げた。薄切りのきゅうりがのった黒っぽいものは進藤が見たことのない料理で、不思議に思って槙原に正体を尋ねる。

「これは…なんですか?」

「もずくだよ。知らないのか?」

驚いた顔は先日の焼肉店での富樫に似ていた。進藤は曖昧に頷き、ぬるぬるとしたもずくを箸で挟んで口へ運ぶ。それが酸っぱいものだとは考えていなかったから、思わず顔が渋くなった。

「…酸っぱい…んですね」

「食ったことなかったのか」

意外そうに言う槙原に頷きかけた時だ。進藤は思わぬ攻撃を受けた。カウンターの向こうからぺしりと何かで頭を叩かれる。突然の仕打ちに目を丸くして顔を上げると、怖い顔の老女に叱りつけられた。

「握り箸で食べるんじゃないよ。みっともないね」

「……」

まさか外で食事をしている時に、店側の人間に殴られるとは思ってもいなかった進藤は、何を言われているかも分からなかった。呆然とする進藤に、槙原は肩で笑って理由を教える。

「箸の持ち方が違うって」

「…あ……ああ…。……はい」

それは進藤も分かっていた。小さな頃からの悪癖《あくへき》で、直す機会もないまま、来てしまった。不自由を感じたことはなく、指摘するような人間も周囲にいなかった。唯一《ゆいいつ》の肉親である母親にでさえ躾《しつ》けられた覚えはない。

進藤が面食らったまま固まっていると、老女がその前にお膳《ぜん》を置いた。ご飯にみそ汁、煮物や和え物《あもの》を取り分けた小皿が三つ、のっている。今、魚を焼いてるから、と付け加える老女は、今さっき叱ったことを忘れているようだ。けれど、叱られた進藤の方は箸を使うのを躊躇《ため》らってしまい、困惑した顔で右手を見つめる。

「…ここに中指を入れて……下を薬指で支えるんだ」

槙原が隣から教えてくれるのを参考にして何とか直そうとするのだが、二十年近く続けた悪癖がすぐに直る訳もない。努力しながらも、老女が見ていないのを確認しながら、元の使い方で少しずつ食事した。

老女の動きを観察していると、同時にどういう店なのかも分かって来る。老女は無口で無愛想だが、客の誰もが彼女を信頼しているようだった。皆が酒を飲む作法《さほう》を心得ているようで、狭い店ながら、互いの話し声をやかましくは感じなかった。カウンターの内側の棚に小さな古いTVが一台、置かれていて、一人客はそれに流れるNHKの番組を眺めている。

「…厳しいおばあさんですね」

「その呼び方はやめろ。また殴られるぞ」

　地獄耳なんだ。槙原がそう言うと、言葉通りに「なんだって?」と老女がこちらを向く。油断出来ないなと内心で冷や汗を掻いたが、料理はその苦労を上回るような美味しさだった。なんでもない白飯も、みそ汁も。進藤がそれまで味わった覚えのない、上等な味だった。一口ずつ、噛みしめるように食べながら、素朴《そぼく》な感想を漏らす。

「…美味しいですね」

「だろ?」

　まるで自分が褒められたみたいに嬉しそうな顔で、槙原はお猪口の酒を飲み干す。徳利から新しく酒を注いで、何気ない様子で聞いた。

「…あの人、…来なかったか?」

「……来ました」

　槙原が「あの人」と指すのは富樫だとすぐに察せられた。一昨日、突然店に現れた富樫に食事に誘われ、焼肉をご馳走《ちそう》になったと、進藤は正直に説明したのだが、槙原の顔は渋いものに変わっていた。

「…なんか、まずかったですか?」

「いや…。飯、食っただけか?」

「はあ」

　ならいい…と、槙原は言いたい言葉を飲み込むように、お猪口に注いだ酒を一気に呷《あお》る。お代わりを注ごうとして徳利を持ち上げると、既に空になっていた。お代わりお願いします、と声をかけると、待ち構えていたかのように槙原の前に徳利が出される。新たに来た徳利から酒を注ぐと、湯気が上がった。微かな白い煙を見つめ、槙原は呟くように言った。

「気を付けろよ」

「え?」

「あの人。悪い人じゃないんだが、悪い癖があるんだ」

　意味が繋《つな》がらないように思える言葉に、進藤は首を傾《かし》げてお椀《わん》を置いた。それに、進藤には富樫が「悪い人じゃない」と言い切れる材料はなかった。逆ならば、あったのだが。

「俺を誘ってもつまらないって分かったと思うんで、もう来ないと思うんですが…」

「そうか」

「槙原さんもそう思ってるでしょう」

「そうか?」

煙草のパッケージを手に取り、槙原はにやりと笑う。俺も相当につまらない男だからな。そう言って煙草を咥える槙原に、進藤は苦笑して、似た者同士ですかね、と返した。


新宿の表通りから一本入った筋に建つビルに、諏訪組の本部事務所はある。利権がそこら中に転がっている日本有数の歓楽街には、数多《あまた》の組織が犇《ひし》めいているが、その中でも戦後すぐに生まれた古い組織である諏訪組は、長い間、中堅どころとしての地位を保持して来た。諏訪組は日本最大の暴力団組織である興津《おきつ》組の関東支部にあたる、興神会《こうじん》系列の組織であり、興神会の中では幹部組織の一つとして一目置かれてもいる。

だが、関東の中でも手堅い組織として定評のあった諏訪組に、最近不穏《ふおん》な動きがあるというのは、その筋の人間ならば少しは耳にしている話題だ。発端《ほったん》は組長である諏訪虎三《とらぞう》が病《やまい》で倒れ、長期入院を余儀なくされたことにあった。

「富樫さん!」

足早に階段を下りていた富樫は、背後から呼ぶ声が聞こえてはいたのだが、無視してそのまま足を進めた。富樫さん。繰り返し、名前を呼んで追って来るのは、硬い顔をした染矢《そめや》だ。

「待って下さい。何処行くかだけでも、教えて下さい」

「飯、食いに行くだけだ」

「何処へですか?」

「まだ決めてない」

食い下がって来る染矢を鬱陶《うっとう》しく思いながら、一階へ下り立つと、富樫は立ち止まって後ろを見る。じろりと、鋭い目で睨まれた染矢は、更に緊張した顔になって、階段を下りる足を速めた。

「一人では行動させるなって言われてるんです」

「お前、そんなに槙原が大事なら、あいつの腰巾着《こしぎんちゃく》、してりゃいいじゃねえか」

「富樫さん……いえ、本部長」

富樫の前に立ち、長身の彼を少し見上げるようにして呼びかけた染矢は、はっとして言い直す。槙原から呼び方を気を付けるように言われているのだが、どうしても昔からの癖で名前を呼んでしまう。富樫自身がそれを望み、格式張った敬称で呼ばれるのを嫌っているせいもある。

だが、今は事情が違うからと、槙原が重ねて言う意味は、染矢にもよく分かっていた。

「行き先を教えて下さい」

「…殴るぞ」

しつこい染矢に目を眇め、不機嫌そうな声で言うと、身に覚えのある彼はさっと身構える。その体勢を見た富樫は、自分からひょいひょいと逃げ回った男の顔を思い出し、小さく笑みを浮かべた。てっきり拳が飛んで来るものだと思い身構えていた染矢は、富樫が笑ったのを見て、不思議そうな顔になる。

「とが……いえ、本部長？」

「…お前の面《つら》、見てるより、やっぱあっちの方がいいな」

「面？」

「百人町《ひゃくにんちょう》のキングだ。槙原が何処行ったたって聞いたら、そう答えろ」

「キングって……パチ屋じゃ？」

首を傾げる染矢を置いて、富樫はさっさとビルを出ると、目の前に停めてあった車に乗り込んだ。自分で運転するな、後部座席に乗れと、うるさく言う槙原がいない時を狙って息抜きしないと、逃げ出してしまいたくなりそうだった。

障害物の多い道を縫うようにして走り抜け、目当ての店に着くと、うるさい街中よりももっと酷い喧《けん》噪《そう》が渦巻《うずま》く中へ入る。息抜きの相手はすぐに見つかったが、忙しそうにしていたので、暫く離れた場所から眺めていた。視線に気付かぬところを見ると、やはりかなり多忙なのだろう。強引に連れ去るのは簡単だが、どうしたものかと考えていた富樫の姿を見つけた店長が駆けつけて来る。

「富樫さん。何か…」

「…あいつ。何処に住んでるんだ?」

「進藤ですか? 槙原さんにうちの寮に住ませてやってくれと言われまして…。ここの裏入ったとこにあるアパートに住んでる筈です」

何処にあるか詳しく教えろと要求し、店長からアパートの場所と進藤の部屋番号を聞くと、富樫は店を出た。説明を受けたアパートはすぐに分かった。建てられてから三十年以上経っていそうな古い建物は、足を踏み入れただけで黴の匂いがした。

微かに鼻を歪め、廊下を歩いて端っこにある進藤の部屋へと向かう。簡素なドアに手をかけると、当然ながら鍵がかかっていた。けれど、おもちゃのような古いシリンダー錠などすぐに開けることが出来る。ポケットから万札と馬券を挟んでいるマネークリップを抜き取り、鍵穴の脇へ差し込む。位置を探り、そのままドア全体を軽く揺らしてやるだけで鍵が開いた。

ギイと軋んだ音を立ててドアが開くと、狭い部屋はその場から殆《ほと》んどが見渡せた。男物の靴を二足も置いたら一杯になってしまいそうな、狭い玄関。ままごと遊び用みたいなシステムキッチン。向かいにはユニットバス。突き当たりの窓にはカーテンの類はなかったが、すぐ前に建物があるようで、日の光は入らず、夕方ということもあって、部屋の中は真っ暗に近かった。

「…電気は……」

手探りで玄関に明かりを点け、靴を脱いで部屋へ上がった。二、三歩で辿《たど》り着いた部屋は幅が恐ろしく狭く、両手を伸ばしたら届きそうだ。奥行きもないからとても狭いのだけど、圧迫感を余り感じないのは、物が全くないからだった。部屋の隅に置かれたデイパックと、窓辺にかけられた洗濯物がなかったら、とても人が住んでいる部屋とは思えなかった。

「何もないじゃねえか」

TVは愚か、テーブルもない。おまけでついているクロゼットを覗いてみたが、何も入っていなかった。寝る時はどうしているのだろうと思いながら、屈んでデイパックを手にする。本当にここに住んでいるのだろうか。そんな疑問はデイパックの裏面にマジックで書かれていた「進藤」という名前が打ち消した。

「…有り得ねえ…」

思わず、呟きを漏らしながら、デイパックの中を覗いてみる。下着とTシャツが数枚入っているだけだ。溜め息を吐いて立ち上がると、ユニットバスのドアを開けた。そこも同じように簡素で、必要最小限の生活用品しか置いていなかった。システムキッチンについている小さな冷蔵庫の中は空っぽで、うんざりする気分でドアを閉める。

何もない、古くて汚くて狭い部屋。好きこのんでこんな場所で暮らしている意味が分からない。特に住人である進藤を知っているだけに、富樫には解せなかった。若くて、頭も顔もいい男が、どうして耐えるばかりの生活に甘んじているのか。進藤のような男が大金を稼ぐ方法は新宿には幾らでも転がっている。

何故《なぜ》。疑問に対する答えは一つしか浮かばなくて、自然と顔が歪んだ。煙草を取り出し、火を点けると、白い煙を残して、富樫は簡素な部屋を出た。


初めての給料日を迎えたその日。進藤はやけに忙しかった。一日中、走り回るようにして仕事を終えると、待望の給料を受け取った。大部分を槙原への返済に回すつもりではあったが、これで食事に困るような生活は終わる筈だ。ほっとした気分で着替えを済ませ、寮へと戻った。パチンコ店に勤め始めて、真っ直ぐ寮に帰らなかった日は、富樫と槙原がやって来た時だけで、それ以外は毎日、同じような生活を送っていた。

寮として使われているアパートは間もなく取り壊しが決まっているのだと、勤め始めて間もなく、知った。入居する時に店長はそんな事情を一切言わなかったが、向こうも長く勤める人間でないと思っていたのだろう。取り壊しの話が具体的になったら何処かへ移らないといけないというのは億劫だったが、そのせいか、同僚で同じ建物に住んでいる人間はおらず、常に人気のないアパートはどんなに古くて不便で窮屈でも進藤にとっては快適なものだった。

電灯の切れかけた廊下を歩き、一番奥の部屋の前に立つと、ジーンズの尻ポケットから鍵を取り出す。キーホルダーもついてない裸の鍵を差し込むと、いつもとは違う感触があった。開いてる。出かける時には施錠をした。泥棒にでも入られたのだろうかと訝しみながらドアノブに手をかけ、手前へ引くと、室内に電気が点っていた。僅かな玄関スペースを占領している革靴を見て、小さく息を飲んだ。

「遅かったな」

奥から聞こえて来た声は靴を見るのと同時に思い浮かべた相手のものだった。槙原も革靴を履いていたけれど、大きさや形が彼に相応《ふさわ》しいものではなかった。

「……どうやって入ったんですか?」

玄関口に立ったまま、細長い部屋の奥にいる富樫に問いかける。床の上に置いた何かに腰掛けている彼は悪びれた様子もなく答えた。

「お前の店に行ったら、忙しそうにしてたんで、店長にここを聞いたんだ」

「鍵がかかってませんでしたか?」

「そんなチャチな鍵、すぐに開く」

どういう方法を使ったのか、聞いても仕方ないだろうと諦め、進藤は後ろ手にドアを閉め、スニーカーを脱ぐ。仕切りも何もない部屋に上がると、キッチンの前から富樫に用件を聞いた。

「何の用ですか？」

「お前、何処で寝てたんだよ？」

しかし、富樫から返されたのは、答えではなく問いだった。何もない部屋を見回し、嫌そうな表情で続ける。

「あんまり何もない部屋だから、間違えたかと思ったぜ。…それに名前が書いてなけりゃ、分からなかった」

富樫が顎で示すのは部屋の隅に置かれたデイパックだ。中学の時、通学に使っていたものだから、名前が書いてあった。何もない部屋とはいっても、勝手に入られて見られるのは気分が悪い。それだけははっきり告げておこうと思うのだが。

「…こういう真似は……」

「何が楽しいんだ？」

「……」

「何が楽しくて生きてる？」

またしても別の問いを被《かぶ》せられ、言いたい言葉を遮《さえぎ》られる。一方的な会話と、探るような富樫の目に、やっぱり苛つきを覚えてしまうのを止められなくて、進藤は拳を握り締めた。どうしてだろう。どうしてうまく自制出来ないのか。そういう疑問は自分自身に対する疑問に変わっていき、進藤は小さく息を吐いた。

「用がないなら帰ってくれませんか。俺、飯も食いたいし、風呂も入りたいんで」

富樫の問いには答えず、当たり障《さわ》りのない言葉を向け、進藤は部屋の奥へと足を踏み出す。窓際に干してあるタオルと下着を取りに行こうとしたのだが、狭い部屋だから、中央に座っている富樫のすぐ脇を抜けなくてはいけない。出来るだけ距離を置いたつもりだったが、擦《す》れ違いざま、腕を握られた。

「…っ…」

また乱暴されるのかと、身構えて力を込めたが、富樫の力の方が上だ。立ち上がった彼に壁へと押しつけられ、進藤は眉を顰めて見上げた。

「っ……離して下さいよ」

「何が楽しいのかって、聞いてるんだ」

「……」

考えたこともない問いに答えるよう強制され、進藤はうんざりした気分だったが、腕を摑んでいる富樫の手を振り払うだけでも大変だというのは、先日、経験済みだ。適当な答えも思いつかず、正直に話した。

「…何が楽しいって…そんなこと……考えたことないです」

「お前ぐらいの歳だったら、どんな人生だって選び放題だろ？　お前は器量もいいし、頭も賢いようだ。どうして…こんな生活に甘んじてるんだ？」

「俺は…今の生活に…不満とかないですから」

「罪の償《つぐな》いでもしてるつもりか？」

「……」

ああ、そうか。そういう風に捉えているのかと、納得がいった気分で、進藤は富樫を見つめた。自分の抱える「事情」に感付いているらしい富樫が、そういう考え方をしてもおかしくないと思った。

ただ、分からないのはどうして富樫が自分を気にかけるのか、だった。何故だろう。不思議に思いながら、目の前にある顔を見つめていると、腕を摑んでいた手の力が緩む。そのまま手を下げようとしたのだが、解放はして貰えず、掌を持ち上げられた。

また手を見るのだろうかと思っていた進藤は、富樫の意外な行動に驚いた。手の甲を上にし、指先に唇を寄せる。皮膚に感じる吐息の熱さと、微かに濡れた感触に、進藤は意味が把握出来ないまま、富樫を見ているしかなかった。

甲の上で盛り上がっている骨に口付けを残し、富樫は伏せていた目を上げる。初めて会った時や、二度目に食事をした時とは違う種類に感じる笑みが、富樫の顔には浮かんでいた。訳もなく、どきりとさせられるような、笑みだ。

「…俺の下で働くのが嫌なら、俺のものになれよ」

「……」

「もっと…いい生活をさせてやる」

誘惑を口にして、富樫は進藤の顔に手を伸ばす。頬を撫で、顎を支えて、唇を重ねる。考えてもいなかった展開に、進藤は硬直したまま動けず、富樫のキスを受けた。進藤にとっては初めての経験は想像もしなかった形で訪れ、富樫の唇が離れていっても、目を見開いたまま、動けなかった。

進藤の戸惑いを無視して、富樫は行為を深めていく。両手で進藤の顔を挟み、頬や耳へと口付けを伸ばす。再び、唇へと辿り着いた時、漸《よう》く進藤が動きを見せた。

「…っ……あ…の…っ」

「…なんだよ？」

「な…何する…んですか？」

抵抗しない進藤に満足しながらキスしていた富樫は、途中で止められて不満げな顔を上げる。眉を顰めて聞く進藤の表情が強張っているのを見て、小さく鼻先で息を吐いた。

「ＯＫなんじゃないのか」

「っ…意味が分からなかっただけで……」

「何言ってんだ。幾つだよ？　お前。ふざけてんじゃねえぞ」

低い声で吐き捨て、富樫は進藤の顎を摑んで唇を重ねる。顔を背けようとする動きをはね除《の》け、強引に口を開かせると、中に舌を忍ばせた。

「っ……ん……」

そういう類の経験が一切なかった進藤は、富樫の意図が予期出来なかった。まさかという思いの方が強くて、しまったと思った時には遅かった。口内に舌を入れられ、初めて味わう感触に身を竦ませる。

自分のものではない舌に上顎を弄《いじ》られると、くすぐったさに身体を捩《よじ》りたくなった。顎を摑まれているから口が閉じられず、舌で追い返そうとすると、搦《から》め捕られてしまう。富樫から離れようと、胸に手を突き力を込めるのだが、逞しい身体はびくともしなかった。

「……っ……」

口を塞《ふさ》がれているから、息が出来なくて、次第に酸欠になってくる。抜け出す為にもがいているのも原因だった。苦しくて。だから、余計に口の中での抵抗がおざなりになって、いいように扱われる。舌の裏側を擽《くすぐ》り、歯列を弄り、快感の在処《ありか》を見つけようと動き回る富樫の舌は熱心で、初めて味わう感覚を進藤の中にしっかりと植え付けていく。

「っ……ん」

耐えきれず、鼻の奥から呻《うめ》き声を漏らすと、富樫が唇を離した。はあはあと荒い呼吸を繰り返し、くらくらする頭を振って、顔を俯かせる。小さな進藤の頭に唇を寄せた富樫は、低い声で尋ねた。

「…もしかして…初めてなのか？」

「……」

認めたくない事実に顔を下向けたまま、眉を顰める。答えない進藤の顔を、富樫は強引に上向かせた。

「男とのセックスが、じゃなくて、キスさえもしたことないのか？」

「……」

「つまり、童貞《どうてい》か？」

「……」

意地悪な質問にかっとなって、手が出そうになったが、近過ぎて殴るのも蹴るのも叶《かな》わない。出来るだけ、いつものようにと意識しながら、そんなつもりはないのだと告げるしかなかった。

「離して…下さい…。俺は…っ…」

「お前なら、どんな女でもやらせてくれただろ？」

「興味がなかった…んです」

「…フン」

視線を伏せて言う進藤に、富樫は鼻息を漏らす。抵抗を封じる為に押さえつけていた身体を少し離すと、進藤のジーンズに触れる。ボタンを外して中へ手を忍ばせようとする富樫を止めようとしたが、再び唇を奪われて動けなくなった。

「…っ…」

奥へと入り込んで来る舌と、下着越しに中心へと触れる指の、どちらも止められなくて、翻弄されるしかなかった。若い身体は素直に与えられる刺激を快感として受け取る。下着越しに弄られているものが、形を変えていくのが分かって、せつなさが胸を埋《う》める。自分がこんな目に遭うなんて。信じられない気持ちで一杯で、混乱する頭に槙原から言われた言葉が甦る。気を付けろよ。富樫の悪癖とはこのことかと、気付いた時には遅かった。

「っ……やめ…っ…てください…っ」

「…の割に、下は元気じゃねえか」

「それは……っ」

「気持ちいいことも嫌いか？」

耳元で囁かれた問いに、答えられなくて、唇を結ぶ。硬くなりつつあるものが快楽を覚えているのは事実だ。嫌いだと、声に出して言える状況ではないから、唇を噛む力が強くなる。

「…こんな布団《ふとん》もないような部屋で、なんで暮らしてるんだ？　…俺のものになれば、気持ちいいことするだけで、借金もチャラだ。あんなパチ屋で働かなくても、好きな生活させてやる。もっと…楽で、豪華な生活だ」

富樫の声が囁く甘い誘惑が耳の底へ沈んでいくのを、進藤は夢みたいな気分で聞いていた。この人はどうしてこんなことを言うのだろう。どうして。誘惑に溺れるよりも、そんな疑問が強く湧いた。富樫を前にすると、いつもその言葉が出て来る。

「っ…ん…っ」

ぎゅっと指で握り込まれると、下腹部が震えて、熱くなってるものが硬さを増す。下着の上から進藤を弄っていた富樫は、ジーンズをずらし、昂《たかぶ》りを外へ出した。窮屈さから解放され、上を向くものを根本から握られる。

恥ずかしさと抵抗感に逃れようとしても、執拗に追いかけて来るキスが許してくれない。男に手で愛《あい》撫《ぶ》されているという事実は認めたくないものだったが、昂っていく自分自身を抑えることは出来なかった。

柔らかい部分をそっと触り、根本に巻き付かせた指を動かし、進藤を扱《しご》く富樫の手は鮮やかな動きで追い詰めていった。先端の割れ目を親指で優しく撫でると、透明な液が溢れ出す。

「…感じるだろ?」

唇を耳殻《じかく》につけ、低い声で囁かれると、半身がくすぐったさに震えた。富樫の目を見られなくて、瞼《まぶた》を伏せ、緩く開いた口から息を吐き出す。吐息を奪うように舌が唇を這い、中へ入って来たそれに、思考を溶かされる。

「っ………ん…」

ぬるついた液を張り詰めたものに伸ばした、指の動きがスムースになる。上下に扱かれ、深い場所まで口付けられると、覚えのない快感が身体の奥底から溢れ出した。どうしたらいいのか分からない気分で顔を顰めた進藤に気付き、富樫がキスを止める。

「…は…あ」

「気持ちいいか?」

鼻筋を辿って額に唇をつけ、瞳を覗き込んで聞いてくる富樫に、眉間《みけん》の皺を深くして目を閉じた。答えられる訳がない。けれど、彼の手の中にあるものが、代わりに答えてしまっている。液を漏らしているものは完全に形を変え、反り上がっていた。きつく扱かれたら達してしまいそうだけれど、富樫の愛撫は優しくて、だから、余計に分からなくなった。

自分で慰めたことは、ある。富樫に告げたのは嘘ではなくて、性的なことに対する興味が薄かった。けれど、身体だけはちゃんと成長していたから、それなりに欲求を覚えた。ただ、それに他人を介在させることが考えられなかっただけだ。誰かと触れあいたいとは考えもしなかったし、触れあいたいような人間とも出会わなかった。

だから、自分には寄り添う相手は必要ないのかもしれないと、漠然と思っていた。いつか、そういう相手が現れたら、戸惑うだろうとも。

だが、今の戸惑いはそういう予想とも全く違うものだ。まさか、こんな風に誰かに触れることが…触れられる機会が訪れるなんて。熱い息を吐きながら、現実を見つめない為にもきつく目を閉じたままでいると、昂りを弄っていた手が離れる。

「舐めてやるよ」

「…っ」

その意味を考える間もなく、目の前に屈んだ富樫に硬いものを口へと含まれた。濡れた温かい口内の感触にびくんと下腹が波打つ。思わず、目を開けて下を見ると、富樫の口に自分が挿《けい》っているのを直視してしまう。淫靡《いんび》な光景を目にして、含まれているものがピクンと反応するのが分かって、富樫の髪に手を伸ばした。

「っ…やめ……っ」

髪を掴んで離そうとするのだけど、舌を動かされて感じた刺激で力が入らなくなる。膝から崩れてしまわないように、必死で足に力を込めていると、富樫が口から昂りを抜いた。唾液《だえき》で濡れたものに舌を這わせ、唇で扱く仕草は淫猥《いんわい》で、その音もあわせて進藤を溺れさせていく。

「ん…っ…」

反り返った裏側を富樫は舌先で舐め上げると、先端を唇に含んだ。ちゅぷちゅぷといやらしい音を立て、括《くび》れから先を小刻みに出し入れされる行為に、膝が震え始める。根本を指で支え、濡れた昂りを口で愛撫する富樫の姿を、せめて目にしないように、瞼を伏せるのだけど、耐えきれない衝動はすぐ近くまで来ていた。

「…だ……めっ……」

ぐっと強く指で扱かれるのと同時に、先の割れ目を舌で弄られたのに感じて、欲望が弾け飛ぶ。進藤がビクンと身体を大きく震えさせると、富樫は口から昂りを離し、大きな掌で液を溢れさせるそれを覆った。

「っ……ん……は…あっ……」

ドクドクと鼓動にあわせて溢れ出していく熱い液体が富樫の掌から漏れて、床へと滴《したた》り落ちる。ポツポツという滴《しずく》の垂れる音が聞こえて、きつく閉じていた目を開けると、跪《ひざまず》いていた富樫が立ち上がる。富樫の口で愛撫され達してしまったという事実が激しい羞恥《しゅうち》心《しん》を生んで、彼の顔が見られなかった。

視線を避け、顔を俯かせる進藤の髪に、富樫は口付けた。それがいかにも愛《いと》おしげで優しい仕草なのが、解らなかった。

「…口でされると、いいだろう？」

「……」

言い聞かせるような口調に嫌気を覚えて、眉を顰める。答えようがなくて黙っていると、富樫は押さえていた進藤のものから手を引き、身体を離してキッチンへと近付いた。シンクの蛇口を捻り、流れる水で手を洗って、口を濯《すす》いだ。崩れてはいけないと必死で堪えていた進藤は、気が緩むと同時に、その場に座り込んでしまった。まだ荒い息が漏れる熱い身体で、富樫が洗った手を拭いている姿をぼんやりと眺めていた。

富樫は背広の内側から煙草を取り出すと、指先に持ったまま、再び進藤の方へと足を踏み出す。自分がしどけない格好でいるのに気付いた進藤ははっとして、壁に凭れたまま、下着とジーンズを引き上げた。慌てる進藤を興味なさげな目で見て、富樫はその場にしゃがみ込む。

「お前が望むなら、もっと気持ちいいこと、してやる」

「……」

「誰もが憧れるような生活もさせてやる。…その気になったら…いつでも来いよ」

甘い声で囁き、富樫は長い腕を伸ばして進藤の頬に掌を当てた。洗ったばかりの掌は冷たくて、ひんやりとした感触に皮膚がピクンと反応する。硬い表情で見る進藤に笑いかけ、富樫は指に挟んでいた煙草を唇に咥える。ライターで火を点け、吸い込んだ煙を吐き出すと、部屋の中央に置かれた荷物を指さした。

「布団。買って来てやったから。床で寝るのはやめろ」

「え……あの…」

唇を歪めてそう言い捨て、富樫は立ち上がってさっさと部屋を出て行った。ばたん、とドアが閉まる音が響くと、進藤は盛大に息を吐き出してその場に横になる。僅かな間に起きた出来事が現実のものには思えなくて、思考が戻って来なかった。

「……なんなんだよ……」

こういうのを、悪戯《いたずら》された、というのだろうか。そんな歳でもないのに。湧き上がる後悔と富樫への憎しみに似た複雑な感情に、進藤は眉を顰めた。一体、何を考えているのだろうか。やっぱり富樫は分からない。分からないから、出来れば近付きたくない。そう思っているのに。

「待ち伏せされたら…逃げられねえって…」

溜め息を吐いて身体を起こすと、富樫が置いていった荷物が目に入った。最初、富樫が腰を下ろしていたから何か分からなかったが、よく見れば、ビニルケースに包まれた布団セットのようだった。布団を買う金なんてなくて、ずっと床で寝ていた。余裕が出来たら欲しいなと思う程度で、布団がなくてもさほど苦にはならなかったのだが、富樫は不憫《ふびん》に思ったのだろうか。

優しさなのか、別の目的があるせいか。判断がつかなくて、自然と何度目かの溜め息が漏れていた。

富樫が置いて行った布団を使うのは躊躇われたのだが、返す方法もないし、彼の居場所を捜して運んで行ったところで受け取って貰えない可能性の方が高い。有り難く貰っておくかと、パッケージを剥《む》き、久しぶりに敷き布団の上で休んだ。工場ではソファだったし、久しぶりに布団で眠る夜は、やはり快適だった。

給料日の翌日、進藤は槙原を待っていたのだが、姿は見えなかった。居酒屋で食事をご馳走になった時、給料日の話はしてあったが、槙原の本職は借金取りじゃない。仕方ないかと諦めたのだが、どうしても気になって、もしかしてと先日の店を覗きに、仕事帰りに立ち寄った。しかし、引き戸から覗いた店には槙原の顔は見えなかった。

残念に思いつつ、そのまま帰ろうとした進藤だったが、タイミング悪く、店主の老女とガラス越しに目があってしまう。そのまま立ち去るのも気が不味《まず》く、仕方なく引き戸を開けた。

「……あの…槙原さんは…」

「今日は来てないよ。食事、していくかい？」

そう言われてしまっては断る訳にはいかなくて、進藤は曖昧に頷くと、引き戸を閉めた。カウンターは先日のような混み合い方ではなく、隅が空いていたので、椅子を引いて座る。同時に、ウーロン茶のボトルとグラスが目の前に下りて来た。

「適当に見繕《みつくろ》えばいいかい？ 何か食べたいものは？」

老女にリクエストを聞かれると、先日の常連客のからかいが甦る。ないものは作れないと言い切った老女に、ないものだらけじゃないかという声がタイミングよくかかった。多分、それは親しい間柄故の冗談で、老女は望み通りのものを出してくれるだろう。けれど、進藤も取り立てて食べたいものはなかったので、「何でもいいです」と答えた。

「ちょっと待っておくれよ」

待たせる間にと、老女が先付けの小鉢をグラスの横へ置いてくれる。先日はもずくだったが、今日は小鯵《こあじ》の南蛮《なんばん》漬けだった。見た覚えがある食べ物が出て来たのにほっとして箸を割ると、あることを思い出して、しまったという気分になる。

槙原と店を訪ねた時、老女に箸使いを注意された。直すように心がけようとは思ったのだが、金がなくて食パン暮らしだったから、箸を使う機会がなかった。だから、元通りの使い方しか出来そうになくて、老女の動きを窺いながらの食事になった。

しかし、そんな進藤のこそこそとした行動は老女には筒抜けで。

「なんだい。まだ直せてないのかい」

お膳を置くのと同時に厳しい声を向けられて、進藤は身を竦めた。小さな頃から母親との二人暮らしで、親戚付き合いはおろか、祖父母の顔も知らない。老人にも、叱られることにも免疫《めんえき》が余りなかった。

「はあ…。すみません…」

「直すように努力すればいいんだよ。店に来てるのに隠れて食べるんじゃないよ」

気遣っている進藤に苦笑を見せる老女の向こうから、別の客が勘定《かんじょう》を頼む声が聞こえて来た。はいよ。元気よく答える老女が目の前からいなくなると、進藤は真っ白なご飯の盛られたお茶碗を手に取った。

白飯に、なすと茗荷《みょうが》のみそ汁。にがうりと豚肉の炒《いた》め物、ピーマンのきんぴら、トマトとしその和え物。老女の作る料理はどれも本当に美味しかった。一口ずつ、嚙みしめるようにして食べていると、勘定を済ませた客が店を出て行く。気を付けて。そんな言葉で送り出した老女は、進藤の前に戻って来て、何気なく問いを向けた。

「キングの子かい?」

「あ…はい。来ますか?」

「時々ね」

パチンコ屋の店員だと知っているのは、その客だからだろう。老女は首を回しながら返事をして、天井からぶら下がっている籠《かご》をひょいと引っ張った。その中から煙草を取りだし、乾いた唇に咥える。老女の声が嗄れたものなのは煙草のせいもあるのかと、咀嚼《そしゃく》しながら見ていると、ライターで筒の先に火を翳して、続けた。

「槙原とはどういう知り合いなんだい？　あの偏屈がパチンコするって話は聞かないんだがね」

「槙原さんはお客さんとかじゃなくて…逆に、俺をあの店で働けるよう、紹介してくれたんです。…ちょっと…槙原さんに借金がありまして。それを返す為に…」

「借金？　あれが金、貸したのかい？」

「いえ…貸したのは槙原さんじゃなくて、槙原さんは貸した人の債権を持ってたっていうんですか…」

「あんた。そんな若いのに、何に使ったんだい。あれが債権持ってるって言ったら、闇金とかだろうよ」

「俺じゃなくて…母親が借りた金です」

少し声を潜め、答えた進藤に、老女は「ああ」と溜め息みたいな声を出した。顔を横に向け、吸い込んだ煙草の煙を上手に逃がす。薄茶色のフィルターを挟む指は皺くちゃで骨張ったものだったけれど、色艶《いろつや》はよかった。

「頑張りなよ」

余計なことは言わず、ぽんと投げられた励ましの言葉が、進藤には有り難く感じられた。同情されたとしても、どう返していいか分からなかった。そもそも、自分が不幸だとか大変だとか、余り思う質ではない。やりきれない思いを抱えながら自分で働ける年齢を待っていた小さな頃を思えば、どんな状況でもマシだった。

多分、色んな人間を見て来ているからこそ、慰めや同情を必要としているかどうか、見極めがつくのだろう。そういう老女の経験みたいなものが羨《うらや》ましく思えた。そして、そんな老女と交わした短い会話の中で、槙原について詳しそうな気配を感じた進藤は、彼がやって来そうなのはいつか尋ねようとした。

しかし、洗い物を始めてしまった老女に声をかけるタイミングが摑めない。それにどう呼べばいいのか分からなかった。

「……あの…おばさん…」

なんとなく違うような気がしながらも、そう呼びかけた進藤に、老女は手を動かしたまま、ぎろりとした視線を向ける。

「おばさん?」

「……お姉さん?」

本当は「おばあさん」と呼びたいような年齢の相手なのだが、不服そうな表情を浮かべられたので、言い直してみた。進藤自身、無理があると思った呼び方は、当然ながらに老女の失笑を買う。

「変わった子だね。あたしをお姉さんと呼びたいんなら、どうぞ」

老女の台詞を聞いた他の客が、「そりゃいいや」と囃《はや》し立てるのを困った気分で聞きながら、進藤は何と呼べばいいのかと、尋ねた。


「さめ、でいいよ」

「…お店の名前ですか?」

「あたしの名前だよ」

槙原に聞いた時から変わった店名だと思ってはいたが、老女の名前だったとは。てっきり、魚の鮫《さめ》と思っていた進藤は、下手なことを言わなくてよかったと思い、「さめさん」と呼びかける。

「槙原さんはここの常連なんですよね? 今度、いつ来るかって分かりますか?」

「さあ。あれはふらりと現れる男だからね。それに忙しそうだし」

「……仕事、ですか?」

諏訪組というヤクザの構成員だとしか知らない進藤には、槙原が実際には何をしているのか、想像もつかなかった。そんな進藤に、さめは他の客には聞こえぬよう声を潜めて、自分の知っていることを教える。

「槙原んところは親父さんが倒れて、跡目《あとめ》で揉《も》めてるみたいだからね。あれがついてる男と、若頭《わかがしら》との間で。…親父さんって、槙原の父親じゃないよ」

さめの注釈で、それが諏訪組の組長だろうと想像がついた進藤は、「はあ」と頷いて、聞いたばかりの内容を判断する。槙原がついている男というのは、恐らく、富樫だ。昨夜の嫌な記憶が甦って来て、つい表情を曇らせてしまった。

「なんだい。富樫も知ってるのかい？」

「え…」

何も言ってないのにどうして分かったのかと、驚いた顔になる進藤に、さめはにやりと笑う。

「あたしもあの男は気に入ってないからさ」

「そう…なんですか」

「向こうもあたしが嫌いだろうけどね」

ということは富樫もここに顔を出すのか。更に聞いてみたい気がしたが、新しい客が入って来てしまい、叶わなかった。お膳のご飯を食べ終えると、さめに勘定を頼んだ。千円でいいよ。そんな金額ではすまないような気もしたが、さめは譲らなかったので、千円札を置いて店を出た。暖簾をくぐると、鈍《にぶ》く光る星がひとつだけ、ぼやけて見えた。


槙原に会えたのは給料日から二日後のことだ。閉店間際に訪ねて来た槙原を、進藤はほっとした気分で迎えた。

「よかったです。どうやって連絡を取ろうか悩んでて」

「飯は？」

「さめ、ですか」

先に聞いて来る進藤に、槙原はにやりと笑い、「待ってる」と言い残して先に出て行った。仕事を終え、着替えを済ませた進藤が「さめ」に駆けつけると、隅の席を陣取っていた槙原が隣を勧めて来る。先日とは違い、店は満席でさめは忙しそうだった。進藤に「いらっしゃい」と声をかけ、ウーロン茶と先付けだけを出すと、料理を作りに戻って行った。

「一昨日かな。寄らせて貰ったんです。槙原さんが来てないかと思って」

「ああ、悪かったな。気にはしてたんだが…」

「いえ。…あ、これ。今月、お返し出来る分です。出来れば、来月には全額返しきれるようにします」

進藤が差し出した封筒を興味なさげな顔で受け取った槙原は、中身をちらりと見てから指を突っ込むと、三枚、一万円札を取り出す。

「金利で増えていく訳じゃないんだ。無理するな。飯、食えよ。ちゃんと」

「……」

時間がかかってもいいからと、渡した金の一部を戻して来る槙原に、進藤は「すみません」と頭を下げて札を受け取った。食事なんて適当でいいからと、寮費として払った残りの金を、殆ど入れていた。

「それに続けて働けるようだったら、健康保険とか、入るようにしろよ」

「……」

「そんな目で見るなって」

到底、職業に不似合いな忠告に、進藤は目を丸くしてしまった。憮然《ぶぜん》とした顔になってビールを飲み干した槙原は、忙しそうなさめを見ると、ひょいと立ち上がって、カウンターの内側を覗き込んだ。徳利を温めているお湯を張った鍋から、ひょいと一本持ち上げ、「貰います」と声をかける。さめも慣れたもので、視線だけで頷き、他の客の相手をする。

自分で取った徳利から、空になったグラスへ酒を注ぐ。忙しい時はなんでも自分で。それが「さめ」の流儀だと、槙原は苦笑と共に言ってから、「あれから」と口にした。

「…あの人は…来たか?」

槙原は気にしているようだったから、聞かれるとは思っていた。覚悟はしていたのに、即座に答えられなかったのは、やはり強烈な体験だったからだ。忘れたいと願う程でも、憎しみを覚える程でもないけれど、もう富樫と顔をあわせるのはごめんだと、はっきり言える。

富樫の誘惑は進藤の心には響かなかった。

「……あの人は…苦手です」

「……。…何かされたのか？」

話せるような内容ではないから口にはしないが、槙原は大体、想像がついているのかもしれないと思った。悪癖、と言ってたから、初めてじゃないのだろう。小さく鼻先から息を吐き、箸を手に取る。正しい持ち方を作ってみて、動かす練習をしながら呟いた。

「あの人は…俺の中に入って来ようとするから……嫌いです」

「……」

するりと零《こぼ》れ出た言葉は、本当の気持ちだった。

誰とも均等に距離を開けているのに、富樫は無断で乗り越える。強引な行為もさることながら、心の周囲に作った壁を壊すような真似が許せなかった。


「…悪いな」

「槙原さんが悪い訳じゃないですし。ただ、それとなく来ないように言って貰えると助かります」

眉を顰め、前を見たまま詫びを口にする槙原を遮り、進藤は小鉢を引き寄せて中を覗いた。枝豆。箸が要《い》らないのにほっとして、一つを手に取って豆を出す。何気なく顔を上げると、カウンターの内側の棚に置かれたＴＶで流れるニュースが目に飛び込んで来た。

「……あ……」

有り触れたニュースだった。交通事故。ひき逃げ。被害者は死亡。現場となった交差点の映像と一緒に、テロップに被害者の名前が映し出される。進藤徳了さん(42)。まさか、という気持ちが強くて、瞬きも出来なくなった。

「…どうしたんだい？」

ＴＶを見たまま、動けなくなっていた進藤の異変を一番先に察したのは、さめだった。隣の槙原も気付いて訳を尋ねる。

「どうした？」

「……今……母さんの名前がＴＶに出てて…。交通事故で死んだって…。年齢も同じだったから…」

　同姓同名の人間だろうという考えは不思議と浮かばなかった。借金を残して姿を消した母親。最後に見た顔は思い出せなかった。

呆然《ぼうぜん》とした顔で呟いた進藤の言葉を聞くと、さめは眉を顰めてさっと棚に置いてあったリモコンを手に取った。チャンネルを替えて、他にニュースがやっている局はないか探す。ちょうど、スポットニュースが入る時間帯だったこともあり、何度かチャンネルを回していると、目当ての情報に行き着いた。

「…これか」

槙原が渋い声で言うのを耳にしながら、進藤は瞬きもせずにTVの画面を見つめていた。先程と同じようなテロップが流れると、自然と息が漏れる。さめが難しい顔でTVを見ているのに気付いた常連客の一人が声をかけてくる。何かあったのかい。心配そうな声にさめが障りのない程度に答えを返すと、気を利かせた客がその場から携帯でTV局に電話をかけた。

事情を話し、ニュースについて詳しく教えて欲しいと求めると、担当部署に電話が切り替わり、事故を担当している草加《そうか》署の電話番号を教えられる。メモを取って、電話してみろよと渡してくれた客に、進藤はぎこちなく頭を下げたが、電話をしようという気は起きなかった。

それよりも…。

「…草加か。確認しに行きたいなら、連れて行ってやるぞ」

隣から聞こえた槙原の声に、進藤は困惑した顔を向ける。亡くなったのはきっと母親だという確信が何故かあって、電話よりも見に行った方が早いと思っていた。けれど、怖いような気もして、動けない。いや、本当は怖いというよりも、戸惑いの方が大きかった。

行ってどうするのだろう。本当に母だとしたら、自分はどうしたらいいのだろう。何も分からなくて、ニュースを見てしまった後悔を抱き始めていた進藤の横で、槙原が先に立ち上がった。

「すいません、途中で。勘定、お願い出来ますか」

「今度でいいよ。悪いね。連れて行ってやっとくれ」

年若い進藤を気遣うさめに、槙原は軽く頭を下げ、進藤の肩を叩くとさっさと出口へ向かった。自分の為《ため》に草加署へ行こうとしている槙原を追いかける為に、進藤も続いて席を立った。さめや客たちに「すみません」と謝り、開けっ放しだった引き戸から外へ出る。既に歩き出していた槙原の背中を追いかけ、呼び止めようとしたのだが、彼が携帯を使っているのを見て、声をかけるのを止めた。

「……ちょっと野暮用《やぼよう》でな。悪いが、本部長を頼む。……ああ。そっちも頼んだ」

槙原が携帯を閉じると、追いついた進藤は一人で行けるからと、忙しいであろう彼の同行を断ろうとしたのだが、その前に車が滑り込んで来る。黒光りするレクサスは先日も見た車で、助手席の窓が開くと、見覚えのある茶髪の男がハンドルを握っているのが見えた。

「草加署だ」

行き先だけを告げ、槙原は進藤に後部座席へ乗るように促し、自分は助手席のドアに手をかけた。槙原は「連れて行ってやる」とは言ったけれど、まさか、運転手付きの車で、とは思っていなくて、進藤は尚更《なおさら》悪く思い、その場で首を横に振った。

「槙原さん、すみません。俺、一人で行けますから。大丈夫です」

「いいから乗れよ。草加まで連れて行ってやるだけだ」

槙原の口調は重ねて断ることを許さない強さがあった。進藤は「すみません」と頭を下げ、後部座席に乗り込む。滑らかに走り出した車内で、運転席の男…青木が助手席の槙原に幾つか報告をする。その声を聞きながら、進藤は窓から外を見ていた。槙原と知り合ってから車に乗る機会が多くなった。車窓から見る夜の街は何度見ても綺麗だ。本当はもっと考えなくてはいけないことが沢山《たくさん》あったのに、現実逃避めいた気分で、ずっと外を見ていた。

青木の声が消えると、草加までの一時間程、車内にはずっと沈黙が流れていた。幹線道路を早い速度で走っていた車がスピードを落とし、左折する。暫く真っ直ぐ進むと、道路の脇で停車した。

「…そこが草加署だ。その辺に立ってる人間を摑まえて聞けば教えてくれる筈だ。一緒に行ってやりたいんだが、俺が行くと、お前が嫌な目に遭《あ》うだろうから」

助手席から振り返って苦笑する槙原を、進藤はとんでもないと遮り、厚く礼を言った。

「本当にありがとうございました。……あの…こんなところまですみませんでした」

運転席の青木にも頭を下げ、進藤はドアノブに手をかけ、外へ下り立つ。そのまま警察署へ向かおうとすると、背を向けた車から「進藤」と呼ぶ声が聞こえた。

「そこのファミレスにいる」

「え…俺は一人で帰れますから…」

どれだけかかるかも分からないし…と言いかけた進藤の言葉は、自動で上がっていく窓に阻《はば》まれた。すうっと発進する車を追いかけることも出来ず、進藤は複雑な心境で見送った後、警察署へと足を向けた。


警察署の入り口に立っていた制服警官に事情を話すと、すぐに交通課へと案内された。事故を担当している人間は捜査に出ているとの話で、代わりに応対してくれたのは定年間際《まぎわ》のように見える、年長の男だった。彼の勧めで部屋の隅にあった座面が抜けそうな古いソファに腰掛けた。どうぞと出された色の薄いお茶に口をつけないまま、じっと待っていると、間もなくして若い男がやって来た。一抱えある書類と共にやって来た男は、被害者が所持していたという免許証も持っていて、確認の為として進藤にそれを見せた。

母親が運転する車に乗ったことはないが、過去に宅配の仕事を車でしていたのは知っている。免許証には母親の顔写真があり、やっぱりという思いで深々と息を吐き出した。俺の母親です。低い声でそう言った進藤を、相手は気の毒そうに見て、「残念です」と悔《くや》しげに聞こえる口調で言った。

警官の説明によると、母親は朝の八時過ぎ、コンビニから出て来て、道路を横断しようとしたところ、乗用車にはねられたようだった。乗用車はそのまま逃走し、現在、ひき逃げ事件として全力で行方《ゆくえ》を追っていると、真剣な面持《おもも》ちで付け加える。

「免許証の住所に連絡を取ったんですが、誰も見えなかったので…。息子さんは違うところで暮らしてらっしゃるんですか?」

「俺は新宿で……あの人も…この住所には住んでない筈です。借金して、逃げてたんで」

「……」

進藤の簡潔な説明に、警官は微かに表情を曇らせた。それでも立場上、私的な感情を押し殺し、事務的な調子を崩さずに続ける。

「では、今、住んでるところを息子さんもご存じなかったんですか?」

「はい。TVのニュースを見たのも…本当に偶々で…」

「そうですか…。遺体の引き取りには親子関係を証明出来るような書類が必要なんです。身分証などはお持ちですか?」

「いえ…。けど、俺、三月に川越《かわごえ》を出たんで…記録とか、あると思います」

川越を出た、と言うのが何を示しているのか。すぐに察した警官は先程とは違った感じに表情を硬くした。川越には少年刑務所がある。彼の中にある遺族に対する憐憫《れんびん》の情が微妙に変化するのを感じながら、進藤は聞かれるままに自分の名前を答えた。少し待っていて下さい。丁寧な口調は崩さず、警官は席を立つと、部屋を出て行った。

自分に関する法的な書類を警察は十分に持ってい

る。そこには保護者として母親の名前も出て来ているから、関係を証明するには十分だろう。そんな進藤の考え通り、戻って来た警官は書類云々という話はせず、遺体が安置されている部屋へと案内すると言った。彼がどういう形で確認したのかは聞かず、進藤は素直に立ち上がってあとをついて行った。

　地下の部屋は真っ暗で、警官が明かりを点けると、ぼんやりとした空間が浮かび上がる。部屋の中央に置かれたストレッチャーにはビニルケースに包まれた細長いものが載せられていた。警官はそれに近付き、ファスナーを開けると、進藤に確認するよう、要求した。覗き込んだ母親の顔は、ひき逃げ事故に遭ったというのに、不思議と綺麗なものだった。

「…間違いありません。母です」

「遺体の引き取りは明日にならないと出来ないんですが…。何時くらいに来られますか？」

「…ちょっと……分からないんですが…」

「時間が分かったら連絡を下さい。これが…連絡先で、あと、あなたの現住所と連絡先を書いて貰えますか」

　ファスナーを閉めながら事務的に続ける警官に、何を言う気も起きなくて、諾々《だくだく》と寮の住所と、勤め先としてパチンコ店の住所と電話番号を記入した。一階の出入り口へ上がると、警官は「引き続き、犯人検挙出来るよう、全力を尽くします」というお決まりの文句を残して戻って行った。

　警察署の壁にかかっていた時計を見れば二時間近くが経過している。既に深夜二時を過ぎており、外へ出ると、小雨が降り出していた。近くのファミレスで待っていると槙原は言ったけれど、まだいてくれているのだろうか。申し訳なさと、いなくなっていてもおかしくないという両方の気持ちを抱きながら店へ歩いて行った。

　夜目に眩《まぶ》しい光を放つ店内へ入ると、若いウエイトレスが出迎えてくれる。お一人様ですか？　と聞かれた進藤が首を横に振りながら、店内を見渡すと、窓際のテーブル席に槙原の姿を見つけた。連れがいるからと案内を断り、足早に近付く。槙原のテーブルにはコーヒーのカップが一つだけ、置かれていた。

「槙原さん、すみません」

「…どうだった？」

「母でした」

立ったまま答える進藤に、槙原は微かに眉を顰めて、座るように促す。すぐにやって来たウエイトレスに注文を聞かれた進藤が、慣れぬことに戸惑いを浮かべるのを見て、槙原は代わってコーヒーを頼んだ。

「ひき逃げだって言ってたよな。犯人は？」

「捜査中だそうです」

「……遺体は警察か？」

「はい。明日、引き取りに来てくれって言われたんですけど……。俺が行かなかったらどうなるんですかね」

進藤の困惑は槙原にもよく分かった。まだ年若い進藤にとって、負担の大きな話だ。槙原はテーブルの脇に置いた煙草を手に持ち、先日聞いた話を思い出しながら、「親類は」と持ちかけた。進藤は富樫に母親以外に身内はおらず、頼れるような親類もいないと話していた。

「本当にいないのか？　父親はどうしてるんだ？」

「…最初からいないんです。結婚しなかったらしくて、どういう人か、話も聞いたことありませんでした」

「母親の親とか…兄弟とかは？」

「一度も会ったことないです。何処か地方の出身らしいんですけど、それも話そうとしなかったんで」

話せないのにはそれなりの事情があるからなのだろう。戸籍を辿れば親類を捜せるかもしれないが、向こうにとっても迷惑な話である可能性は高い。槙原はパッケージから抜き取った煙草を咥え、渋い表情で席を立った。ちょっと待ってろ。そう言って歩いて行く槙原が携帯を取り出すのが見える。長い時間付き合わせてしまっているのを気遣い、進藤は槙原が戻ったら帰るよう進言しようと決めた。

ウエイトレスが運んで来たコーヒーは薄くて、飲み慣れない進藤にも口をつけられる代物《しろもの》だった。普段は水かお茶、牛乳くらいしか飲まない。母親が甘い物が苦手で、家にはジュースや菓子類がなかったので、そういう味に親しむことがなかった。母親から受けたいい影響と言えば、それが唯一かもしれないなと思っていると、槙原が戻って来た。

「槙原さん、あとは俺一人で……」

「明日、昼の十一時に警察署の前に、八木《やぎ》って男が来るから。そいつと手続きしろ」

「手続きって…」

「知り合いから紹介して貰った地元の葬儀社《そうぎしゃ》の人間だ。明日は友引《ともびき》明けで火葬場が立て込んでるらしい。二時過ぎになるだろうって言ってた」

「……」

まさか槙原がそこまで考えてくれるとは思いもしなくて、進藤はすぐに声が出せなかった。途方に暮れていた自分にとって有り難い話であるのは確かで、お礼を言わなくてはいけないのに、うまく言葉が出て来ない。ありがとうございます、と言う前に、疑問の方を先に口にしていた。

「どうして……」

呆気にとられているような進藤の顔を見て、槙原は新しい煙草を手に取る。吸い過ぎだと思いつつも火を点けてしまうのは、照れ隠しみたいなものだからだ。

「言っただろう？　俺は貧乏クジなんだって」

わざと顔を顰めてみせる槙原に、進藤は深々と頭を下げた。ありがとうございます。どうしてこんなに親切にしてくれるのか。その理由を深く聞くよりも、素直に礼を言いたい気持ちに駆られるような、槙原はそんな人間だった。

話が決まったら長居は無用だと、槙原は進藤を促して席を立った。レシートを手にレジへ向かうと、ウエイトレスにタクシーを呼んでくれるかと、頼んだ。富樫のような派手な雰囲気はないが、槙原からも十分にそれと分かる臭いがする。ウエイトレスは緊張した顔で「畏《かしこ》まりました」と言って、電話をかける為に奥へと入って行った。

店の入り口にある待合い席に腰掛ける槙原に、進藤は一緒に来ていた青木は先に帰ったのかと尋ねる。

「ああ。もう遅いしな。あれ、子供が生まれたばかりなんだ」

「…子供…ですか」

「お前、また人がいいとか思っただろう？」

険相になる槙原から進藤はさっと視線をそらし、「いいえ」と小さく呟いた。槙原は背もたれに身体を預け、何処か疲れたような顔で独り愚痴《ぐち》る。

「何を言われても俺にはこういうやり方しか出来んからな」

何を言われても、と口にする槙原を、進藤は立ったままそっと横から見下ろしていた。槙原には家族はいないのだろうか。親兄弟というよりも、妻子、の方が彼の年齢には相応しい。聞いてみようと思ったが、余り幸福そうな想像は出来なくて、問いを飲み込んだ。

五分程してやって来たタクシーへ乗る為に店の外へ出ると、雨が強くなって来ていた。梅雨時《つゆどき》でもあり、降ったり止《や》んだり、鬱陶しい天気が続いている。新宿まで、と槙原が声をかけると車は走り出す。低い音のAMラジオが流れる車内から、進藤は夜の雨をずっと眺めていた。

諏訪組本部事務所が入るビルの斜め裏に、現在、富樫が個人で借りている事務所がある。用心の為、定期的に場所を移る事務所は、彼が新宿各所に持つ様々な店の売り上げを管理している場所だ。槙原は毎朝、必ずそこへ寄り、雇っている事務員と共に雑用を片付けるようにしていた。

富樫は頭がよく、商才もあるが、商売を軌道に乗せた後の管理には向いていない。それをフォローしているのが槙原だった。金と人が集まって来る人間には自然と地位がついてくるものだ。富樫が若くして諏訪組本部長という肩書きを持つことになったのも、彼の持つカリスマ性もさることながら、稼ぎ出す大金が大きな要因であった。

深夜に降り出した雨は止む気配がなく、雨脚は強くなっていく一方だった。朝から厚い雲が空を覆っているせいで、時間の感覚が鈍くなっている。夕方のような気配が漂う部屋で、槙原はソファに寝そべっている富樫の前に立ち、報告を終えると、午後からの予定を告《つ》げた。

「…なんで、アポロンについては閉店の方向でいった方がいいと思いますよ。新しいハコ、考えておいて下さい。俺、今からちょっと出かけますんで。夜には戻ってますから…」

「……。何処行くんだ？」

「……。ちょっと」

いつもは人の予定など全く聞いてない癖《くせ》に、本能的な勘を鋭く働かせる富樫に、槙原は憮然とした顔で同じ言葉を繰り返す。長く深い付き合いでは、それが答えになってしまっているのも分かっていたが、自《みず》ら言う訳にはいかなかった。

「パチ屋か？」

「…あんた。何かしたんでしょう？」

進藤は具体的な話はしなかったが、富樫が悪さをしでかしたのは間違いないと踏んでいた。進藤にも言われたが、釘《くぎ》を刺しておかなくてはいけない。にやりとした笑いを浮かべ、好奇心を強く宿した目で見ている富樫に、渋面を作ってはっきりと告げる。

「あいつに構うのはやめて下さい。あいつはそういうのには向きません。あんたの相手をしたいって奴は他に幾らだっているでしょう」

「やけに肩入れしてるじゃねえか。なんだ。お前も宗旨《しゅうし》替えしたのか？」

「バカなこと言わないで下さいよ。あんたみたいな変態と一緒にしないで下さい。…あれは俺が使おうと思ってるんです。あんたは鼻が利くから、一度会わせておいた方が無難だろうと思って、顔あわせしただけなんですよ。この前も言いましたが、あんたの遊び相手として連れて来た訳じゃないんです」

「俺には働くのは嫌だって言ったぜ？」

槙原が「使う」ということは、自動的に富樫の下で働くのを意味する。それは嫌だと、進藤自身が富樫に告げたのを槙原も目の前で聞いた。あれは進藤の本音だったのだろうが、それでも、会う度《たび》に自分になびいて来ているような手応えを感じている。なびく、というより、懐《なつ》くだ。野犬でしょ、と自分が富樫に向けた言葉が頭に甦った。

「…ああいう、クソ真面目だけど賢《かしこ》くて、機転が利きそうな奴ってなかなかいないでしょう。腕《うで》っ節《ぷし》もいいし、無口なとこも気に入ってるんです」

「クソ真面目ってのは頑固で使えねえってのが多いけどな。頑固で無口で、忠実で。まるでお前だな」

「……」

バカにしたような物言いに慣れてはいても、やはりむっとするものだ。仏頂面《ぶっちょうづら》になる槙原に、富樫はソファから起き上がって続ける。

「似てねえのはお前と違って男前で色気があるとこだけだな」

「…だから、…」

そういう見方はやめてくれと重ねて言おうとした時だ。部屋のドアがノックされると同時に染矢が顔を出した。

「失礼します。槙原さん。若頭が…槙原さんを呼んで来いって言ってまして…」

困惑した顔つきの染矢が、ドアの側に立ったまま、言いにくそうに話すのを聞いて、槙原は派手に顔を顰めた。堅物ヤクザと富樫に揶揄《やゆ》される槙原だが、組内での肩書きに見合う分だけの凄味を持っている。睨み殺されそうな勢いで見られた染矢は、顔を強張らせ、言い訳を口にした。

「あの…すいませんっ。俺…本部に顔出したら、偶々福留《ふくとめ》さんと出会《でくわ》して…それで……若頭が呼んでるからって…」

槙原が険相を染矢に向けたのは、隣に富樫がいるのが見えているのに、余計な話を持ち込んで来たせいだった。染矢はくだらない人間の中では使える方だが、気遣いが足りない。自分たちが置かれている現状を少し考えれば、自分を外へ呼び出して話をするという手段を取れる筈だ。一事が万事、指示しないといけないのは自分の「指導力不足」のせいなのか、ジェネレーションギャップなのか。

「ご指名だ。若頭補佐」

嫌な予感はずばりと当たって、富樫がからかうような台詞を向けて来る。こういうネタを与えないようにしたいのに。槙原はうんざりする気分を押し殺し、はだけていたシャツのボタンを嵌《は》めている富樫を見下ろした。

「…何処行くんですか?」

「お前、お供なんだろ? 俺が代わりに顔出して来てやるよ」

具体的な行き先は聞かずとも、それが進藤のところだというのは話の流れで分かる。本当にタイミングが悪いと、厭気《いやけ》を覚えながら、槙原は染矢に下で待っているようにと告げた。

ドアが閉まるのを横目で確認してから、再び富樫に視線を落とす。その表情を窺うように見つめて、低い声で情報を伝えた。

「…福留さんが今度出す店、陣野組《じんの》が関わってるって噂《うわさ》です」

「陣野組?」

「福岡《ふくおか》の」

遠く離れた地名を耳にし、富樫は鼻先から息を吐くと、腰を浮かせてソファの背にかけてあるネクタイに手を伸ばした。首に引っかけ、手早く結びながら、槙原に向かって不平を呟く。

「厄介な真似するな。火種持ち込んで、どうする気だ？」

「あんたに対抗したい一心でしょ。陣野組の安藤《あんどう》って若いのがいるんですが、結構使えるみたいで、福留さんのお気に入りらしいですよ」

槙原が付け加えた情報に富樫は益々《ますます》面白くなさそうな顔になって、立ち上がった。ネクタイの結び目を軽く直す富樫の背に、槙原は机の上に放られていた上着を手に取って広げる。条件反射みたいなもので世話をしてしまったが、彼が出掛けるのを容認した訳ではない。槙原は襟を直す富樫を諭《さと》すように、言った。

「そんな訳なんで、様子伺《うかが》いの為にも行かなきゃいけないんですよ」

「行って来いよ。俺は止めてないぜ？」

「ここにいて下さい」

「心配するな。お前が来れなくなったって伝えに行くだけだ。伝書鳩《でんしょばと》みたいなもんだ。何処で待ち合わせてるんだ？　あいつ、休みなのか？」

何処が鳩なんだと、心の中で毒づきながら、槙原は渋面で頭を掻く。進藤の事情を富樫には話したくなかったのだが、このまま店へ進藤を訪ねて行けば他の人間から話を聞くことになるだろう。ならば、自分で告げて止めた方がいいのか。

進藤と待ち合わせをしている訳ではない。一人では…可哀想で、だから顔を出してやろうと思っていただけだ。その場所を考え、ふと、そこが富樫には鬼門《きもん》だと思い出した。正直に話しても、恐らく行かないだろう。長年の付き合いと、彼の事情を全て知る槙原は、そう予想を立てると、進藤の居場所を口にした。

「…火葬場です」

「火葬場？」

「あいつのお袋が…例の、逃げた女ですが、草加でひき逃げされたんですよ。それで、午後から火葬場に運ぶんで…ちょっと行ってやろうかと思ってましてね」

槙原の話を聞いた富樫は表情をすっと失くした。いつだって不遜な態度で、余裕の笑みを浮かべている富樫が、時折見せる「隙《すき》」はいつだって槙原に苦い気持ちを味わわせた。だから。自分は絶対に富樫の側から動かないのだと改めて思いながら、槙原は小さく息を吐き、軽い挨拶《あいさつ》を残して部屋をあとにした。


斎場《さいじょう》の駐車場へ車を乗り入れると、喪服《もふく》姿の団体がマイクロバスに乗り込む光景が目に入った。駐車場のそこかしこを歩いている同じ色の服を着た人々は、一様《いちよう》に硬い顔つきに見える。降り続く雨が世界を暗くしているせいもあるかもしれない。重い空気を感じながら、駐車スペースに停めた車から降り立つと、雨を避け、小走りで斎場の受付へと向かった。

制服を着た受付の事務員に進藤の名前を告げると、既に火葬は終わっているという答えがあった。擦れ違ってしまったかと、富樫は軽く舌打ちし、何処へ行ったのかと行き先を尋《たず》ねた。中年の事務員は富樫が持つ独特の雰囲気に、怯えた表情を浮かべて、手元の書類を捲《めく》った。

「……進藤さんは…友岡《ともおか》葬祭所さんですので、そちらに聞いて頂ければ…」

「電話番号、教えてくれ」

富樫の苛ついた口調を感じた事務員は慌ててメモを渡した。短く礼を言って受け取り、外へ出ると、携帯電話を取り出す。メモを見ながら番号を押し、コール音が鳴るのを聞いていた富樫は、背後で自動ドアが開く音を聞き、何気なく振り返った。

「……」

そこに、目当ての相手がいた。Tシャツにジーンズという格好だけでも斎場には不似合いだったが、それにもっと似合わぬものを進藤は抱いていた。白い、布にくるまれた箱。驚いた顔で自分を見る進藤に、富樫は携帯を閉じて唇の端を曲げてみせた。

「…槙原の代理だ」

「……」

微かに眉を顰める進藤を見て、「もう用は終わったのか？」と富樫は尋ねた。感情が込められていない声には、気遣いもからかいも、感じられなかった。

「…はい」

窺うような顔付きで頷いた進藤に、富樫は「じゃ、行くぞ」とだけ言ってさっさと歩き始める。雨の中を小走りで駐車場へと向かう富樫の背中に、進藤は呼びかけた。

「あのっ…俺は一人で帰れますから…」

声は聞こえていたが無視して車まで走った富樫は運転席へと乗り込む。髪についた水滴を払い、エンジンをかけて顔を上げると、渋々といった顔で近付いて来る進藤が見えた。生真面目なところもそっくりだと、内心で苦笑しながら、すぐ側まで来た進藤が立ち止まるのを見て、窓を開けた。

「…それは後ろに乗せろ」

「電車で帰りますんで…」

「周囲の迷惑ってのも考えろよ。そんなモン持って電車に乗ってたら、周りが引くだろうが」

わざとぶっきらぼうに言い捨てると、富樫は車を降り、後部座席のドアを開けた。進藤が抱えている箱を取り上げ、さっさとシートの上に載せてしまう。ドアを閉め、助手席に乗るよう、促して再び運転席へと乗り込んだ。

複雑そうな顔付きで助手席側へと回った進藤がシートに座り、ドアを閉めると同時に車を発進させた。雨の匂いと一緒に線香の匂いが進藤から漂って来る。それが辛気《しんき》臭く感じられて、富樫は煙草を取り出した。

「…槙原さんが…頼んだんですか？」

ずっと黙っていた進藤が口を開いたのは、車が初めての赤信号で停まった時だった。フロントガラスに当たる雨粒は次第に大きさを増しているようで、ワイパーが捌《さば》く雨量も多くなっている。

「あいつはあれで忙しい男なんだよ」

「槙原さんに言ったんですけど」

「何を?」

「俺は……あなたが苦手なんで、来ないように言って下さいって」

はっきりと拒絶を口にする進藤を横目で見ると、凛《りん》とした眼差《まなざ》しが自分に向けられていた。睨んでいるつもりなのだろうが、槙原の険相を見過ぎているせいか、進藤の若さが可愛《かわい》らしくさえ感じる。小さな仕草に煽《あお》られる気分を楽しみながら、富樫は青になった信号を見てアクセルを踏み込んだ。

「あなた、なんて言われると燃えるよな」

「……」

からかわれた進藤がさっと空気を変えるのを面白く思い、「富樫でいい」と短く告げる。槙原は進藤の望み通り、厳しく会わないようにと言って来たのだが、こんなにも興味深い相手と会わずにいられる訳がなかった。槙原も恐らく同じ気分なのだろう。同じ臭いがする人間に、安心感を覚えているに違いない。

「槙原が好きか?」

「…好きって……。あの、言っておきますが、……富樫さんがどういう趣味か知りませんけど、俺はそういうのって、全くないんで。この前のことも…」

「そういうの、か。まあ、槙原なんかに惚れる訳はねえよな」

あんな堅物。そう呟いて、富樫は信号に従って車を右折させる。富樫の運転は乱暴なところなどない、スムースなものだ。槙原は面倒を避ける為にも運転手を使うようにうるさく言うが、運転が巧《うま》いからこそ他の人間が運転する車に乗るのを嫌う。肩が凝る、というのが彼の言い分だった。

助手席の進藤が再び黙ってしまったのを気にせず、富樫は新宿へ車を走らせた。都心に近付くと、夕方ということもあり、渋滞にひっかかる。雨のせいも

あって、車の量が多いように感じられた。ちっとも進まない上に赤信号で道を塞がれるのに厭気を覚え、新しい煙草を取り出して咥える。

「…あれ、どうする気だ?」

黙ったままの進藤に、背後を指して尋ねると、彼は硬い表情で答えた。

「まだ考えてません」

「お袋の実家は?」

「…知らないんです。地方の出身らしいってことしか…。何も言わなかったんで」

ふうん、と富樫が興味なさげな相槌を打つと、前の車が僅かに前進する。煙草に火を点け、アクセルを緩める。のろのろと進んだ車は少しの距離でまた停まった。進藤の母親が何処の出身で、実家があるのかどうか、調べる方法は幾らでもある。人間、生きているだけで記録というのは嫌でも残るようになっている。実家に親でも生きていて、墓の一つでもあれば、話は早いんだが。そんなことを考えていた自分に、富樫は苦い気持ちを抱いて煙を吐き出した。槙原なんかと一緒にいるから、人の善《よ》さが伝染《うつ》ってしまうのだ。

しかし、槙原とは昨日今日、出会った訳ではない。長い月日を共にして来たが、いつだって槙原の人の善さをバカにして、苦言を呈して来た。それなのに、同じような人の善さを抱いてしまう原因は、多分、進藤だ。進藤には放っておけないと思わせる何かが強い。弱々しげなところなど、一つもないのに。

ならば、自分の方が弱っているのだろうか。有り得ないと、眉間の皺を深くした。


古いアパートの前に車を停め、一緒に車を降りようとする富樫を、進藤は緊張した顔つきで制した。

「ここでいいです。送って頂いてありがとうございました」

「飯でも食おうぜ。…それ、着替えろよ。線香の匂いが染みついてる」

　制止を無視して先に車を降りる富樫に、進藤は小さく溜め息を吐いてドアに手をかけた。行動の早い富樫は後部座席から白い箱を持ち出しており、進藤も箱の他に持っていた紙袋を手にして部屋へと向かった。雨は酷《ひど》くなり、屋外に停めた車の側で言いあいをしていたらずぶ濡れになってしまいそうだった。

　先にアパートの廊下へ飛び込んで行った富樫を追いかける。屋根のある廊下で一息吐き、部屋には入れないと富樫にははっきり告げようと顔を上げる。

「……」

　けれど、部屋の前で白い箱を抱えて立っている彼を見たら、言葉が出なくなった。どうしてなのか分からないけれど、富樫が酷く寂しげに見えた。堂々とした体躯《たいく》も、金のかかった格好も、不躾《ぶしつけ》な笑みを浮かべた顔も。富樫は寂しいなんて感情には無縁に思えるのに。雨の夕方と、白い箱が影響しているのだろうか。

　それに、また、「どうして」だ。富樫を前にするといつも同じことを思う自分に、進藤は得体の知れないもやもやとした気持ちを抱きながら、ジーンズの尻ポケットから鍵を取り出した。富樫の隣に立ち、ドアの鍵を開けると、先に部屋へ入る。後から富樫が入って来る気配を感じても、何も言わなかった。

「…ちっ。床に置くしかねえな」

　相変わらず何もない部屋に舌打ちする富樫を横目に、進藤は荷物を置くと、着替えを手にバスルームへ向かった。前回のことがあるから、出来るだけ早く、部屋を出たかった。ショックだったという程ではないが、それでも二度とごめんだという思いは強い。外で食事をしたら、今度こそ、富樫と別れて帰って来ようと思いながら、着替えを終えて外へ出た。

　ドアを開けてすぐに、その匂いに気付いた。さっきまで嗅《か》いでいた独特の匂いは、故人《こじん》を弔《とむら》う線香のものだ。どうして…と思い、部屋を覗くと、床に座った富樫が白い煙がたなびく細いお香を小さな線香立てに差すのが見えた。葬儀社の人間から渡された簡素な祭壇セットを紙袋に入れていたのだが、それを出したのだろう。使うつもりもなかった進藤は、意外に思いながら、富樫の側へ歩み寄った。

「…この匂い、嫌いなんじゃないんですか?」

お香の匂いが染みついた服を着替えろと言ったのは富樫だ。不思議そうに聞く進藤に、富樫はあぐらをかいて座ったまま、視線だけを向ける。

「線香の一本位、あげねえと、祟《たた》られそうだろ」

「祟る…んですか」

「…行くぞ」

怪訝な顔になる進藤を見て、富樫はむっとした声で言うと、立ち上がった。さっさと部屋を出て、車へと向かう。進藤が助手席に乗り込んだのを見て、エンジンをかけながら何が食べたいのかと聞いた。気になっていたことがあった進藤は迷わず「行きたい店があるんです」と言った。

「居酒屋なんですけど…いいですか?」

具体的な返事があるとは思っていなかった富樫は意外に思いながらも了承《りょうしょう》し、場所を尋ねる。すぐ側だから歩いても行けると進藤は言ったが、生憎《あいにく》の雨だ。近くでも車で行こうと、富樫はアクセルを踏んだ。大通りに出て、交差点を曲がると、間もなくして進藤は車を停めるように求めた。

「細い路地だから、店の前に車は停められないと思うんで…」

「……」

目の前の角を入ったところだと言う進藤の言葉を聞き、富樫は派手に顔を顰めた。もしかして。頭に浮かんだ老女の顔は富樫にとって、都合の悪いものだ。

「…槙原に連れて来られたのか?」

「…ああ。そういえば、富樫さんを知ってるって言ってましたね」

さめと槙原のことを話していた時、富樫を知っていると聞いたのを思い出す。同時に、「気に入らない」と言っていたのも。富樫の反応を見ても、二人の仲が良くないのは明らかで、進藤は店を替えるべきかと悩んだのだが、代案を出す前に富樫はエンジンを切っていた。

「しゃあねえな。あのババア、性格は悪いけど、腕はいいからな。我慢してやるよ」

フンと鼻息を吐いて車を降りる富樫に従い、進藤も助手席のドアを開ける。大きな雨粒に濡らされて、路地を走り抜け、「さめ」の暖簾をくぐった。


いらっしゃい、と言った後、進藤の背後に富樫を見つけたさめは、さっと顔を歪めた。客に向けるべきでない険相に、進藤はやはり富樫と一緒に来るのではなかったかと後悔したが、睨まれた当人はさめを無視して、カウンターの端に腰を下ろした。まだ早い時間のせいか、店には他の客はおらず、さめは眉間に皺を刻んだまま、痛烈な悪口を吐く。

「なんだい。こんな疫病神《やくびょうがみ》、連れて来るんじゃないよ」

「ババア、相変わらず、元気な口だな。まだ死んでなかったんだな」

「うるさいね。うちの暖簾は二度とくぐるなって言っただろ？」

「俺だって来たくて来たんじゃねえよ。これが来たいって言うから、仕方なくだ」

さめに負けじと富樫も言い返すものだから、二人の言いあいは激しくなっていく。進藤は困惑しながら富樫の隣に腰を下ろし、「すみません」とさめに詫びた。

「昨日……お世話になった御礼が言いたかったんで……」

「ああ。で、どうだったんだい？」

「やっぱり母でした。昼から向こうで火葬して…槙原さんが富樫さんに迎えに行くよう、言ってくれたみたいで…」

だから富樫と一緒に来たのだと言い訳する進藤に、さめは「ご愁傷《しゅうしょう》様だったね」と短く弔いの言葉を口にする。その顔には余計な感情はなくて、詳しい話も尋ねようとしないさめの態度は、進藤にとっては有り難いものだった。さめは進藤が母親とどれくらいの距離を置いていたのか、短い付き合いでも分かっていたし、慰めを必要とする種類でもないと読んでいた。それよりも…。

「槙原がこれを遣いにやるとは思えないから、勝手に顔出したんだろうがね」

「ああ、お前。槙原は諦めろよ。ババアみたいな強力な怨念《おんねん》が沢山取り憑《つ》いてるんだ。あいつには」

「なんだって?」

さめと富樫の言い合いは厳しいものであったが、険悪な空気が深まることはなかった。お互いが気に入らないと思っているのは事実で、仲も良くないのだろうが、それでも何かしらの繋がりがあるように見えて、進藤は気にせずにおこうと決めた。

そんな進藤の考えは当たっていたようで、憎まれ口を向けながらも、さめは富樫の前にビールと先付けを置き、何品かのつまみを勝手に並べる。彼が好む物を分かっている様子は、二人の付き合いが長いものなのだと教えていた。

富樫が手酌《てじゃく》でビールを飲み始めると、三人連れの客が現れた。そちらの対応にさめが行ってしまうと、進藤は声を潜めて富樫に尋ねた。さめが地獄耳だと分かっている。

「…富樫さんも常連だったんですか?」

「槙原の連れだから覚えられてるだけだ」

素《そ》っ気《け》ない物言いには、何かしらの事情があるように思えた。それ以上は聞かずに、出された先付けに箸をつける。にんじんや干し椎茸《しいたけ》の入った白和《しろあ》えは、うんと冷やされていて、口当たりがとてもよかった。

さめの店だからと箸使いを気にして食べていた進藤は、何気なく隣を見た。富樫の箸使いは綺麗なものだった。槙原も富樫も。ヤクザという仕事にどうして行き着いたのだろう。自分よりもずっと、育ちがいいように思えるのに。それは、どうして自分がそういう世界に行かなかったかという疑問と背中合わせのものだった。環境は揃っていた。今も、そういう世界に面と向かっている。なのに、足を踏み出さないのはどうしてだろう。

「…おい」

ぼんやり考え込んでいた進藤は、富樫の声ではっとして隣を見た。空になった瓶を持ち上げて、カウンターの内側の冷蔵庫から新しいビールを取って来いと命じて来る。

「ババア、忙しそうだから。俺のことは無視するに決まってる」

そう言いながらも、富樫はさめを気遣っているのではないかと思えて、進藤は苦笑を抑えて立ち上がった。ばたばたと続けて入って来た客の為、カウンターはあっという間に満席になっていた。一人で切り盛りしているさめはてんてこ舞いの状態だ。

端に座っている富樫の左隣に内側へ行ける通路がある。進藤はそこから中へ入ると、さめに「ビールを貰います」と声をかけた。

「ああ、勝手に取っておくれ」

忙しそうに刺身を盛りつけているさめは顔も上げずに返事をする。冷蔵庫からビール瓶を出すと、さめから布巾《ふきん》で拭くように声がかかった。進藤は言われた通りに布巾で瓶を拭き、栓抜きで栓を開けてカウンターの中から富樫へと渡した。そのまま席へ戻ろうとしたのだが、丁度《ちょうど》いいとばかりに、他の客からも声がかかる。

「お兄ちゃん、悪い。俺にも一本」

「俺も」

「俺は熱燗を頼む。少しぬるめで」

断る理由もなくて、進藤は言われるままにビール瓶を出すと、さめに燗のつけ方を教わった。ちろりと呼ばれる燗をつける為の道具に日本酒を注ぎ、湯を張った鍋に浸《つ》ける。予《あらかじ》め温めてある徳利に、さめの指示で引き上げたちろりから日本酒を注ぐと、ふわりと柔らかな湯気が立った。

「熱いのだって言われたら、徳利のまま、鍋に入れてあるのを出しておくれ」

さめは一人で切り盛りしているというのに、酒の温度にまで気を配っているのかと、感心していると、先付けの小鉢や刺身の皿を出してくれと頼まれる。俄《にわか》店員状態で、忙しく働く進藤に、富樫がからかうように声をかける。

「似合うじゃねえか。転職したらどうだ?」

まさか、と肩を竦め、落ち着いたのを見計らって席へ戻ろうとしたのだが、また新しい客が入って来て、テーブル席へと着いた。

「悪いね。おしぼり、運んでくれるかい」

さめに頼まれてしまっては嫌だと言えず、進藤はテーブル席へとおしぼりを運び、グラスやビール、料理なども運んでいった。その内、カウンターの客が席を立つと、今度は食器を下げる役目に変わる。いつもさめが忙しそうにくるくると働いている大変さを、身をもって知る気分だった。

狭い店とはいえ、全てを一人でこなすのは想像以上に大変だ。ようやく落ち着き、席に戻った進藤は、カウンターの内側から礼を言うさめに、思わず尋ねてしまった。

「ありがとさん。助かったよ」

「さめさん、誰か雇ったりしないんですか?」

「あたしは人嫌いでね」

「好き嫌いが激しいから人間関係がうまくいかねえんだよ」

「それはあんただろ?」

すかさず、横から茶々を入れる富樫に、さめは鼻息荒く言い返す。進藤の為にと、幾つかの鉢とご飯が並んだお膳を出しながら、気の合わない人間に苛つくよりも、一人でやっている方が大変でも気楽なのだと告白した。

「けど、あんたは機転が利くし、客あしらいも上手《じょうず》だね。飲食店で働いたことがあるのかい？」

「いえ…」

首を横に振る進藤の表情が微妙に硬くなったのを見て取り、さめはそれ以上は聞かずに、他の客へと顔を向けた。過去に何をしていたのか、深く聞かれなかったことにほっとして、お椀を持つと、富樫が独り言のような口調で聞いて来た。

「高校は行ってたのか？」

「……」

答えず、食事を続けたが、富樫が追及してくることはなかった。箸使いに気を付けていたせいか、食事に時間がかかってしまった。しかし、せっかちな筈の富樫は、一切急《せ》かすことなく、何も言わずに隣で座っていた。


さめの店を出ると雨は止んでいた。通りまで出ると、進藤は富樫に別れの挨拶を向けた。富樫はそれを無視して、進藤のアパートがある方向へ向かって歩き始める。

「送ってやるよ」

「……車は…」

「あとで誰かに取りに来させる。飲酒運転なんかしたら槙原に叱られる。俺たちもなかなか厳しくてな。揚《あ》げ足《あし》取ろうって手ぐすねひいてる奴が山ほどいる。弱味は見せるなっていうのが、あいつの口癖だ」

槙原らしい話に苦笑が漏れたが、富樫に部屋までついて来られるのは勘弁して欲しかった。けれど、帰る先は知られてしまっている。一人で帰れるから大丈夫だと言っても、富樫は先に歩いて行ってしまう。

苦い気分でアパートに辿り着くと、進藤は部屋の少し手前で立ち止まった。斎場から帰って来た時よりも夜が深まり、辺りの闇が濃くなっている。さっきと同じような光景でも、白い箱を抱えていないせいか、部屋の前に立つ富樫が寂しげに見えたりはしなかった。

「富樫さん。部屋には入れませんから」

「なんで?」

「……」

おかしなことをされるのが嫌だからだと、はっきり言おうかと思ったが、口にするのも気が引ける。今日は部屋で眠るのを諦めて逃げだそうかと、消極的な考えを抱いた時、富樫が「分かったよ」と低い声で言った。

漸く帰ってくれる気になったのかと、進藤はほっとして息を吐いた。近付いて来る富樫が廊下を通れるよう、壁際に身体を寄せる。自分の前を通り過ぎて行く富樫を見送ろうと顔を上げげかけた進藤は、いきなり肩を押さえつけられて息を飲んだ。

「っ…!」

「じゃ、ここでするか?」

にやりと笑った顔が近づいて来るのに、しまったと後悔した時には遅かった。顎を掴まれ、口付けられる。ビールと煙草の味がする苦いキスは、すぐに激しさを増して進藤を簡単に翻弄《ほんろう》した。

「ん…っ…」

初めてではない。けれど、慣れたというには全く足りていない経験が、進藤を戸惑わせる。その味さえ知らなかった時とは違って、口付けが生む快楽を知った身体は、行為を受け取るのに臆病《おくびょう》になる。快楽は相手が富樫だからこそ、禁忌《きんき》で、生まれることを認めてはいけないものだった。

だから。離れようと必死で富樫を押すのに、逞しい身体は全く動かない。シャツを手繰《たぐ》り寄せ、辿り着いたネクタイを引っ張ると、漸く富樫が口を離した。

「……そんなとこ、引っ張るんじゃねえよ」

「や…めて下さい。俺はこういう人間じゃないって言いました」

「キスは嫌いか?」

「そうじゃなくて…」

「こっちを舐めた方がいいか?」

　全く話を聞こうとしない富樫に、いきなり中心を摑まれて、進藤は眉を顰めた。さすがに殴りかかりそうになったのだが、富樫に腰を摑まれ、身体を密着させられてしまい、動きを封じられる。自分のものを擦りつけるようにしていやらしく腰を動かす富樫に、羞恥を覚えてきつく睨むのだが、彼の顔から笑みは消えなかった。

「嫌いじゃないだろ?　…この前、いったじゃないか。俺の口で」

「っ…あんなことされたら……」

「嫌悪《けんお》感のある男ならいかないぜ?」

「…っ…」

「素直になれよ。いいじゃねえか。俺は後腐《あとくさ》れのない男だ。こうやって気持ちいいことを楽しむだけで、お前の望みを何でも叶えてやるって言ってるだろ?　何を頑なになってんだよ」

　至近距離で囁かれる富樫の声は低く、魔法使いの呪文《じゅもん》のように耳の底へと沈んでいく。嫌悪感はある。けれど、それを大声で叫べないのは、そういう自分を恥ずかしく思うからというだけなのに。

「っ…ふざけんなよ。やめろって言ってんだろ」

　動きを封じられ、逃げられない苛つきが、つい、乱暴な言葉を生んだ。槙原や富樫は年上だったし、距離を保って接したい相手だったから、言葉遣いを崩さぬよう意識していた。けれど、それも限界で、追い詰められた進藤が低い声で凄んでみせるのに、富樫はシニカルに唇を歪め、腰から手を離すと髪を摑んだ。短い髪は摑むというには足りなくて、頭を上向けるような形で押さえつけ、無理矢理口付ける。

「っ…」

　口内で動き回る舌を拒絶したくても方法が分からなかった。富樫に強く押さえられた頭は動かせず、唇を離そうとしても敵わない。上顎を擽り、舌を絡めて来る富樫の動きに若い身体は従順に反応する。

口で感じる快感が次第に大きさを増していくのが分かって、進藤は背中に回した手で硬い身体を叩く。けれど、そんな抵抗は富樫には小さなもので、全く届かなかった。

最初に唇を重ねられた時に感じたビールや煙草の味はとうに消えていた。舌や口が感じるのは快感だけで、そんな自分に嫌気を覚えて、進藤は眉を顰めて鼻の奥で声を上げた。

「っ……ん……」

嫌だと思っているのにどうして感じてしまうのか。相手は富樫なのに。有り得ないと強く思って、背中を一際強く叩くと、富樫の唇が離れた。

「…ってえな。何遍《なんべん》叩く気だ？」

「は…なせよ…っ」

「涙流して言う台詞か？」

目の前の富樫が苦笑して言うのに、進藤ははっとする。自分が泣いているという意識はなかったが、頭から手を離した富樫が、頬に当てた指で滴を撫でるのに、濡れた感触を覚えて信じられない気分になった。涙なんて、最後に流したのがいつかも覚えていない。

「我慢するなって言ってるだろ。気持ちいいって素直に思えばいいじゃねえか。我慢するからこんな風に…涙が出るんだ」

「ちが…っ…」

「何が嫌だ？　俺みたいにいい男はそうそういないぞ」

フン、と鼻息を吐いて、富樫は進藤の眦《まなじり》に舌先を這わせる。滴が作った跡を舐めてしまうと、額に優しいキスを残して、進藤の身体を離した。

「俺が信じられないのか？　嘘じゃない。本当に…お前の望む生活をさせてやる。金が欲しいなら幾らでもやる。何でも買ってやるし、何処でも連れて行ってやる。何が欲しい？　何処へ行きたい？」

「……な…んで、富樫さんはそんなことを俺に言うんですか？」

富樫の身体が離れ、話しかけられる声音が落ち着いたものだったのに釣られて、進藤も平静を取り戻していた。前も聞きたかったのだが、余りに呆然としてしまって、問いを向ける前に富樫が帰っていた。どうして。富樫を前にすると抱く疑問は幾つかあるが、その中でも一番大きなものがそれだった。

富樫が自分を構う理由。何が目的で誘惑を向けるのか。若い女じゃない。身体を目的にされているとは思えなかった。

「理由がいるのか？」

「富樫さんなら幾らだって相手がいるでしょう？　俺は…綺麗な女とかじゃないし…メリットが見えません」

「いや、お前は色気のある男だと思うぜ。二丁目辺りに立ったら一財産、築ける筈だ」

「……ゲイなんですか？」

男である自分に悪戯してきた相手に向ける問いではないと思ったが、富樫はそういう嗜好《しこう》を持つ人間には見えなかった。不審げな目で見る進藤に、富樫はフンと鼻息を吐いて目を眇める。

「特にゲイって訳じゃないが…槙原に言わせると俺は悪食ってやつらしいな。別にどっちでもいいんだ。女でも男でも。俺が満足出来れば」

「…俺は満足なんかさせられませんよ。この前、分かったと思いますが、…こういうこと、経験がないから…」

「だから、価値があるってのもあるんだぜ」

にやりと笑う富樫に、進藤は不可解そうに眉を顰める。経験のない相手をめんどくさいと思うか、それが楽しいと思うかは、相手次第だ。それが進藤なら。上等な楽しみに思える。

「…よく分からないんですが……それでも、富樫さんには他に相手がいると思いますから…」

「槙原とおんなじこと言いやがるな」

何処かで聞いた台詞を重ねて向けられ、富樫は苦笑しながら進藤の手を取った。力を込めて振り払おうとする進藤に、「何もしねぇよ」と力強く言い、引き寄せる。掌を上に向け、節ばった長い指を親指の腹で撫でた。冷たい指先は雨上がりの湿気のせいかしっとりとして、冷たかった。

「…俺がお前を大事にしてやる」

真摯《しんし》な声音で呟く富樫が、益々分からなくて、進藤は力が緩んだ隙を狙って、手を引っ込めた。どうしてこんなことを言うのだろう。まるで…好きな相手に告白しているみたいに。どうして……。

富樫が再び触れて来ることはなく、「じゃあな」と短い挨拶を残して帰って行った。彼の姿が薄暗い廊下から消え、足音が聞こえなくなっても、進藤はその場で立ち尽くしたまま、ぼんやりと考えていた。


富樫が去って行った後、暫くして部屋に戻った進藤は、狭い室内に充満していた線香の匂いと白い箱を見て、肝心なことを忘れていたと舌打ちした。富樫に槙原への伝言を頼みたいと思っていたのに。葬儀社への支払いを槙原は肩代わりしてくれていた。その礼が言いたいのと、どうやって返すかを相談したいので、会いたいと伝えて欲しかった。

けれど、富樫との別れ際を思い出すと、とても言えなかったと諦める。溜め息を深く吐いてバスルームに入ると、さっさとシャワーを浴びて床《とこ》に就いた。

翌日。槙原が訪ねて来てくれないかと待っていたのだが、彼は姿を見せなかった。仕事を終えた進藤は、その姿を捜してさめの店へ顔を出した。

「いらっしゃい。一人かい?」

「はい。あの…今日は槙原さんは…」

「来てないよ。ご飯、食べて行くだろ?」

あっさりと答え、座るように勧めるさめに、ならばいいですとも言えず、空いている席を探して腰を下ろした。他の席は埋まっていて、カウンターの中央であるその席しか空いていなかった。ウーロン茶と先付けを出すと、さめは「ちょっと待っておくれ」と言って、他の客の方へと向かう。忙しそうな様子を見かね、「手伝いましょうか」という言葉が自然と出ていた。

「悪いね。テーブルのお客さんにビール、持っていってくれるかい」

　前回の働きで進藤をすっかり気に入っていたさめは、有り難そうに申し出を受けた。進藤はさっと席を立ち、カウンターの内側へと入ると、ビールを出したり、燗をつけたりと、出来る範囲でさめをサポートした。小一時間程すると、漸く落ち着いて来て、進藤は席に戻ることが出来た。

「あんたは気が利くから助かるよ」

「そうですか？」

「持って生まれたものなんだろうね。気の利かない子っていうのは、どんなに教えても駄目なんだ」

　サービスだよ、とさめが出してくれたお膳を食べ終えた頃には、カウンターの客が半分ほど引けていた。ウィークデイは殆どの客がサラリーマンで、終電が近くなると、一斉《いっせい》に客足が引く。一時的に忙しくなるだけだから、一人で十分だというさめの言い分も分かるけれど、訪ねる回数が増える程に手伝いを雇った方がいいのではないかと思えた。さめはしっかりしていると言っても高齢だし、それで全てをこなすのは大変なことだ。

「お店って、休みはいつなんですか？」

「日曜だよ。うちのお客さんは勤め人ばかりだからね」

「さめさんはここに住んでるんですか？」

　カウンターの内側に入った時、その奥に階段があるのを見つけた。外観からも二階建てだというのは知っていて、上で暮らしているのかと尋ねる進藤に、さめは首を横に振る。

「いや。今は物置にしてるよ。前は住んでたんだけどね。年取って来るとお日様を有り難く思うものでね。近くのマンションから通ってる」

「そうなんですか」

さめとマンションというのも不似合いな気がしたが、口にすれば怒られるのは確実だ。神妙な顔つきでウーロン茶を飲むと、逆にさめが聞いて来た。

「あんた、休みは？」

「バイトなので…決まった休みはないです。休みでもやることありませんから…殆ど毎日出てます」

「そうかい。若い内は働けるだけ働かないとね」

はい…と素直に相槌を打ち、飲み終えたグラスを置く。ごちそうさまでしたと礼を言い、代金を支払おうとしたが、サービスだと重ねて言って、さめは受け取ろうとしなかった。

「また手伝っておくれよ。バイト代は食事代だと思って」

「…ありがとうございます」

　自分の働きが食事代に相当するのか、疑問ではあったのだが、さめの厚意だと思い、有り難く受け取った。さめには色々事情を知られている。気遣いに感謝しながら、席を立ち、お休みなさいと挨拶して背を向けようとした時だ。

　さめが突然、「あれは」と切り出した。

「いいところもあるけど、悪いところも多いんだ。気を付けなよ」

　誰を指しているのかはすぐに分かった。富樫しかいない。短い忠告は身に染みるようなもので、進藤は「ありがとうございます」と重ねて礼を言うと、深く頭を下げてから、引き戸を開けた。


　次の日も槙原は現れなかった。槙原に対する連絡手段を持たない進藤は、彼を待つしかなかったのだが、その次の日。望まぬ相手が姿を見せた。

「よお」

「……」

　日課にしている朝のロードワークから戻って来ると、富樫がまた部屋に上がり込んでいた。まさか朝に訪ねて来るとは思ってもいなくて、進藤は単純に驚いて「どうしたんですか」と尋ねた。勝手なイメージだけれど、富樫に朝の光は似合わない。

「ちょっと付き合えよ」

「何処に？」

「取り敢えず、シャワー浴びて来い。汗だらけじゃねえか。走って来たのか」

「はあ」

「何処まで物好きなんだ。早くしろよ」

急かす富樫に釣られて、バスルームに入ると、溜め息を吐きつつシャワーを浴びた。無断で入らないで下さい…と言っても聞いてくれる相手ではない。こういう強引な真似を諦めるしかないのか。複雑な気分でバスタオルを腰に巻き、外へ出ると、富樫は携帯でメールを打ちながら、煙草を吸っていた。

「早く着替えろ」

手元に視線を落としたまま命じる富樫に、逆らうのも疲れる気がして、床の上に畳んで置いてある下着を手に取る。彼の背後に回って手早く着替えを済ませようとしたのだが、タオルを外した瞬間、富樫はわざとらしくにやついた顔を向けた。

「朝からセクシーだな」

「……富樫さんって、本当に変わってますね」

「俺にそんな口を叩くのは、お前と槙原くらいのもんだ。…よし、行くぞ」

その上、せっかちだ。早く早くと繰り返す富樫に呆れながらも、急いで服を着る。一体、何処へ行くのか、行き先を聞こうとしたのだが、富樫が部屋の端に置いてあった白い箱を持ち上げるのを見て、怪訝に思った。

「富樫さん？　どうするんですか？」

「いいから、ついて来いよ」

てっきり、朝食でも付き合わされるのかと思っていた進藤は、さっさと部屋を出て行ってしまう富樫を慌てて追いかけた。アパートの前には富樫の車が停まっており、後部座席に箱を置いている彼に声をかける。

「それ、どうするつもりですか⁉」

「乗れ」

説明する気はないらしい富樫が、無愛想《ぶあいそう》に命令して来るのに、進藤は従うしかなかった。戸惑いながら助手席に乗るとシートベルトを嵌《は》める。走り出した車が首都高に乗ると、困惑して、「仕事が…」と口にした。

「俺、十時からバイトなんですけど」

「休めよ」

「遠いところに行くんですか？」

「福島《ふくしま》だ」

予想もしなかった地名に進藤は驚いて運転席の富樫をじっと見つめた。福島なんて、行ったこともない場所だ。そんなところへ何をしに行くのだろう？　答えは後部座席にある気がしたが、何となく怖くて、聞けなかった。


首都高から東北道に入り、北へ進んだ車は途中、郡山《こおりやま》JCT《ジャクション》から磐越《ばんえつ》自動車道へ入った。磐梯山《ばんだいさん》近くのIC《インターチェンジ》で高速を下りると、山道を入り、富樫は山《やま》間《あい》の鄙《ひな》びた集落の近くで車を停めた。

東京《とうきょう》から途中の休憩を含めて四時間余り。時刻は昼近くになっていた。途中のSA《サービスエリア》で朝食を食べた時も進藤は殆ど無言で、行き先も理由も何も聞かなかった。富樫は進藤が行き先を何となく察しているのだろうと思っていたが、目的の家を訪ねさせる前に説明だけはしておこうと、口を開いた。

「…この先にお前のお袋の実家がある。父親は死んでたが、母親が生きてて、墓があるからそこに入れてくれるって言ってる。預けて来いよ。お前にはどうしようも出来ねえだろ」

「…どうやって調べたんですか？」

「方法なんて幾らでもある」

「……」

聞かなくてはいけなかったのは、「どうやって」

よりも「どうして」だったろうか。ハンドルに寄りかかって、目前に広がる山村の風景を眺めている富樫の横顔を暫く見つめた後、進藤は小さく息を吐いて「すみません」と世話をかけた詫びを口にした。

「ちょっと…行って来ます」

富樫から詳しい場所が書いてあるメモを受け取ると、進藤は車を降りた。後部座席から母親の骨壺《こつつぼ》が入った箱を取り出し、両手で抱えて歩き始める。梅雨の合間の晴天で、夏らしい日差しが空から降り注いでいる。明るい世界に箱を抱えた進藤の姿は酷く不似合いに映った。

集落の中へ進藤の背中が消えて行くと、富樫は携帯を取り出した。朝、メールを打った後、余計な電話がかかって来ないように電源を落としたままだった。メモリの番号を拾って電話をかけると、待ち構えていたのか、すぐに通話状態になる。

『何処にいるんですか？　迎えに行きますから、教えて下さい』

「無理だと思うぜ。遠い」

『遠い？』

「帰りは夕方になりそうだ。悪いが親父の見舞い、頼んだぞ。若頭からも誘われてるんだろ？」

『顔出さないとまずいって分かってるでしょう。親父だってあんたの顔を見たがってます』

「冗談がうまくなったな、槙原。さすが、若頭補佐ともなると違う」

フンと電話越しにも聞こえるように大きく鼻息を吐き、富樫はシートを倒すと、煙草を取り出した。明日は顔を出して貰わないと困りますから。槙原が恐ろしい顔でそう言いに来たのは昨夜だ。進藤の件は急ぐものではなかったが、槙原に摑まるのが嫌で、逃げて来た。

『…まさか……あいつと一緒にいるんじゃないでしょうね？』

「あいつ？」

『とぼけないで下さい。進藤です』

さっきよりも声に鋭さが増したように感じられるのは気のせいじゃないだろう。妬《や》いてるのか？　そんな台詞を返すと、槙原は更に険のある声音になった。

『言ったじゃないですか。関わらないでくれって』

「お前が構ってやらないから、寂しそうでな」

『あんたがふらふらしてるから、その尻ぬぐいで俺は走り回ってんでしょうが！』

「怒鳴るなって。…なかなかなびかねえんだ。あれ」

怒っている槙原と話すのは鬱陶しいからさっさと電話を切ろうと思うのに、つい、進藤についての本音を吐いていた。そろそろ落ちてもいい筈なのに。進藤の態度は最初と大差ないように見える。あんなに露骨な誘惑を口にしても全く揺らぐ様子がないのが、富樫には不思議でならなかった。

『そりゃそうでしょう。あいつは男ですよ？』

「関係ねえだろ。色と欲には誰だって惑わされるもんだ。…童貞だからかな」

『…あんた。本当にいい加減…』

槙原が更に雰囲気を冷たくするのが電話越しにも感じられて、富樫は一方的に通話を切った。電源も落として携帯を後部座席へ放り投げ、指に挟んでいた煙草を咥えて、火を点ける。煙を逃がす為に窓を開けると、高い空を舞う鳶《とんび》の声が聞こえた。


進藤が戻って来たのは二時間近くが経った頃だった。彼の後ろからは農作業着姿の老婆《ろうば》が歩いて来ており、それが彼の祖母にあたる人間なのだと想像がついた。助手席のドアを開けた進藤は、祖母が富樫に御礼を言いたくて着いて来たのだと困った顔で告げた。富樫は運転席から降りないまま、頭を下げる老婆の礼を聞き、適当な相槌を打って話を切り上げた。

進藤が車に乗ると、すぐにアクセルを踏んだ。老人とは相性が悪い。逃げるように車を走らせる富樫に、進藤は長い時間待たせてしまったのを詫びた。

「なんか…繰り返し同じ話をされて……いつ帰ればいいのか、見極めがつかなくなって…。すみません」

「ババアってのはそういうもんだ」

うんざりした口調で言うと、富樫は腹が減ったから高速に乗る前に何処かへ寄って食事をしようと提案した。山道の途中にあった蕎麦《そば》屋に入ると、座敷に上がって蕎麦を頼んだ。

昼時を過ぎているせいか、他に客はいない。静かな店内で、進藤と向かい合わせに座ったまま、富樫は煙草を吸っていた。間もなくして運ばれて来た蕎麦を啜《すす》ると、一息吐いてから、再び車に乗り、来た道を戻った。

福島へ向かっている時も車内は殆ど無言だったが、帰りは更に会話がなかった。進藤はずっと車窓の向こうを流れて行く景色を見ていたし、富樫もそんな彼に何も聞かなかった。祖母と何を話したのか。どういう経緯《けいい》で母親は疎遠《そえん》にしていたのか。話題なら幾らでもあったけれど、興味もなかったし、大体は調査会社から報告を受けていたから敢《あ》えて聞くことでもない。

車が新宿に着いたのは夕方六時を過ぎた頃だった。進藤は助手席からずっと流れて行く景色を見ていたのだが、夕暮れ時の都会の街並みは昼間に見た、のんびりした光景と同じ国に思えなかった。けれど、深まりつつある闇に輝くネオンの方がほっと出来る。そんな自分は、到底田舎《いなか》では暮らせないだろうと思った。

「…お前、ずっと都内か?」

福島を出てから、富樫が進藤に初めて問いを向けたのは、間もなく彼のアパートに着くという頃だった。助手席の進藤はすぐに意味が分からなかったようで、少し間を置いて「はい」と答える。

「北区《きたく》の…十条《じゅうじょう》って分かりますか?」

「ああ」

「あの近くの…団地に住んでました」

ふうん、と呟くと、富樫は車を左折させ、減速してアパート前の道路に停車した。進藤は先に降りようと急いでシートベルトを外したのだが、富樫の方が行動が早い。車を降り、さっさとアパートへ向かう富樫を慌てて追いかけるしかなかった。

「富樫さん……」

背中へ呼びかけても、富樫は綺麗に無視してアパートの廊下を歩いて行く。ドアの前で立ち止まった彼にゆっくり近付きながら、進藤は苦い気分でその顔を見つめた。富樫を部屋に入れたくないが、外でも同じことをされるのだと、先日分かった。ならば、中の方がまだマシかもしれない。それに、富樫に対して借りが出来たように感じていた進藤には、理由なく逃げ出すという選択はなくなっていた。

無言で玄関のドアに鍵を差込んで開け、先に中へ入る。後ろから富樫が入って来る気配に微妙な緊張を覚えながら、奥へ進むと、部屋の中央で立ち止まり背後を振り返った。

「…今日はありがとうございました」

淡々と礼を言う進藤を見て、富樫は目を眇めた。怪しんでいるような顔付きで、疑いを向ける。

「本当に有り難いって思ってるのか？」

「…思ってますよ。富樫さんも言ったように、俺が持っててもどうしようもなかったですから。ああいう…仏壇《ぶつだん》っていうんですか。ああいうのがあった方がいいんでしょう？」

「……だろうな」

「あの人が生きてててくれて…助かりました」

進藤が「あの人」と言うのは祖母のことだ。他人みたいな呼び方は仕方のない話だった。母親とさえ疎遠にしていた進藤が、当の母親が絶縁状態だった祖母に会っても、親近感など持てる筈がない。それに都会育ちの進藤にとって、山間の鄙びた村は異国に近い存在だった。

「……飯でも行きますか？」

富樫に対して礼だけは言わなくてはいけないと思

っていたが、それを言い終えてしまうと話すことがなくなった。車中では無言でも平気だったのに、部屋の中は勝手が違う。多分、流れる景色がないせいだ。富樫しか、見る相手がないから、緊張を含んだ戸惑いが膨らんでいくばかりだった。

「……」

その原因は自分に向けて伸ばされる手にある。意識して距離を保っていたのに、富樫はあっという間に縮めて来る。狭い部屋では逃げ場もないから仕様のない話だけれど、どれだけ言っても繰り返す富樫には、溜め息しか出て来なかった。

壁へと押し付け、キスしようとする富樫に、進藤は落ち着いた声音で告げた。

「…やめて下さい」

意味が分からなかった最初や、不意を突かれた二度目とは違い、行動を予測出来ていたから心の準備があった。唇が触れる寸前、低い声で拒絶する進藤を、富樫は少し顔を離して上から覗き込む。

「なんで?」

「こういうことは…富樫さんとしたくないです」

「槙原ならいいのか?」

「…っ…だから、俺はホモとかじゃないですから…」

相手が男である限り、有り得ない話だと言おうとする唇を塞がれる。開いていた口から舌が中へ入って来て、激しく口付けられると、息がうまく出来なくて朦朧《もうろう》となった。いつだって突然に自分を掻き回す富樫が憎くなる。

けれど、憎みきれないのは富樫が向けて来る優しさのせいだ。こういう真似は迷惑だけれど、他は有り難く思えることばかりだった。母の実家を調べたり、何も言わずに遠い田舎まで付き合ってくれたり。斎場へ迎えに来てくれた時もそうだ。いつも余計な話はせず、押しつけがましいところもない。富樫がくれるのは無償の優しさに近くて、だから余計に分からなくなる。

「…っ…ん…」

　苦しさに鼻を鳴らし、富樫のシャツを摑むと、塞がれていた口が解放される。大きく呼吸をし、進藤はすぐ近くにある富樫の顔をきつく睨んだ。

「富樫さんの……考えてることが分かりません」

「何度も言ってるじゃねえか。俺はお前にいい暮らしをさせてやりたいだけだ」

「それが分からないって言ってるんです。俺には……そんな価値はないですよ」

「めんどくさいこと、考えるなよ。…気持ちよくしてやるから…」

　低い声を耳に吹き込まれると、半身がぞくりと痺れた。嫌悪感よりも快感を感じ取ってしまう身体を恥ずかしく思っても、触れて来る富樫の掌が邪魔をする。羞恥が拒絶へと変わる前に、悦楽の色で染めてしまおうとする速度が速すぎて、慣れぬ進藤にはついていけなかった。

「…っ……ん……」

　再び唇を塞がれ、舌を絡め取られる。口内を全て舐め尽くして来る舌の動きは柔軟で、丁寧だった。ひとつひとつ、快楽の在処を探して、優しく攻められると、甘い声が喉の奥から漏れ出す。ぎゅっと握り締めた富樫のシャツを更に強く引っ張って、自分を崩されないように耐えるのだけど、若い身体には無理な話だった。

「…んっ…」

　肩を押さえていた富樫の手が腰へと下り、背中へ回される。Tシャツをたくし上げた掌が素肌に触れると、初めて意識した他人の皮膚に身体が震えた。自分よりも高い体温が身体を熱くしていく。背中から脇腹《わきばら》へ。這い上がって来る掌が突起に辿り着き、確認するように印《しるし》を押した。

「…っ……」

　指先で刺激されると、くすぐったさに身を捩りたくなった。進藤の鼻先から甘えた音が漏れるのを聞いて、富樫が咬《か》み合っていた口を離す。

「…感じるだろ?」

「っ…」

「ここも…勃《た》つんだぜ」

いやらしい囁きに眉を顰めると、指で突起を摘《つま》まれる。僅かな刺激にも反応を見せるそれが、富樫の言葉通り、硬くなっているのが感じられて、進藤は悔しいような気分になった。眉間の皺を深くして睨むと、富樫は笑みを浮かべながら唇を寄せて来る。戒《いまし》めを解くような優しい口付けを額に感じると同時に、低い声が呪文を紡《つむ》ぐ。

「俺のものになれよ」

「……」

どんなに優しく言われても頷ける筈もない内容だ。険しい表情でじっと見返すと、富樫が唇を歪めた。

「身体くらい、素直になればいいのにな。この口も…」

返事をしない口を、富樫が舌をいやらしく動かして舐める。舌は中へ入って来ることなく、首筋へと伸び、胸へ辿り着いた。身を屈めた富樫に、指で弄《いじ》られていた突起を舐め上げられると、せつない悦楽が身体の奥に生まれて、思わず髪を摑んだ。

「やめっ……」

小さな快感はじわじわと奥へと染み込んで、いつの間にか全身を埋め尽くしてしまいそうな怖さがあった。富樫の唇が突起を吸い上げ、舌で転がすようにして愛撫する。初めて味わう胸での快感は、進藤を酷く戸惑わせた。

「っ…いやだ…っ…て…」

髪を摑んだ手に力を込めると、仕返しのように突起をきつく嚙まれる。痛みよりも快感を強く感じて、身体の力が抜ける。抵抗しきれない身体は、富樫が与える快楽に従順で、どんどん慣らされていくような錯覚を抱いて進藤は辛くなった。

快感は確かに覚えるけれど、相手が富樫で、男だということに対する大きな抵抗感がある。富樫の言うように「気持ちいいこと」とだけ捉えて行為を享《きょう》受《じゅ》するなんて、出来る筈がないのに。富樫の手管《てくだ》に熱くなっていく身体は自分のものではないような気がした。

「……っ…あ……」

左側の突起を唇に含まれ、我慢しきれずに甘い声が零れた。右側よりもずっと感じるのだと自覚すると、羞恥に頬が熱くなる。そんな進藤の反応を富樫はいち早く察して、左側をきつく嬲《なぶ》った。

「っ…い…やっ……だ…っ…」

やめて欲しくて富樫の頭を追いやろうとするのだけど、手に力が入らない。胸の内側で湧き出る甘い蜜《みつ》は下へと滴り落ち、進藤の中心を熱くしていく。ジーンズの中で硬くなりつつあるものが、ピクンと反応するのが分かって、息を飲んだ。

「っ……んっ…」

いけないと、どんなに強く制しても身体がコントロール出来ない。このままではまた富樫にいかされてしまう。事実を積み上げて、それが当たり前になっていくのが怖かった。

出来るだけ、冷静になって。富樫を止めなくてはいけない。息を大きく吸うと、富樫が胸に埋めていた顔を上げる。唾液が光る唇は酷くエロティックで、進藤は嫌な気分で目をそらす。

「左の……こっちの方が感じるんだろう?」

「っ…」

にやりとした笑い顔でからかいながら、左胸を突いて来る富樫を、進藤はきつい瞳で睨んだ。けれど、熱に浮かされたように潤んだ目元が、どんな抵抗をも打ち消してしまう。逆に嗜虐心《しぎゃくしん》を煽るような表情になっているとは、経験の少ない進藤には気付けなかった。

「そんな顔で見るなよ。…急かされてるみたいだ」

「な…に……」

「こっちも舐めて欲しいんだろ?」

ぐっとジーンズの上から中心を押さえられ、大きく震える自分の身体に、進藤は悔しさを覚えて唇を噛む。舐めて、という富樫の言葉を聞くと、この前の行為を思い出した身体が瞬間的に温度を増した。あの時、感じた快感を身体はリアルに覚えていて、今、目の前にあるそれを求めてしまいそうになる。

だが、半面、もうごめんだという思いも強かった。これ以上、富樫に深入りしたくない。こういう時間が一秒でも増える程に、逃れるのが難しくなる気がした。

「やめろって……っ…」

今、逃げ出さないとまずい。そう思って、進藤は富樫の身体を力任せに突き飛ばした。油断していたのか、富樫が僅かに離れた隙を狙い、逃げ出そうとしたが、すぐに腕を摑まれた。そのまま身体を反転させられ、背中に腕を捻り上げる形で壁へと押しつけられる。

「っ…い…たっ…」

「俺には力で勝てねえって、この前、分かったんじゃねえのか」

富樫に摑まれている腕はぴくりとも動かず、無理をすれば折れてしまいそうだった。抵抗を封じられ、唇を嚙む進藤の耳に、富樫は背後から唇をつける。耳殻を舐め上げ、低い声で囁いた。

「お前もバカな奴だな。素直に従ったらいいんだ。こんな痛い目にも遭わないで、気持ちよくなるだけなんだぜ」

「…っ…」

「好きだろ？　……こんなに硬くなってるんだから、嫌いとは言わせない」

背後から伸びて来た富樫の手が中心に触れて来る。反応してしまっているものを指摘されると、感じているのを認めざるを得なかった。何も言えなくて黙ると、ジーンズのボタンを外され、ジッパーを下ろされた。

「っ…や…っ」

続けて、富樫はジーンズを落とし、下着もずらす。膝の上で溜まった下衣は進藤の脚を拘束《こうそく》し、動きを封じる。自由に動く富樫の手に感じさせられて、外に出た進藤自身はあっという間に上を向いた。

　長い指が絡みついて、器用に下から扱き上げて来る。その動きは繊細で優しくて、進藤は熱い息を吐き出すしか出来なくなっていく。

「っ…は…あ……っ…」

「先から漏らしてるぞ」

　耳に直接唇をつけて囁く富樫の声が、身体の奥を熱くさせる。息がかかるとくすぐったくて、それさえも快感へと変わっていった。

「んっ……」

　先端の割れ目を指先で開かれると、液が溢れ出すのが自分でも分かった。富樫はぬるついた液を指で全体に伸ばし、動きをスムースにする。二本の指で輪を作り、強弱をつけて扱く仕草に、張り詰めたものの硬さがぐっと増した。

「あ…っ……んっ…」

　きつくされたらいってしまいそうで、必死で耐えた。壁についた左手で壁を引っ掻くと、富樫が捻っていた右腕を解放する。ほっとしたのも束《つか》の間《ま》、両手で腰を抱えられ、愛撫を深くされた。

　そり返っているものを指で扱かれ、根本の柔らかい部分をもう片方の手で刺激される。液が溢れ続け、指の動きが粘着質《ねんちゃくしつ》な音を生む。いやらしい響きに一層感じてしまい、両手を壁について懸命に堪えていると、耳を舐めていた富樫の舌が項《うなじ》へと移動する。

「っ……あ…」

　くすぐったくて声を上げた場所を、唇で吸い上げられる。身体が竦み上がるように感じて、富樫の手で包まれているものが熱くなる。項から首筋へ。普段、余り触れることのない部分は、小さな刺激にも弱くて、背中が燃えるように熱くなった。

「ん……っ…」

「…舐める前にいきそうか？」

　富樫のからかいにむっとするだけの理性は残っていたけれど、反論は出なかった。なんとか達しないようにと自制するのが精一杯で、逃れることも出来ない。背後からという、無防備にならざるを得ない体勢も悪かった。ぐっと下から強く扱き上げられた瞬間、昂っていたものを吐き出してしまった。

「あ…っ…」

短い声を上げ、達した進藤の先端を富樫は掌で押さえる。溢れ出す液を受け止め、もう片方の手で全てを出し切るようにと上下に扱く。達した後も更に感じさせられるような手の動きに、せつない声が緩く開いた口の端から漏れた。

「っ…あ…ん……」

荒い呼吸で息を継ぐ進藤の肩に口付け、富樫は握っていた進藤自身を離すと、濡れた手を背後から狭《はざ》間《ま》へと忍ばせた。触れられたことのない敏感な部分に、ぬるついた感触を覚えた進藤はビクンと身体を震わせる。

「…っ」

息を飲むような音が聞こえ、富樫は笑みを浮かべて、肩に乗せた口を動かした。

「…男はここで繋がるんだ。分かってるか?」

「…や…っ…」

孔《あな》の周囲を指が這う動きに、言いようのない感じを覚えて、進藤は高い声を上げた。富樫のからかうような声に眉を顰め、その手から逃げようと彼の腕を掴む。繋がるという言葉に本能的な恐怖を感じて、身体を離そうとするのに、身動きが取れなかった。

「っ……」

前を弄られて感じるのとは違う種類の快感だった。そこを触られるのが快感を生むなんて、想像もしなくて、戸惑いが心を大きく揺らす。全身が竦むような快感を覚える場所が確かにあって、指の動きに翻弄される。

「…っ……あ……んっ……ふ…」

腹に回されている腕を掴む手に力を込める。脚を閉じてしまいたくても、中途半端な位置にひっかかっている下衣のせいで叶わない。背後から狭間を弄っている富樫の指が孔を擦り上げるのに、悲鳴みた

いな声が漏れた。

「あっ…」

「そんな声出すなよ。誘われてるみたいじゃねえか」

「っ…ち…が…っ…」

「ここも感じるだろ？　…こっちは癖になるとやめられなくなるらしいぜ」

耳元に聞こえる富樫の笑いが嫌で、首を横に振る。前を愛撫されて感じてしまうのは、生理現象みたいなものなのだから仕方がないと思えたが、後ろはそうは思えなかった。許してしまったら……後戻り出来なくなる気がして。消えない痕を残されてしまう気がして。

やめてくれと、声に出して言いたいのに、言葉が出ない。達したばかりなのに、後ろを弄られて再び硬さを増した前が熱い液を漏らしている。頭が朦朧として、首を振るくらいしか出来なかった。

富樫が目的としているのはそれなのだろうから、どうやって抵抗しても犯されてしまうのだろう。そんな考えが頭の隅に浮かんだ。自分が達するだけでは富樫に快感は生まれない。彼が快楽を覚えるのは…恐らく、繋がることなのだろうから。男に抱かれるという行為に、今更ながらに恐ろしさを感じて、分かっていたのに逃げ出さなかった自分を後悔する。

逃げなかったのは、優しくしてくれる富樫に後ろめたさを覚えたせいだろうか。けれど、どんな親切でも代償に身体を差し出すような真似は自分には出来ない。ならば、何故？

富樫がくれた快感を本当は求めていたから？　キスや、口での愛撫で感じたから？　それがもう一度欲しくて、だから、彼を部屋に入れたのか。…いや、違う。身体で得る快楽を求めていた訳じゃない。気持ちのいいことをするだけだと、割り切れる神経も自分にはない。

答えの出ない疑問と、膨れ上がっていく快感で押し潰されそうになった時だった。

「…っ……」

突然、富樫の指が狭間から抜かれ、腹を抱えていた腕を離される。支え手を失った身体がバランスを崩しそうになるのを、壁に凭れて保ちながら、富樫を振り返ると、口元に笑みを浮かべたまま見下ろしていた。

不思議そうに目を見開いている進藤の額にそっと口付け、富樫は甘い声音で呪いをかける。

「…気持ちいいだろ？　指を濡らして中を弄ると、もっといいぜ。一番いいのは男のもので中を擦られることだ。奥を突かれると…痺れるくらい、感じるよ」

「……」

「お前が俺のものになるって言うなら、最高に悦《よ》くしてやる。つまらない拘《こだわ》りなんか捨てて、俺に溺《おぼ》れろよ」

愛おしげなキスと淫猥な台詞は釣り合いの取れないものだ。深い困惑を浮かべる進藤の顔中に口付けてから、富樫は身体を離した。自分を見つめている進藤に笑みを残し、背を向けてキッチンへと近づく。シンクの水道で手を洗うとそのまま玄関へ歩いて行った。

「……」

バタンと閉まるドアの音を聞いて、進藤は詰めていた息を吐き出した。前回も富樫の行為が信じられなかったが、今回はそれ以上だ。無理矢理犯される恐れは抱いていたけれど、途中で放り出されるとは思ってもいなかった。

壁伝いにずるずると座り込むと、まだ熱い身体を抑えようと目を閉じる。富樫に嬲られた身体は彼の意外な行動で少し冷めたけれど、まだ熱を持ったままだ。自分で慰めるなんて出来なくて、途方に暮れた気分で波が引くのを待つしかなかった。

「は…あ…」

恐れていた事態にならなかったのだから、もっと安堵《あんど》してもいいのに、何故か大きな不安が心に生まれていた。見知らぬ街の真ん中で放り出されたような、心許《こころもと》なさ。小さな頃から不安とは背中合わせの日々を送っていたけれど、これは違う種類の愁苦《しゅうく》だ。得体の知れないものに追い詰められているようなもどかしさは、味わったことのないもので、じわじわと苦しさが増していく。

悪いところも多いんだ、気を付けなよ。さめの忠告が甦り、富樫に対するというよりも、自分への苛立たしさが強く湧いて、眉を顰めた。


翌日の夜。槙原は進藤に会う為、キングを訪れた。まだ仕事中だった進藤にさめで待ってると短い伝言を残して店を出たのだが、彼の表情が微妙に硬いのが気になった。けれど、心当たりはあったので、その場では何も聞かずに、先にさめへと向かった。昨日一日、姿を晦《くら》ましていた富樫は、今朝、機嫌のよさそうな顔で現れた。恐らく、富樫の機嫌と進藤のそれは反比例している筈だ。

梅雨らしい長雨が明け、朝から太陽が照りつけていたせいで、むっとするような暑さが街には残っている。本格的な夏を迎え、これから暫くは高温多湿の日々が続く。苛々させられることも多いだろうなとうんざりしながら、さめの引き戸からひょいと中を覗くと、夏も冬も変わらぬ顔の老女とすぐに目が合った。待ち構えられているように感じるのは、気のせいじゃないだろうなと思いつつ、槙原は引き戸を開ける。

「いらっしゃい」

カウンターの端が空いていたので、進藤の為に一席空けて腰掛けた。同時にカウンターの内側からビール瓶とグラスが置かれる。

「来たよ。あんたの上役」

「……珍しいですね」

「あれはまた、悪いことを企んでるんじゃないだろうね？」

「……」

顰めっ面のさめが「上役」と言うのは富樫だ。悪いことを企むというのも大体、想像がついて、槙原は溜め息を隠してビールを手酌で注ぐ。

「進藤と来たんですか？」

「あたしゃ、また嫌な思いをするのはごめんだよ。あの子は良い子だよ。うちに来てくれるのは大歓迎だ。ただ、あれと付き合うのはやめさせな」

さめの言葉は槙原にとって重いもので、「分かりました」と神妙な顔で頷くしかなかった。さめが「また」というのには根拠がある。それは富樫が長い間、さめに顔を出していなかった理由にも繋がっていた。

先付けの小鉢を出すと、さめは他の客に呼ばれて席を外す。ちょっとだけほっとした気分で、小鉢を覗くと、赤いものが見える。小さなトマトを湯むきし、刻んだたまねぎとマリネにしたものだった。少し甘酸っぱい味を珍しく思いながら口にし、点けっぱなしのＴＶを見ながらビールをゆっくり飲んだ。

さめは自分と同じ危惧《きぐ》を抱いているに違いない。こんなことになるならと後悔するが、時間は戻せない。よく考えれば、進藤は富樫が嵌まる要素を備えていたのに。硬い印象や、鋭さを感じる外見だけで富樫の趣味ではないと判断したのが間違いだった。お前はとことん色恋に向いてねえ男だな。昔、呆れた顔で言われた記憶が甦って、苦い気分でグラスのビールを飲み干すと、店の引き戸が開いた。どやどやと入って来るサラリーマンを見て顔を戻しかけたが、その後に進藤の姿を見つけて、手を挙げる。

「お疲れさん」

「遅くなってすみません」

軽く頭を下げ、槙原の横へ来た進藤は席には座らず、カウンターの中にいるさめを見た。テーブル席についた客におしぼりを持って行こうとしていた彼女からそれを受け取り、槙原に断りを入れて、運んで行く。

「…いつの間に手伝いになったんですか？」

「あんたが連れて来た人間の中で、一番役に立つ子だよ。あの子は」

フフンと我がことのように自慢げな笑みを浮かべ、さめは調理へと戻った。進藤は客から聞いた注文を伝え、ビールやグラスを用意して運ぶ。さめとの連《れん》携《けい》は絶妙で、長い間手伝っているのだと錯覚する程だった。

新しい客への応対が落ち着いたのを見計らい、槙原は進藤に熱燗を頼んだ。忙しそうなさめに頼むよりも、愛想がいいとは言えないが、そつない対応をする進藤に注文した方がよさそうだ。そう考える常連客は多くて、槙原に続いてカウンターの他の客からも進藤への注文が入る。それをうまく捌き、進藤が槙原の隣に腰を下ろしたのは、店に入って三十分が経った頃だった。

「もう一度、お疲れさんだな」

「いえ。お待たせしてしまってすみません」

椅子に腰掛けると、進藤は自分で取り出して来たウーロン茶をグラスに注ぐ。その横顔を盗み見ていた槙原は、お猪口に入っていた酒を飲み干してから、斎場に行けなかったのを詫びた。

「本当は行こうと思ってたんだが、野暮用でな」

「いいえ。俺の方こそ…お世話になってしまってすみませんでした。立て替えて貰ったお金の話もしたくて…槙原さんと会いたかったんですが……富樫さんが来るとは思いませんでした」

苦笑を浮かべる進藤に、槙原は微かに目を眇めた。富樫にははぐらかされてその話を聞けていなかったのだが、本当に行ったのかと、驚いた気分にもなる。場所が場所だから、富樫は行かないと踏んでいたのに。深い溜め息を心の中で吐き、安易に考えて行き先を告げてしまったのを後悔した。

「…悪かったな。また…なんか…嫌な思いをさせたか？」

「なんか……あの人の考えてることは分かりません」

進藤の口から具体的な内容が漏れることはなかったが、元々表情の豊かでない顔を顰めて言う言葉は、重く感じられた。そんな進藤を見ながら、槙原は渋い顔で頭を掻く。

「悪い。俺も言ったんだが…。あの通りの人で、人の言うこと聞かないから…」

元はと言えば、自分の気まぐれが原因だ。すまないと詫びるしかない槙原に、さめが追い打ちをかける。進藤の前にいつものお膳を置くと、槙原に向かって悪口を叩きつけた。

「あんたがあんなのに引き合わせるからだよ。あれがロクでもないって分かってんだろう」

「あの人の趣味じゃないって思ったんですよ。こいつはこんなナリだし…」

「ふん。本当にあんたは鈍《にぶ》チンだねえ」

「鈍チンって…。進藤、意味、分かるか？」

死語だよな？ と同意を求めて来る槙原に、賢い進藤は曖昧な笑みを浮かべただけで答えなかった。さめに叱られるのは分かっている。二人の会話を聞きながら、箸を持つと、使い方に気を付けながら食べ始めた。


「大体、男に手を出す程、困っちゃいない人でしょう。こっちは想像もしませんよ。俺はただ…こいつがうちに来てくれたらと思って、引き合わせただけで…」

「冗談だろ。あんたもやっぱりロクでもないねえ」

鼻息荒く怒るさめだったが、それ以上の文句は新しく入って来た客に邪魔されて言えなかった。手伝おうとする進藤を制し、カウンターの反対側へ腰を下ろした客の対応に向かう。

「…俺、ヤクザにはなりませんよ」

「…俺は気の長い方なんだ」

ぼそりと呟く進藤に、槙原も同じようにぼそりと呟き返す。だが、それも富樫がこれ以上進藤に構わぬよう、させられたらの話だな…と思いつつ、徳利から酒を注ぐ。最悪な結果に終わってしまったら。折角《せっかく》見つけた貴重な人材を失うことになるだろう。

「…槙原さんは…富樫さんとの付き合いは長いんですか？」

「長い……な。何年になるかな……十年は経ってると思う」

「あの人、奥さんとか子供とか…いないんですよね」

「ああ」

「恋人……愛人って言った方がいいんですかね。そういうのは…」

「今は、特定の相手はいないな」

限定して答える槙原に、進藤は「そうですか」と相槌を打って汁の入ったお椀を持ち上げた。大きなあさりが入った赤だし。半分ほど汁を飲んでから、お椀を置き、あさりの殻を指で持ち上げる。

「俺は…恋愛とか、よく分からないんで……富樫さんの気持ちが余計分からないのかもしれません。母さんの実家とか、探してくれたのは有り難いと思ってますが…」

「…実家……って?」

「……。槙原さん、聞いてないんですか？　富樫さん、俺の母親の実家を調べてくれて…昨日、連れて行ってくれたんです。福島だったんですが。母の親が…俺の祖母にあたる人がいて、お骨《こつ》を引き取ってくれたんです。墓があるから、そこへ入れてくれるって」

「あの人が……福島まで？」

はい、と頷く進藤を横目で見て、槙原はお猪口の酒に口をつける。昨日、富樫が電話で言っていた「遠い場所」というのは福島だったのか。下の人間に都内中を捜させても見つからなかったのも頷ける。

富樫が進藤の為にそこまでするなんて。どういうつもりなのだろうという疑問と共に、不安が湧き上がる。そこまで入れ込んでいるのか。何とか、進藤から離したいと思っている槙原にとっては、気の重くなる話だった。けれど、続けられた進藤の言葉に、少し救いを与えられる。

「富樫さん、何でも買ってやるとか、望みを叶えてやるとか、言うんですけど…俺、別に欲しいものとかないし、今の生活に不満とかもないし……。困るんです」

「……そうか」

真剣に困惑している様子の進藤を見ると、自分の見る目は間違っていなかったと思えた。富樫の誘惑にすぐに乗る人間は多く見て来たが、乗らない人間はいなかった。富樫自身、誘惑を向ける相手を選んでいる。弱い立場に置かれている人間。底から引きずり上げてくれるのを待っている者は、甘い言葉に弱い。富樫は魅力的な男だし、自分が好んだ相手にはとことん優しい。誰もが魔法にかかったように富樫に夢中になる。

「それに…俺、ゲイとかじゃないし」

「…すまん…」

ほとほと参っているというように声を潜めて呟く進藤に、槙原は何度目かの詫びを口にする。富樫の強引さは分かっている。進藤が嫌な目に遭っているのは容易に想像出来て、渋い顔で溜め息を吐くと、ポケットに入れた携帯が鳴り始めた。


席を外すと短く断って、携帯を手にした槙原が外へ出て行くと、さめが戻って来る。進藤の前に丸椅子を置き、天井から下がる籠をひょいと引っ張る。中から取りだした煙草を咥え、ライターで火を点けた。

「お墓があったのかい」

突然、投げかけられた言葉に、進藤は驚きつつも頷いた。さめが地獄耳だと知っているから、声を潜めていたのに。どんな小さな声でも店の中では悪口を言えないなと思ってしまう。

「はい。富樫さんが連れて行ってくれて…」

「あたしの言った通りだろう?」

「……」

「あれはいいところも多いが、悪いところも多い」

確かにその通りだと苦笑し、進藤はお膳に置かれた小鉢に箸をつける。なすを揚げてから煮浸しにした一品は、酸っぱい中にもぴりりと辛い味もして、とても美味しかった。

「…さめさんの作る料理はどれも美味しいですね」

「そうかい。あたしのは素人料理だよ。あんたでも出来る」

「…無理ですよ。俺、包丁もまともに使えないし」

進藤が首を横に振ると、さめは普段の食事はどうしているのかと聞いて来た。殆どをコンビニで買ったもので済ませていると言うと、派手に顔を顰められる。

「それじゃ身体壊すよ。あんた、休みの日にうちに来なよ。あたしでよかったら、料理を教えたげるよ。部屋にキッチンはあるんだろ？」

「ありますけど…。…そういえば、明日、店が休業日なんですが」

思い出したように言う進藤の言葉に、さめはにやりと笑い、「じゃ、二時に」と約束を取りつけた。進藤も休みをどう過ごしたらいいのか困っていたから、喜んでさめの提案に頷き、最後のなすを頬張る。そこへ外から槙原が戻って来た。

「悪いな。……なんだ？」

進藤とさめの間に、なにやら親密な空気が流れている気配に気付いた槙原が不思議そうに尋ねる。笑みを浮かべたまま、答えようとしない二人に首を捻りながら、槙原は帰らなくてはいけなくなったと告げた。

「また寄るから」

「槙原さん、お金は……」

「今度、話そう」

槙原にとっては元々返して貰おうなどと思っていない金だ。気にするなと肩を叩き、勘定書を渡して来たさめに代金を支払った。慌ただしく出て行った槙原がいなくなると、進藤は一人でＴＶを眺めながら食事を終え、さめに「また明日」と挨拶を残して店をあとにした。


槙原の携帯に電話をかけて来たのは染矢だった。

富樫が幾つか経営しているカジノの一つを任せている男から、よくない客が来たとの報せが染矢に入り、それが槙原に報告された。「よくない客」がどうも陣野組の関係者らしいという情報に、槙原は自分がすぐに行くと言って電話を切った。

　店の側で待たせていた車に乗り込むと、運転手の青木に行き先であるカジノの名を告げる。槙原の様子から緊迫した臭いを嗅ぎ取った青木は、何も言わずにカジノへと急いだ。

「アクアポリス」という名の店が入っている雑居ビルの前に車が滑り込むと、槙原は携帯で染矢に連絡を取りながら、助手席から降りる。店は六階にあるが、売上などを管理する事務所は七階にある。染矢はそこにいると言うので、エレヴェーターで七階へと上がった。

「槙原さん」

　エレヴェーターから出ると同時に染矢の声が聞こえた。顔を向けると、染矢が駆けつけて来る。「すみません」と詫びる表情は渋いものだった。

「槙原さんを呼ばなくてもいいような気もしたんですが…。福留さんが新しく出した店、陣野組が関わってるって話を聞いてたんで…」

「どうして陣野組の人間だって分かったんだ？」

「店員で福岡から出て来たヤツがいまして。向こうで今日来てる客と揉《も》めたことがあるらしいんです。だから、ヤバイと店長に言って来たんですよ。陣野組の中堅幹部だって話です」

「……」

　事務所の中で店内の各所に据え付けてあるモニターが見られる。それで先に客を確認しようと、槙原は染矢を連れて事務所へ入った。事務所にはモニターで店内を監視している男が二名いた。店長は客の応対に出ているとのことでいなかった。

「……あの男です」

　染矢が小声で示したのはモニターの端に映っているスーツ姿の男だった。一人客で、成る程と思うような、怪しげな雰囲気がある。陣野組関係者だと分かっていなかったとしても、マークしていただろう。槙原は苦笑を浮かべ、どういう金の使い方をしているのかと尋ねる。

「目立つ賭け方はしてませんね。勝ち負けもトントンです」

「様子伺いか。ただの偶然か」

呟きながらも、偶然というのは有り得ないだろうなと思っていた。新宿には星の数程の店がある。もっと大きな店も有名な店も沢山あるのに、どうしてわざわざこんな中堅どころの店を選んで入ったのか。理由があると考える方が自然だ。

暫く様子を見ていると言って、槙原は椅子を引いて腰掛けた。それから二時間余り、客が帰るまで、モニター越しに一挙一動を見つめていた。


深夜二時。富樫の携帯に電話をかけると、コール音が暫く鳴った後、声が聞こえた。何処にいますかと聞いただけだったが、その声音でトラブルを嗅ぎ取ったらしい富樫は、何も言わずに落ち合う場所を指示して来た。

夜は無人になる富樫の事務所に着くと、間もなくして当人が現れた。酒の匂いはしたが、酔っている様子は全くない。それは槙原も同じだった。どんなに飲んでも酔っ払うという感覚に遠いから、二人で飲み始めると朝になる。

それも最近ではなくなったな…と関係のないことを思い浮かべながら、店の名を口にした。

「アクアポリスなんですがね」

「あそこは…猪飼《いかい》だったか。持ち逃げでもしたのか」

店を任せている男の名を口にする富樫に、槙原はゆっくり首を振って否定した。事務員用の椅子に浅く腰掛けている槙原を横目に見つつ、富樫はその近くにあるソファへと近付く。どさりと音を立てて腰を下ろすと、「陣野組か」と嫌そうな顔で言った。

まだ何も話してないのに用件を当ててみせる富樫に、槙原は肩を竦める。人間性に問題を抱えていても、勘の良さと、頭の回転の速さは、やはり一流だと感心するしかない。

「笠野《かさの》って男なんですが、陣野組内では中堅幹部って話です」

「てめえで名乗って暴れていったのか？」

「まさか。偶々、アクアポリスの店員で、向こうにいた時、笠野と揉めたってヤツがいましてね。それで面が割れたんです。染矢から連絡貰って、モニターで見てたんですが…」

「お前が？」

物好きな、とでも言いたげな富樫の表情に、槙原は冷めた視線を返して、先を続けた。

「様子見って感じでした。遊び方も至って紳士でしたよ。ただ、全身にヤクザと書いてあるような男なんで、アクアポリスじゃ目立ちますがね」

言外に疑問を含める槙原の言葉を聞いて、富樫は鼻先で息を吐くと、懐から煙草を取り出した。咥えた筒の先に自分で火を点けて煙を吸い込む。

「…地方の人間が寄る店じゃあねえな。…あっちの開店はいつなんだ？」

「来月って聞いてますよ。だから、様子見なんじゃ？」

「福留さんは知ってんのか？」

知らない可能性の方が高いでしょうね。平然とした顔で吐き捨てる槙原を見て、富樫は自分の前に上がる紫煙《しえん》に目を眇めた。福留は諏訪組若頭である波《は》多《た》野《の》の側近《そっきん》だ。その福留が陣野組という福岡の組織から助力を得て、オープンさせるというカジノ店は、新宿でもかなりの大きさになると評判だった。

富樫と福留は同じ時期に諏訪組に入っており、年齢は福留の方が上だ。しかし、福留は資金力において富樫に大きく差をつけられている。その資金力で本部長という地位を得た富樫を、福留はよく思っておらず、挽回《ばんかい》しようと躍起《やっき》になっていた。今回の出店は福留の起死回生策だと見られているが、吉か凶かと言えば、凶と見る向きが多いのも確かだった。

「あの人、向いてねえからやめておけばいいのにな。若頭は？　なんて言ってるんだ？」

「知ってはいるんでしょうけど、俺には何も言わないですね」

「フン。うまくいけば儲けもんって奴か。親父も頭痛いだろうな」

富樫が「親父」と呼ぶのは入院中の諏訪組組長であるが、その言葉を聞いた槙原は思い出したことがあり、「そうだ」と声を上げた。昨日は定例となっている、組長への見舞いの日だった。若頭以下、諏訪組幹部が顔を揃える場面には絶対出席しなくてはいけないからと、しつこく念を押していたのに、行事を嫌う富樫は姿を晦ませた。その行き先を意外な相手から聞いたのだ。

「福島くんだりまで、ご苦労なことですね」

嫌味たっぷりに言う槙原を、富樫はちらりと見て、短くなった煙草を床に落として靴の先で消した。潰れた煙草を無言で拾う槙原に、「会ったのか？」と低い声で聞く。

「飯、食ってたんですよ」

「今晩？」

「ええ」

さめで。場所を付け加える槙原に、富樫は顔を顰める。さめと犬猿《けんえん》の仲だと知っているから、そのせいかと思ったが、どうも違う様子だった。

「なんか言ってなかったか？」

「進藤ですか？　ええ。伝言がありますよ。あんたの考えてることは分からないから、会いたくないそうです。この前も言ったでしょう。構うなって」

「……どうしてだ？」

「何が」

「どうしてあいつは俺になびかねえんだ？」

凶相を作り、首を傾げる富樫の様子は、陣野組の話の時よりも真剣そうに見える。槙原は呆れた気分だったが、富樫が不思議に思う気持ちは分からない

でもなかった。進藤は自分たちの周囲にはいなかった種類の人間だ。

「言ってましたよ。富樫さんは何でも買ってくれるって言うけど、俺には欲しいものがない、今の生活にも不満はないから、迷惑だって」

「なんで、不満がねえんだよ？　あんな狭くてぼろい部屋で暮らしてて。ＴＶもないんだぜ？」

「…そういう人間もいるってことでしょ」

「おかしい…。物欲はないとしても、性欲はあるだろ。あの歳だ。ちょっと弄ってやるだけで、いい顔でいくんだぜ？　昨日もいい感じだったから、あそこで放り出せば向こうから縋って来るって思ったんだがな…」

　富樫が呟く内容を聞きながら、槙原は内心で進藤に深く詫びる。こういうことに関して、富樫に吐く説教は品切れで、いつもは放置してあるのだが、相手が進藤だけに正論をぶつけた。富樫の耳には届かないと分かってはいるが、しつこく言うしか、槙原には方法がない。

「俺はホモじゃないとも、はっきり言ってました」

「それは関係ねえだろ」

「関係ありますよ。俺だって男に触られたらぞっとします。マジで、進藤が気の毒で仕様がないんで、おかしな真似は止めて下さい」

「お前を触ろうって男はいねえだろうから安心しろよ。…おかしいなあ。あいつのポイントが分からねえ」

「分からなくていいですから。とにかく、進藤には二度とちょっかい出さないで下さい。……さめさんにも言われたんですから。前みたいなのはごめんだって」

　それを付け加えようかどうか、迷ったのだが、ちっとも聞いていない様子の富樫に釘を刺すつもりで口にした。糠《ぬか》に釘かもしれないとは思ったが、ちゃんと刺さったようで、富樫は鋭い視線を向けて来る。

「……お前もそう思ってんのか」

「いえ。俺はあれだけじゃなくて、他も見てますから、何度も繰り返すあんたの気の長さに呆れてる程度ですけどね。…まあ、今回は相手にされてないようですから、大丈夫でしょうけど」

「……」

　槙原が痛烈な嫌味を口にすると、富樫は鼻の頭を顰めて立ち上がった。なんかあったら教えろ。そう言い残して出て行く背中を見送り、一人になった部屋で、槙原は深々と溜め息を吐き出した。


　朝から強い日差しが降り注ぎ、風もないその日は、気温がぐんぐんと上昇した。昼過ぎ、進藤が家を出る頃には三十度を超え、空気の停滞した街には不快な熱気が満ちかけていた。汗を掻きながら、さめの店まで歩いて行くと、当然ながらに暖簾は出ていない。二時にとさめは言ったが、いるのだろうか。引き戸から中を覗くと、カウンターの内側にさめの姿が見えた。

「こんにちは」

「いらっしゃい」

　いつもと同じように迎えてくれたさめは、照明の加減のせいか、夜に見る時よりも老けているように感じられた。太陽の光が入らない店は、エアコンのせいもあるのだろうけど、ひんやりとしている。

「昼ご飯は？」

「…食べました」

　内容を答えたらまた叱られるかと思い、口にはしなかった。朝と昼を兼用で、牛丼屋で早めに食事を済ませた。二十四時間同じものが出て来る店は便利だけど、濃い味付けを思い出すと、さめが柳眉《りゅうび》を上げるのは予想出来る。

「じゃ、これで練習して貰おうかね」

　何を食べたのか聞かれなかったのに安心していると、さめが中からまな板を手に出て来る。普段は客席となっているカウンターに新聞紙を引くと、その上にまな板を置いた。続けて用意されたのは包丁ときゅうりだった。

「包丁の扱いに慣れた方がいいからね。これを薄く輪切りにしておくれ」

「…輪切りですか」

神妙な顔付きで繰り返す進藤に苦笑して、さめはお手本としてきゅうりを切ってみせる。とんとんとん…とリズミカルな音が鳴り、薄い輪切りがどんどん生まれて行く。

「…こういう風にやるんだよ。エプロンはこれを使って。手を洗ってからね」

さめが差し出すエプロンを受け取り、それを腰に巻くと、中へ入って手を洗った。恐る恐る包丁を動かし始めたが、元々器用だし、呑み込みも早い進藤は三本目を切り終える頃には、なかなか様になっていた。

「結構うまいじゃないか。あんたは筋がいいよ」

ボウル一杯になった五本分の輪切りを受け取ったさめは、それを更に大きなボウルに移して塩を振った。ざっときゅうりを揉み、それを置いて、今度は大葉《おおば》を千切《せんぎ》りにする。さめの見事な手付きによって大葉が切られていくのを、進藤は感心しながら見つめていた。

「…凄いですね。どうやったらそんなに細く切れるんですか?」

「経験だよ。なに、あんただってすぐに出来るようになるさ」

「それはどうするんですか?」

「…きゅうりは塩を振ると水が出て、しんなりするだろ。これの水気をぎゅっと手で絞って切って…大葉を混ぜて……あとは、切ったたこを混ぜて、三杯酢で和えたら、酢だこだよ」

「…ああ。そうですね」

成る程…と頷く進藤の横で、さめは続けて三杯酢を作ってみせる。温かいだし汁に砂糖を入れて手早く混ぜると、塩をひとつまみ加えて、酢を入れる。

分量は好き好きだけど、あたしはこれくらいだね。」

そう言いながらさめは手際よく調味料を合わせていくのだが、目分量だし、動作が速いから見ているだけでも大変だった。

それは他のことも同じで、一つの指示をやり終えると、すぐに次の指示が飛んで来る。あれを取っておくれ。これを切っておくれ。息つく間のない忙しさだったが、とても楽しかった。

「…さめさんはいつも何時から用意してるんですか？」

「昼くらいだね。十二時過ぎにいつも頼んでる配達が来るから、それに合わせてここへ顔を出すんだよ」

「お店が閉まるのは夜中ですよね」

「閉店は十二時だけど、片付けやら何やらで一時過ぎになるね」

店の開店は五時だが、その下準備の為に昼から働いているとなると、結構な労働時間になる。店が開けば、ばたばたと常に忙しい。どう考えてもさめの歳ではしんどいことの方が多いだろうなと、進藤は手伝いながら考えていた。

さめは人に余計なことを聞かない代わりに、自分についても余計なことを話さなかった。聞かれれば話すけれど、それも最小限だ。それは槙原を通じて知り合った誰もに共通する特徴で、進藤にとっては居心地のいい環境だった。過去を聞かず、現在しか見ようとしない態度を保てるのは、同じような傷を持つ人間なのだからと、進藤が気付けたのは随分後のことになる。

がらりと、引き戸が音を立てて開いたのは、開店時間である五時より三十分以上も前だった。ちょうどさめが手洗いに行っている時で、一人だった進藤は戸惑った顔を出入り口に向けた。

引き戸に手をかけたまま立っている男も、進藤と同じように戸惑った顔をしていた。スーツ姿で、歳は四十半ば程。がっちりとした体格で、四角い顔と太い眉毛も併せて、岩のような硬い雰囲気がある。

光のある目は普通のサラリーマンが持つものではなく、男を包む独特の空気に、進藤は覚えがあった。咄嗟に声がかけられず、じっと見るしか出来ないでいると、男が首を傾げて尋ねる。

「……看板は…変わってないようだが、女将《おかみ》さんは死んだのかい？」

女将さんと男が言うのはさめのことだろう。進藤ははっとして、否定しようとしたのだが、さめの声の方が早かった。

「勝手に殺すんじゃないよ」

「なんだ。いるんじゃないか」

にやりと笑い、男は後ろ手で引き戸を閉めて中へ入って来る。慣れた様子でひょいと椅子を引いて座ると、さめが呆れ顔で忠告した。

「こんなところで油売っててていいのかい」

「久しぶりに近くへ来たんで寄ったんだ。まさか、女将さんのところでこんな色男が働いてるなんて思わないもんだからさ。てっきり死んだのかと思ったぜ」

「あんたが近くへ来るなんて、ロクでもないねえ。なんだい？」

「なに、よくある事件さ。一本向こうの筋のマンションで、女が刺されて見つかったんだ。可哀想に。まだ二十一だよ」

男の話す内容を聞きながら、進藤は自分の勘が当たったのを知った。刑事。関わらないに限る種類の人間だ。そっと顔を背けようとすると、男が「兄さん」と声をかけて来た。

「…はい？」

「心当たりでもあるのかい？」

まさか、と進藤は即座に首を横に振ったが、男の顔は笑っていても目が笑っていなかった。窺うように見る男に、さめが憤慨《ふんがい》した口調で食ってかかった。

「この子はそんな物騒《ぶっそう》な事件に関わるような子じゃないよ。冗談じゃない。どうして若い娘さんを刺したりするもんか。そんな気分の悪い疑いをかけるんなら、帰っとくれ」

「まあまあ、女将さん。そんなに怒らず。殺人事件ってのは誰もが興味を持つもんでさ。それに食いついて来ない人間ってのは後ろめたいところのある奴だってのが、俺たちにとっては定説なんだよ」

「この子の母親はね、ひき逃げされて犯人がまだ見つかってないんだよ。あんたたちには歯痒《はがゆ》い思いをしてるのさ」

さめの説明は道理がいくもので、男はすぐに納得して目付きを変えた。悪かったな、と自分のせいでもないのに詫びる男に、進藤は再び首を振った。本心ではひき逃げ犯の逮捕など、最初から諦めている。犯人が逮捕されたところで、特別な気持ちも抱かないだろう。なのに、こうして言い訳に使えるのは不思議な気がした。

「で、食事をしていくのかい？」

「悪いね。開店前に。これから戻って会議なんだ。満足な飯を食ってる暇もないなと思った時に、ここを思い出してさ。よかったよ」

急いでいるという男の為に、さめはさっとお膳を用意した。小鉢を出したり、丼《どんぶり》にご飯をよそったり、タイミングよくさめを手伝う進藤を見て、男は手伝って長いのかと尋ねる。

「いえ…。最近…です」

どうぞ…とお茶と一緒にお膳を出すと、男は礼を言って、箸を割った。職業柄もあるのか、食べる速度が速く、見る見る内に料理がなくなっていく。入って来てからさめと交わした会話の方が、長いんじゃないかと思える程の短時間で食べ終えると、男が「ごちそうさん」と言って立ち上がった。値段は聞かず、札入れから紙幣を出して置く。

「また顔を出すよ」

にやりと笑ってそう言うと、男は忙《せわ》しなく店を出て行った。引き戸が閉まり、暫くしてから、進藤はさめに礼を言った。

「…あの…ありがとうございました」

「あれは新宿西署の寺本《てらもと》っていうんだよ。一課だ」

声を潜めてつけ加えられた捜査課の名称は主に殺人事件を扱う部署だった。それから間もなくして、進藤はさめの指示で暖簾を外に出した。店に戻ると、さめがTVを点けていて、先程聞いたばかりの、若い女性が刺し殺されたという事件が報道されていた。毎日、似たような事件が各地で起こるから、いちいち覚えてられない。これもきっと、自分の記憶の中ではすぐに消え去っていくのだろうなと思っていると、引き戸が開き、客が入って来た。

七月。東京では最高気温の記録が更新されたというニュースの通り、とても暑い日が続いた。八月に入っても気温は高いままで、酷暑という言葉が似合う日々であったが、進藤にとってはさほど苦にならぬものだった。日中は冷房の効いた場所で働いているし、部屋に戻ってもエアコンがある。昨年まで自分が置かれていた環境からすると、ずっと恵まれていると素直に思えた。

勤め先の同僚が毎日、暑さに対して愚痴を吐く中で、進藤は別のことを気にかけていた。店で働いている間も、夜が近付いて来ると、今日こそ訪ねて来てくれるのではないかと、期待した。けれど、仕事を上がる時間になっても相手は現れず、がっかりしながら、それでも諦めきれずに姿を捜しに出かける…というパターンを繰り返した。どうしたのだろう、何かあったのだろうか。そんな心配から、進藤が解放されたのは、台風が近付いているらしいという話を耳にした日だった。

ぽんと背後から肩を叩かれ、振り返る前から相手を予想していた。そんな風に肩を叩く人間は、店の同僚にはいない。

「槙原さん」

ほっと、安堵するのと同時に、自然と進藤の顔には笑みが浮かんでいた。派手な笑みではなかったが、ほろりと零れてしまったような純粋な表情を見て、槙原は少し照れた気分になって「よお」と挨拶する。

「飯でもどうだ？」

「あ、はい。…俺、八時上がりなんで、待ってて貰えますか？」

互いに口に出さずとも、場所は「さめ」だと決まっている。槙原はすぐに頷き、店を出て行った。

前回、進藤が槙原とさめで会ってから一月以上が経っている。槙原の連絡先を知らぬ進藤は、彼がやって来るのを待っているしかなかった。返済途中の借金は勿論《もちろん》、葬儀社《そうぎしゃ》への支払いを立て替えて貰った金を返せていなくて、進藤としてはどうしても会いたかったのだが、槙原はパチンコ店は勿論、さめにも姿を見せなかった。槙原の「勤め先」である諏訪組まで訪ねて行こうかとも考えたのだが、色々まずいだろうと思い、踏み止《とど》まった。その内来るさ。そんなさめの言葉に頷きながら、この一月、進藤は槙原を待っていた。

八時になると、進藤はすぐに仕事を上がり、更衣室で着替えてさめへと向かった。さめの引き戸を開けると、槙原はカウンターの端に座っており、からかうような声が飛んで来る。

「お待ちかねが来てくれてよかったね」

カウンターの中からにやりとした笑みを向けて来るさめに苦笑を返し、店を見渡した。取り敢えず、手伝いが必要そうな様子はないのを確認し、槙原の隣に座る。

「聞いたぞ。バイトに来てるんだって？」

「バイトっていうか、夕飯を食べさせて貰う代わりに、ちょっと手伝いしてるだけです」

槙原を捜しにさめに顔を出している内に、進藤はさめから提案を持ちかけられた。夕食をうちで出すから、手伝ってくれないかい。パチンコ屋の仕事が終わってからでいいからさ。そんな言葉には自分の食生活を心配するさめの心遣いも入っていると知っていた。進藤は申し訳ない気分ながらも了承し、今はパチンコ店での勤務を八時には終えるようにして、毎晩、さめに顔を出している。

「ちょっとなもんか。十分、助かってるよ」

有り難そうに言うさめからウーロン茶とグラスを受け取った進藤は、槙原に用件を切り出す。いつ帰ってしまうか分からないから、先に済ませておかなくてはと、道すがら考えて来ていた。

「槙原さん。これ…返済分に充《あ》ててください。それから、葬儀社へのお金を…」

「…ああ。すっかり忘れてた。お前も変わった奴だよな」

槙原は言葉通り、本当に忘れていたようで、呆れた口調で言いながら進藤から封筒を受け取る。中身をちらりと見て、札を数えもせずに懐《ふところ》へしまった。

「これで十分だ。もう仕舞いにしようや」

「駄目です。返済すると約束した額にはまだ足りてませんし…それに、立て替えて貰ったお金の額も聞いてません。教えて下さい」

「そんなもん、忘れちまったよ。…それより、燗をつけてくれ。ぬるめで」

話を聞く気がないらしい槙原に、進藤は微かに眉を顰めて立ち上がる。カウンターの内側に回ると、自分用にとさめがくれた前掛けを腰に巻き、槙原のリクエストに従って燗酒を用意する為に徳利を出した。

「似合うな。こっちの仕事の方があってるんじゃないのか」

「出来るのは手伝いくらいですよ」

そう言いながらも、槙原が暫く見ない間に、進藤とさめのコンビネーションはこなれたものになっていた。祖母と孫程に年齢が違うのに、二人は無駄なく仕事を分担して、あうんの呼吸で動いている。長くさめに通っている槙原は過去に何人か、手伝いに入った人間を見たことがあるが、誰もがさめと呼吸があわず、すぐに見かけなくなった。

やはり、進藤は頭がいいのだろうなと改めて思いつつ、カウンターの内側から差し出された徳利を受け取る。手酌でお猪口に注ぐと、他の客からの注文を受けて、酎《ちゅう》ハイを作っている進藤に尋ねた。

「…あの人は…来てるか？」

「富樫さんですか？　来てませんよ」

「……」

「福島に連れて行ってくれた…あの日以来、会ってません」

進藤の答えに、槙原は何も言わずにお猪口の酒を飲み干した。進藤は出来上がった酎ハイを客に出すと、槙原の前に戻って「ありがとうございました」と礼を言った。

「槙原さんが…言ってくれたんですよね？」

富樫が自分の前に現れなくなったのは、槙原が嫌な役を買ってくれたからだと、進藤は考えていた。しかし、それは当たっているようで、当たっていなかった。微妙な顔つきで槙原は首の後ろをさする。富樫が進藤を訪ねなかったのは、自分の忠告を聞いたからではなく、純粋に余裕がなかったせいだろう。自分と同じで。

このブランクで忘れてくれてるといいんだが。そう願って、窺うように見ている進藤に向けて顔を上げた時だ。店の引き戸が開く音がし、進藤が「いらっしゃいませ」と出迎えた。しかし、その言葉が微妙な感じで途切れたのを聞き、槙原は不思議に思って振り返る。問題のある客でも来たのかという考えは、ある意味、当たっていた。

「……」

「……久しぶりだな」

嬉しそう…というのとは少し違うが、ほっとしたような顔で声をかけて来るのは、槙原が苦手とする相手だ。職業的には敵対する立場にある。刑事。進藤は相手の正体を知っていて、だから、挨拶を濁したのだと分かる。硬い表情で槙原が頭を下げると、入って来た客…新宿西署の寺本はその隣に腰を下ろした。

「元気そうじゃないか。長く顔を見てなかったから、どうしてるんだろうって思ってたぜ」

「寺本さんと顔を合わせるようなヤマに関わってたらマズイでしょう。……御愛想《おあいそ》、頼む」

槙原は苦笑を浮かべて返すと、進藤に会計を頼んだ。進藤がさめから受け取った勘定書《かんじょうがき》を渡すと、取り出した札を渡し、釣りはいいと言って席を立った。

「そんなに嫌うことないだろう？」

あからさまに避けてみせる槙原に、寺本は困惑した表情を浮かべる。槙原はそんな彼に丁寧に頭を下げ、何も言わずに店を出た。引き戸が閉まると、進藤はさめに「すみません」と断って、槙原の後を追

いかけた。

「槙原さん！」

　足の速い槙原は大分《だいぶ》店を離れており、通りに出ようとしているところだった。進藤の声を聞いて立ち止まった彼は、駆けて来る姿に苦《にが》い顔つきで唇を歪める。自分と知り合いであると、寺本に知られぬ方がいいのに。進藤にそんな計算をしろと言っても、無駄だと分かってはいたが。

「あの……槙原さんの…携帯、教えて下さい」

「どうして？」

「まだ…借金、残ってるんで…。また金が出来たら連絡しますから…」

「もういいって言っただろ？」

　優しい口調だったが、反論を許さない強さを感じて、進藤は黙るしかなかった。借金もなくなり、槙原が姿を見せなくなれば、彼との縁が切れてしまう。それが何故だか、怖くて、進藤は槙原を見つめたまま、動けなくなる。

　表情のない顔で立ち尽くす進藤が、槙原には迷子になったばかりの子供のように見えた。自分がどういう状況にあるのか、まだ把握してないけれど、不安だけは感じ始めている。そんな子供を見捨てられない自分の弱さをつくづく駄目だと思いながら、手を上げて進藤の肩を軽く叩いた。

「また寄る。今度はさめに来ればいいんだな？」

「…はい」

　頷く進藤に小さく笑い、槙原は背を向ける。通りに出ると同時に走り込んで来た車のドアを開け、乗り込んだ。すぐに発進した車はあっという間に視界から消えたが、進藤はその場に暫く立ったまま、槙原が消えた場所を見つめていた。


　店へ戻ると、寺本の窺うような視線に出迎えられた。槙原を追いかけた自分に何か聞きたげな表情に見えたが、寺本はすぐに顔を背《そむ》けた。さめの近所で起きた殺人事件の捜査が続いているせいか、この一月程、寺本はまめに顔を見せている。丁度、進藤がさめの手伝いに入り始めたのと時期を同じくしていたから、心ならずも顔馴染みの間柄になっていた。

短い付き合いでも、店の従業員として観察出来る立場にあると、その性格がよく分かるものだ。特に酒を飲む場所だから、本性みたいなものが垣間《かいま》見える。入って来る時はおとなしそうなのに、酒を飲んだ途端、饒舌《じょうぜつ》で豪気《ごうき》になる客もいれば、どんどん無口になる客もいる。寺本は淡々と飲み、さっと引き上げていく。改めて考えると、そういうところは槙原に似ているな…と思いながら、進藤は軽く頭を下げてカウンターの中へと戻った。

初めて会った時、疑いを向けられたりもしたが、その後、寺本から個人的なことを尋ねられたりはしなかった。さめという重石《おもし》もある。だが、槙原との関係は気になるものだったようだ。さめから寺本に出すように指示された柳葉魚《シシャモ》の皿を置くと、彼は潜めた声で問いを向けて来た。

「…どういう知り合いだい？」

寺本の前で槙原を追った時点で聞かれるのは覚悟していた。それに隠す必要もない内容だと思っていたから、進藤は感情の籠《こも》っていない口調で答える。

「親が借金して…それで色々ありまして、ちょっと…世話になったんです」

「親って…父親かい？」

「母親です」

「……」

ひき逃げされたっていう？ 寺本はそう口にはしなかったが、顔に書かれていた。進藤はさっと視線を外し、見なかったことにして洗い物を始めた。さめは他の客と話し込んでおり、会話を聞いていないように見えた。シンクにあった洗い物を終えると、手を拭き、寺本のビール瓶を覗いた。空になっているのを見て、追加はどうかと尋ねると、「冷や酒をくれ」と言う。

寺本は槇原と同じでビールの後は日本酒を頼むのだが、飲み方が違った。槇原は夏でも燗を好むが、寺本は冷やだ。冷やと言っても冷蔵庫で冷たくした吟醸酒《ぎんじょう》などは好みでなく、純米酒を常温でグラスに注いだものを望んだ。

皿とグラスを用意し、寺本の前に置くと、一升瓶《いっしょう》から酒を注ぐ。溢れるくらいに注いで、瓶の蓋《ふた》を閉める。横目でさめの様子を確認してから、グラスの縁《ふち》に唇を近付ける寺本に質問した。

「…寺本さんは…槇原さんをよく知ってるんですか？」

寺本は刑事と言っても一課だと聞いている。暴力団を担当している訳じゃないのに、顔見知りなのはどうしてなのか。組の幹部だと聞いている槇原は、刑事なら誰もが知っているような存在なのだろうか。色んな疑問を抱いて尋ねる進藤に、寺本はずっと音を立てて酒を吸ってから、答えた。

「今のあいつをよく知ってるとは言えないけど、昔なら知ってるよ」

「昔？」

「あれが逮捕された時、俺は一課に配属になったばかりのぺーぺーで…その事件を担当してたんだ。…もう十何年も前の話だ」

寺本が「逮捕」と口にしても、進藤は全く驚かなかった。やっぱり…というような感想を抱いただけだ。一課が担当する事件は殺人や傷害といった、凶悪事件だ。槇原の職業だけでなく、彼の持つ雰囲気も、そういう事件での逮捕歴を納得させるものがあった。

「兄さんは肝《きも》が据《す》わってるね」

「…え？」

「何を聞いても驚かない」

にやりと笑って言う寺本に、進藤はどう返したらいいのか戸惑《とまど》ってすぐに返せなかった。すると、タイミング良く、さめがひょいと顔を出す。

「あれは忙しそうだけど、やっぱり揉めてるのかい?」

事情を知らない人間が聞いたらさっぱり通じないような台詞だったが、寺本には十分だったようだ。「ああ」と答える声は渋いもので、グラスを持ち上げて、一口酒を飲む。

「女将さんは知ってるだろうけど、若頭の波多野派と、本部長になった富樫派で真っ二つだ。組が割れるのを危惧して、入院してる組長が槙原を若頭補佐につけたんだが、あれは富樫一筋で波多野の下には収まらねえ。その上、元々、補佐の地位を狙ってた波多野派の福留ってのが、その対応を気に入らず、勢力を伸ばして来てるってんで、あそこの内情はぐちゃぐちゃよ。一触即発って感じらしいぜ」

「親父さんの調子は?」

「よくないらしいな。組対《そたい》の連中はいつでも動けるように準備してるようだ。葬式を諏訪組として出せるかどうか、微妙《びみょう》なところだろう。富樫が独立するって線はやっぱり消えねえみたいだしな」

掠れた声が説明する内容を、進藤は逐一《ちくいち》漏らさぬよう、聞き取った。槙原と富樫が所属する諏訪組が揉めているというのはさめからも聞いていた。寺本の話はそれを裏付け、かつ、つまびらかにしてくれる。進藤には直接関係のない話であったが、心配になってしまうような内容は、聞かないでいた方がよかったのだろうかと悩まされるものだった。

そんな困惑を感じ取ったさめが、進藤をちらりと見上げる。テーブルの器《うつわ》を下げて来ておくれ。さめの指示に頷いて、進藤は布巾を手にカウンターを出た。その場を離れた後も、さめと寺本は声を潜めて話し続けていたが、その内容は聞き取れず、もやもやとした気分だけが心に残った。


逃げるようにさめをあとにした槙原は、そのまま仕事に戻ったのだが、どうもうまくいかなかった。久しぶりに見た寺本は、皺が増え、歳を取ったと感じさせる面相だった。向こうから見れば自分も同じなのだろう。寺本自身を嫌っている訳ではないのだが、今は時期が悪い。つまらないことから足を掬われるのはごめんだし、進藤の前で余計な話もしたくなかった。

しかし、自分がいなくても…いないからこそ、寺本は進藤に「余計な話」をしているだろうな。そう思うと、自然と顰めっ面になってしまい、それを気にかける周囲に更に苛つくという悪循環に陥《おちい》った。

今日は駄目だと、仕切り直しのつもりで自宅に戻り、翌朝、事務所に顔を出すと、昼過ぎに富樫が現れた。

切り替えたつもりだったのに、敏感な富樫にはすぐに気付かれた。

「なに、不機嫌な面、してんだ?」

「……普通です」

「親父に泣きつかれたのか、若頭に嫌味《いやみ》でも言われたのか、陣野組にケチでもつけられたのか」

富樫はすらすらと心当たりを並べたが、どれも当たっていない。さすがの富樫も寺本のことまでは見抜けないかと、槙原は小さくほくそ笑む。そんな表情を目敏《めざと》く見つけ、富樫はフンと鼻息を漏らした。

「パチ屋か」

「………」

微妙に当たっている指摘に、槙原はつい目を眇めてしまう。そんな反応が隙になると分かっているのに、表に出してしまう自分は修行が足りないと思うのだが。

「お前、一人でお楽しみか? 人にはうるさく言う癖によ」

「楽しんでなんかいませんよ。それに違いますから」

「会ったんだろ?」

「会ってないです」

忙しかったせいもあるのだろうが、富樫が進藤に会いに行かなかったのは、自分が最後に刺した釘が効いてるからだとも思っていた。同じ過《あやま》ちを何度も繰り返すなという忠告は、富樫にも考えるところがあったに違いない。だから、今、思い出させるのはまずいと、会ってないと断言し、他の話題に切り替える。

「そんなことより、この売上の落ち方、どう見るんですか」

「……」

ばさりと音を立てて書類を置く槙原を、富樫は疑いの色を浮かべて見ていたが、進藤の話を続けはしなかった。テーブルに置かれた書類を持ち上げ、つまらなそうに視線を走らせると、乱暴に戻す。

「別に。一時期のことだろ」

「腹、立たないんですか」

「同じ組内のことだ。どうせ金が流れる先は同じだろ。いいじゃねえか。目くじら立てなくても」

鷹揚《おうよう》に言う富樫に、槙原は不満そうな表情を浮かべ、小さく息を吐いた。それが富樫の本音なのか、色んなバランスを考えた上での発言か。判断はつかなかったが、自分の言いたいことは分かっているだろうにと、つい、腹が立つ。

七月上旬。若頭波多野の側近である福留が、福岡の陣野組の助力を得て、新宿の一等地に店をオープンさせた。その前から陣野組の幹部が富樫が所有する複数の店に顔を出していたのを、槙原は嫌な気分で様子見していたのだが、予感は当たり、開店したその店は富樫の店のやり方をまるっと真似《まね》たものだった。陣野組のアドヴァイスで、新しいやり方を持ち込むという触れ込みだったのに、いざ開けて見れば恥も外聞もないパクリ方で、富樫の下についている人間は誰もが憤《いきどお》った。

その中でも一番立腹《りっぷく》したのが、富樫の右腕である槙原だ。喧嘩を売られたも同然だと怒気を露《あらわ》にする槙原を、その上役である富樫は冷静に窘《たしな》めた。いいじゃねえか。向こうが稼いでくれるっていうなら、楽な話だ。さらりと流す富樫に、槙原は苛ついたが、自分が表立って態度を硬化させれば下の人間にも影響を及ぼす。ただでさえ、福留の行動で諏訪組内には不穏な空気が満ちている中、迂闊《うかつ》な真似は出来ないからと、富樫にしか愚痴を吐かないようにしているのだが。

「あんたはそんな呑気《のんき》なことを言ってますけど、寝首かかれますよ。このままじゃ」

「別にいいさ。福留さんが欲しいってんなら、本部長って肩書きくらい、いつでもやるよ。まあ、あの人が欲しいのはお前の肩書きだろうがな」

「……」

富樫が自分についた肩書きを億劫に思っているのは知っている。それを無理につけさせた自分に不満を持っているのも。けれど、槙原にも引けない部分があった。

「俺はあんたに跡目を継いで欲しいんです。親父がそう願ってるのは知ってるでしょう」

「……めんどくせえこと、言うなよ」

真面目な顔で言う槙原に、富樫は嫌そうに顔を歪めて、ソファから立ち上がる。窓辺に寄ると、分厚い雲が方々に見え始めた空を覗いた。

「台風、来るらしいじゃねえか」

「……らしいですね」

話題を変える富樫に、槙原は肩を竦めてあわせた。

刑務所を出所した後、どうしようかと先を悩んでいた頃、富樫に出会った。組に留まったのは富樫の存在があったからだ。富樫がいなかったら…彼を組長にするという目標がなかったら、とうに廃業していただろう。富樫がどんなに嫌がっても、自分に付き合って貰わなくてはいけない。最初に声をかけて来たのは富樫の方だ。

「…余計な真似、するなよ」

「あんたこそ」

似たような台詞をお互いに向けて、鋭い視線を交わす。先に部屋を出た富樫は、後ろ手にドアを閉めると、派手に顔を歪めて溜め息を吐いた。

台風が近付いているというニュースが朝からうるさく流れていた。夕方、九州に上陸した台風は北上を続けているが、進みが遅く、進路も迷走を続けており、関東地方に再接近するのは早くても明後日になるとの話だった。

「やだねえ。来るのかね」

「日本海に抜ければいいんですかね」

「でも、それだと右側になるだろ。台風は右側が危ないんだぜ」

パチンコ店の勤めを終え、さめの店で手伝いに入っていた進藤は、さめや客と共にTVを見ながら、台風について話していた。まだ雨は降っていないが、風が出て来ている。その日は土曜で、会社関係が休みのせいもあって、客はウィークデイ程多くない。さめが早仕舞いにしようと言うので、進藤は十一時過ぎに暖簾を仕舞った。

最後の客が帰ると、さめと店の片付けを済ませた。明後日に関東に近付くようだから、月曜の営業は天気次第だねと言うさめに頷きながら、二人で店を出る。マンションへ帰るさめと別れ、通りを歩き始めた進藤は、交差点に差しかかろうとした時、いきなり背後から肩を摑まれた。

「…っ!?」

振り返る迄《まで》もなく、その力の強さで誰だか相手が分かる。進藤が抵抗出来ない強さで連れ去れる腕力を持った人間など、そうはいない。

「と…がしさん…っ?」

「乗れ」

富樫が無愛想な口調でそう言った時には、既に身体の半分は助手席に押し込まれていた。反論はドアで遮られる。さっさと運転席へ乗り込んだ富樫は、進藤が文句を言う前に車を発進させた。

「な…にするんですか?」

「アパートに行ったらいなかったんで、ここかと思って来たら、正解だった。ババアと一緒に出て来たけど、店仕舞いまでいたのか?」

「……手伝ってるんです」

「ババアを？」

「はい。パチンコ屋は八時までにして…その後はさめさんの店で…夕食を食べさせて貰う代わりに働いてます」

「お前は本当に変わってる奴だよな」

「……」

富樫には言われたくないと、進藤はむっとしながらシートベルトを嵌めた。何処に行くのか分からないが、富樫に力業《ちからわざ》で逆らっても酷い目に遭うだけだというのは学習済みだ。まずは目的を聞こうと口を開いたのだが。

「食事に行くんですか？」

もう深夜であるが、それくらいしか思いつかずに聞いた。けれど、答えはなく、富樫は無言で車を首都高へと進ませる。てっきり、近所で夕食を付き合わされるのだと思っていた進藤は、ゲートを通過する車の中で、驚いた顔で富樫に尋ねた。

「何処に行くんですか？」

「遠く」

「は？」

返事はあったものの、意味を成《な》さない言葉に進藤は眉を顰める。不審さを抱きながら運転席を見ると、にやりとした顔付きでハンドルを握っている富樫がいて、内心で溜め息を吐いた。槙原が来なかったのは心配だったけれど、富樫が来なかったのには安心していたのに。これも昨夜、槙原が現れたせいなのだろうか。あいつのしそうなことは全部分かる…というような台詞を富樫が吐いていたのを思い出すと、複雑な気分になって、進藤は高速道路の夜景に目をやった。

首都高から外環《がいかん》へ入り、大泉《おおいずみ》ＪＣＴから関越《かんえつ》道へ入った車は北へ向かった。群馬《ぐんま》という標識を見ても、進藤には行き先がさっぱり予想出来ず、無言で助手席のシートに身体を埋《うず》めていた。富樫に聞いても答えてくれなかったし、前回とは違って「荷物」を持っている訳ではないから気は重くない。何処でも一緒だろうと思いながら、外を見ていると、また標識が現れ、今度は上信越道《じょうしんえつ》へと入って行く。二時間程のドライブで車が高速を下りたのは、碓氷軽井沢《うすいかるいざわ》という名のICだった。軽井沢は有名な別荘地として、進藤にも覚えがある地名だった。

その地名を見た時に「まさか」と思った進藤の予感は三十分後には当たっていた。周囲は真っ暗で何処を走っているのかよく分からなかったのだが、通りから測道へ入り、くねくねと曲がりながら山道を進んだ車は、途中で砂利道《じゃりみち》へと入った。ゆっくりと走る車が砂利を踏む音が響く。深い森の中に灯りはなく、車のライトだけが頼りだから、どういう場所であるのか、全く窺えない。富樫も何かを探しているような気配があって、進藤は不審に思っていたのだが、間もなくして道の先が開け、車は停まった。

「着いたぞ」

「…何処ですか？」

「軽井沢」

それは分かっている…と言おうとしても、富樫は先に車を降りてしまう。一人で車に乗っている訳にもいかなくて、仕方なくドアを開けると、山の匂いがした。東京では夜中でもクーラーが必要だが、Tシャツ一枚ではひんやりする程、空気が冷えている。しんと静まり返った真っ黒な森に、訳もなく不安を覚えて、空を見上げると、高い木々と、雲の隙間に星が見えた。台風のせいで雲が多いから僅かばかりしか見えないが、晴れていればもっと多くの星が見られるのだろう。珍しい景色に顔を上げたまま見とれていると、富樫の声が離れた場所から聞こえる。

「おい。何してんだ？」

いつの間にか富樫は側を離れ、目の前に建つ建物の方へと移動していた。曲がりくねった砂利道の先には車が十台程停められるような広さの土地が開かれており、その奥に別荘らしき建物があった。車からはよく分からなかったが、暗闇に目が慣れて来ると大体の全体像が分かる。夜目にも銀色に光る壁や、アンバランスな感じのデザインがモダンな、まだ新しい家だった。

玄関前に立った富樫はスーツのポケットから取り出した鍵をドアに差し込んだのだが、すぐには開かなかった。これじゃないのかと独り言を呟いて、別の鍵を取り出す。別荘だから慣れていないのかと思ったが、なんだか違う気がして、尋ねてみた。

「富樫さんの家じゃないんですか？」

「ああ」

じゃあ、誰の？　と問いかける前にドアが開いた。中へ入る富樫に続くと、空気が籠もった埃臭《ほこりくさ》さが鼻をつく。富樫もそれが気になるようで、真っ直ぐ続く廊下を歩き、居間らしき広い部屋に出ると、窓へと近付き、進藤にも開けるように要求した。

「全部開けろよ。臭くて敵わねえ」

「ずっと閉めっぱなしだったんですか？」

「使えるようにはしておくって言ってたから、掃除はしたんだろうが、暮らさないことには埃っぽさってのは取れないもんか」

「まだ新しいですよね」

「ああ。建ててから四年…けど、実際使ったのは一年ちょっとらしい」

ならば三年は人が入っていないことになる。新しい建物でも埃臭いのは仕方のない話で、進藤は富樫の指示に従い、居間だけでなく、他の部屋の窓も開けに行った。一部二階建てという、外観通りに変形した造りの家は、二階に寝室とバスルームがあった。大きなクイーンサイズのベッドのシーツは新しいものに見える。富樫の言った通り、誰かが使えるように用意したのだろう。バスルームも綺麗《きれい》に掃除されており、長年放置されていたとは思えなかった。

一階には広い開放的な居間と、それに続くキッチン、パントリー。外へと繋がる土間《どま》もあり、全体的にパブリックスペースを贅沢《ぜいたく》に取った家だった。ずっと狭い場所で暮らして来た進藤には別世界で、色々珍しく思いながら見て歩き、居間へ戻ると、富樫がキッチンでウィスキーをグラスに注いでいた。

「上に寝室があるって言ってたが、掃除してあったか？」

「はい。新しいシーツに見えましたけど…」

「ちょっと寝て来る。勝手に使えよ。寝たかったら上に来い」

どういう意味かと、進藤が問い返す前に、富樫はグラスを手にさっさと階段に向かってしまった。その背中を追いかけて文句を言うのは、逆効果な気がして、溜め息を吐いて見送る。壁にかかった時計を見ると、時刻は二時過ぎで、確かに就寝時間ではあるのだが。このままここで寝たら、明日のバイトは休まなくてはならなくなる。だが、何処かもよく分からない山の中から帰る方法はない。

「…何考えてんだよ」

疲れた気分で呟いても、富樫の耳には届かない。揉めるのが分かっているから、届かせる気もない。話は富樫が起きて来てからだと、進藤は諦めをつけて、ソファに寝転がった。


さすが高級別荘地に建つ家だけあって、ソファも素晴らしい寝心地で、進藤はすぐに眠りに就いたのだが、明け方、寒さで目を覚ました。窓を開け放したままだったので、冷気が入って来ている。東京では有り得ない話だったが、さすがに森の中だけある。居間の窓を閉め、何かないだろうかと廊下のクロゼットを漁《あさ》ると、毛布が置いてあった。有り難いと思い、それを被って再び眠りに就く。

クーラーの冷気とは違う、自然の涼やかさは深い眠りを誘い、久しぶりに熟睡した進藤が目を覚ましたのは、煙草の匂いと何かがはためいている音に気付いたからだ。バタバタという布の音が不思議で目を開けると、すぐ側に富樫の顔があった。唇に煙草を咥えている。匂いのもとはこれか…と思い、起き上がると、進藤が目覚めたのに気付いた富樫が視線を向ける。

「なんでこんなところで寝てるんだ?」

「……」

なんでと言われても…。答えに詰まりながら毛布を退かし、音のする方を見る。外から吹き込んで来る風でカーテンが踊っている。明け方に閉めたのだが、富樫が再び開けたのだろう。居間の天井は高く、窓も同じような高さがあるのでカーテンの布も分量が多い。重そうな音が耳につき、進藤は窓を閉める為に立ち上がった。

「…閉めてもいいですか?」

無言で頷く富樫はソファの前に長く座っていたようで、床の上にクッションやグラス、雑誌などが置いてあった。昨夜はスーツ姿だったが、寝る前に着替えたらしく、Tシャツにジャージというラフな格好だ。

富樫はここで何をしていたのだろう。自分が起きるのを待っていたのだろうか。強引に拉致《らち》したり、せっかちな部分も多いのに、起きるのを待つ気長さはあるのか。富樫に関しては理解出来ないことが多いから、敢えて不思議に思わないでおこうと決め、窓を閉めてしまうと、背後を振り返った。

「…富樫さん…」

眠る前に聞けなかった、こんなところまで連れて来た目的と、いつ帰るつもりなのかを聞かなくてはいけない。絶対答えを得ようと、決意をもって声をかけたのだが、想像もしなかった切り返しで崩されてしまう。

「腹減った」

「……」

「お前、ババアの手伝いしてるんなら、なんか作れるんだろ? 飯、用意しろよ」

「…それより…」

「飯が先だ。腹、減ってないのか?」

そう言われれば、確かに空腹は感じている。進藤は仕方なく、キッチンへ向かった。用意しろと言うからには、何かあるのだろうかと訝しみながら冷蔵庫を開けると、適当に食料品が入っている。これも掃除に来た人間が用意したのだろう。何を作るか考えていると、富樫が覗きに来る。

「飯を炊《た》くのは時間がかかるから、パンでいい。卵があるから…目玉焼きと、ハムを焼けよ。ベーコンもあるから…それと、ソーセージ」

「…富樫さん。料理出来るんですか?」

「めんどくせえからやだ」

ということは、出来ない訳ではないのだなと理解して、進藤は子供みたいな言いぐさに苦笑する。さっさとキッチンを出て行った富樫は進藤が寝ていたソファにどかりと腰かけると、TVを点けた。スポーツチャンネルを選び、サッカーの試合を見始めるのを横目に、進藤は手際《てぎわ》よく朝食の準備を始める。

さめの店を手伝い出してから、料理も教わるようになった。見様見真似だったけれど、元々器用で勘もよかったから、基本的なことはすぐに出来るようになり、料理に対して臆《おく》したりもしなくなった。今でも勉強中であり、客に出す料理を何でも作れるとまではいかないが、普段食べるようなものは十分に自分で賄《まかな》える。

富樫のリクエスト通り、卵やハムなどを焼いてから、野菜室にあったきゅうりやトマトを切った。パンを焼き、牛乳やジュースを用意する。キッチンの前にあるダイニングテーブルに用意を済ませると、難しい顔でTVを見ている富樫を呼ぶ。

「富樫さん、出来ましたよ」

「ああ」

ソファから移動して来た富樫は、自分の前に置かれた皿を見て眉を顰めた。富樫のリクエスト通りのものを調理したつもりだったが、何が気に入らないのだろうか。そんな進藤の疑問は、富樫の呆れた行動によって明らかになる。

おもむろに皿を持ち上げた富樫は、ひょいと腕を伸ばし、前に座っている進藤の皿に野菜だけを移した。驚いた目で見る進藤に、悪びれた様子もなく、野菜は嫌いだと明言して嫌そうな顔で言う。

「虫の食うもんだ」

そういえば。さめの店でも富樫の前に野菜は置かれていなかった。さめは富樫から何も聞かずにつまみを並べた覚えがあるから、彼が野菜を食べないと知っていたに違いない。

「身体に悪いですよ」

「野菜を食ってまで長生きしたくない」

極論に苦笑して、進藤は富樫が寄越《よこ》したトマトに箸を伸ばす。何気なく顔を上げると、窓の向こうで木々がしなっているのが見える。TVを消したせいか、風の音が強くなっているのがよく分かった。

「やっぱり台風、来るんですかね」

「みたいだな。さっきニュースを見たら、一度日本海に抜けたが、再上陸して来るらしい。速度が上がってるらしくて、この辺りは丁度今晩だ」

「……今日、帰るんですよね？」

確認するように聞いたが、富樫は何も答えなかった。バイト先であるパチンコ店に欠勤する連絡を入れなくてはいけないが、明日も休むと言っておいた方が無難だろうか。食事が終わったら、富樫に携帯を借りようと思いつつ、トーストや目玉焼きを食べた。

富樫の食欲は旺盛《おうせい》で、あっという間に皿に載っていた料理を食べ終えた。コーヒーをくれと言う彼に、入れ方が分からないと答えると、渋い顔で立ち上がる。

「来いよ。教えてやる」

まだ野菜が残っていたが、進藤は席を立ち、富樫と共にキッチンへと回った。棚からコーヒーメーカーを取り出した富樫は、サーバーをざっと洗うと、本体に水を注ぎ、フィルターへ粉を入れる。

「…大体、一人分でこのスプーン一杯でいいから。お前も飲むだろ？」

「あ…はい」

「ババアはコーヒー、飲まねえのか？」

パチンと音を立ててスウィッチを入れ、さめの嗜好を聞く富樫に、進藤は「飲みますよ」と自分の知っている範囲で答える。

「ただ、店で入れてるのは見ないですね。近くの喫茶店で一緒に飲んだことはありますけど」

「お前、ババアと喫茶店に行くような仲なのか？」

「休みの日は昼間から手伝いに行ってるんで。料理を習ったりしてることもあって…休憩に行こうって誘われて、近くの喫茶店に」

「よくあのババアと付き合えるな」

「さめさんはいい人ですよ」

信じられないという顔つきで言う富樫に、進藤は苦笑を浮かべて答える。どちらかというと、こうして富樫に付き合っていることの方が、驚かれるべきなのではないかと思うのだが、本人には言えない内容だ。こぽこぽと音を立て始めるコーヒーメーカーから離れ、テーブルへと戻り、空いた食器を片付けた。

残った野菜を仕舞い、シンクで洗い物を始めると、富樫は入ったら持って来るようにと言って、ソファへ戻った。洗い物を終える頃にはコーヒーメーカーの動きは止まっており、棚にあったカップに入れて、富樫のもとへ運んだ。先程の続きなのか、違うものなのか、進藤には判別がつかなかったが、富樫が眺めているＴＶでは同じようなサッカーの試合をやっている。

「…サッカー好きなんですか？」

聞きながらカップをサイドテーブルに置くと、富樫は首を横に振った。別に。煙草を咥えて答える顔は、つまらなそうなものだ。進藤はそれ以上聞かず、自分のカップを手に富樫の側を離れた。

富樫の近くにはいない方がいいと、経験上、学んでいる。窓際に立ち、カーテンを捲って外を見ながら、コーヒーに口をつけた。ごおごおと鳴る風は、都会で聞くのとは違う音だ。嵐の時は街の方が静かなのだと、進藤は初めて知った。木々がざわめく音は人の叫び声に似ている。恐ろしく感じるのと同時に、もっと深く聞きたいような好奇心を覚えた。

半分程飲んだカップをテーブルに置くと、キッチンの勝手口から外へ出た。風は強いが、雨は降り出していない。置いてあった草履《ぞうり》を履き、家の外周を回ってみようと歩き始めた。周囲の木々は鬱蒼《うっそう》としていて、その向こうに何があるのかは分からなかった。木々が唸《うな》る音を聞きながら、空を見上げると厚い雲が凄《すご》い速度で移動している。いつ降り出してもおかしくないなと思いつつ、居間の前に広がる庭へと出ると、いつの間にか富樫も外へ出て来ており、芝生の上に置かれたベンチに座っていた。

「何してんだよ」

「……」

家の中にいてもすることはない。帰りたくても帰る方法がない。色々と富樫に向けたい不満はあったが、口にしても無駄だと分かっているので、代わりに携帯を貸してくれと頼んだ。バイトを休むと電話したい…と言うと、富樫は立ち上がり、窓から部屋の中へと戻り、携帯を持って来た。

「番号は?」

「……」

どうするつもりなのだろう…と怪しみながら、番号を答えると、富樫は器用に片手で番号を押し、そのまま自分の耳に携帯を当てた。

「富樫さん、自分で……」

話したいという進藤の望みは叶えられなかった。富樫は勝手に店長を呼び出し、進藤が今日と明日、バイトを休むと伝える。自分でもそう言おうとは思っていたのだが、やはりもう一泊する気なのだと分かると、気が重くなる。通話を終えた富樫はにやりと笑って、携帯をポケットへ仕舞う。

「ババアには連絡しなくていいだろ？」

「……。富樫さん、今日は帰らないつもりですか？」

「何言ってんだ。この台風で高速も閉鎖だ。帰りたくても帰れねえよ」

それが本当かどうか、進藤には分からなかったのだが、嵐の夜を富樫と二人きりで過ごさなくてはいけないのは事実だ。頭上で鳴る風の音が憂鬱《ゆううつ》を大きくするようで、小さく溜め息を吐いて俯くと、富樫が思いがけぬ問いを向けて来た。

「この別荘、どうだ？」

「…どうって？」

「気に入ったか？」

気に入るとか、気に入らないとか。そんな選択肢で捉えられるものではない。高級別荘地に建つ豪邸など、進藤にとっては全くの別世界であるから、自分の中での基準がないとしか言いようがなかった。

「分かりません」

「気に入らねえのか」

「そうじゃなくて…俺には無縁なんで、こういうの。分からないですよ」

肩を竦めて答えると、富樫は怪訝そうに顔を顰めた。そして、嫌そうに鼻息を吐いて文句を言う。

「お前はどうしてそう、面白くないんだ」

「面白くないって…。じゃ、気に入ったって言えば面白いんですか？」

「……」

真面目な顔で言い返す進藤に、富樫は顰めっ面を深くして、ポケットから煙草を取り出した。唇に咥えて火を点けようとするけれど、外は強風を通り越し、暴風だ。ライターの火などあっという間に消えてしまう。

「ちっ。ほら、中に入るぞ。雨が降って来る」

富樫の憎まれ口に呆れた気分で、窓から中へと入って行く背中を見送ったのだが、彼の苛つきが天まで届いたのか、本当に雨粒が顔に当たった。空を見上げると、ぱらぱらと大きな粒が落ちて来る。とうとう降り始めた雨に、進藤は慌てて勝手口へ戻り、中へ入った。あっという間に雨は酷くなり、窓の外がはっきりと見えなくなった。

飲みかけだったコーヒーは冷めてしまっていたので、残りを捨ててカップを洗った。ついでに出しっぱなしだったコーヒーメーカーを片付けていると、突然、家中に音楽が響き始める。

「!?」

びっくりして居間を覗けば、TVの前で富樫があぐらを掻いて、リモコンらしきものを手にしている。流れている音楽は、クラシックらしいとしか分からない。コーヒーメーカーを棚へ仕舞うと、富樫のもとへ歩み寄った。

「何ですか？　これ」

「バッハ」

「……クラシック？」

「無伴奏チェロ組曲。嫌いか？」

別荘を気に入ったかどうかには答えられなかったけれど、これの答えならばあった。バッハもチェロもよく分からないが、嫌いじゃない。首を横に振ると、富樫は笑みを浮かべる。

「ここを建てた人間はクラシック好きだったみたいだ。見ろよ」

富樫が指すTVボードの中にはぎっしり、クラシックのCDが詰まっていた。オーディオセットも収められており、スピーカーは壁面《へきめん》と天井に埋められているから、家中で音楽が聴けるようになっていると、富樫は説明した。

「外観のデザインは好みじゃないが、これは悪くないな」

「……富樫さん、ここを買うんですか？」

「買ってくれと頼まれてる。お前が気に入ったら即決しようと思って、連れて来たんだ」

「…どうして、俺が気に入ったら、なんですか？」

「言っただろ？　お前の望みを叶えてやるって」

「俺は望んでません」

眉を顰めて、きっぱり返すと、富樫は憮然とした顔になった。そのままの顔で首を捻り、真剣な様子で再度尋ねる。

「軽井沢のこの場所に、この大きさの建物だ。億を軽く超える物件をお前の為に買ってやるって言ってるんだぜ？　ここが気に入らないなら他でもいい。気に入ったのか、気に入らないのか」

「富樫さん、根本的に間違ってるんですよ」

「何が」

「俺は贅沢な暮らしとか、そういうのがしたいって思わないんで」

こんな別荘に連れて来られても、何をしたらいいのか分からない。別世界に戸惑い、自分の生活とはかけ離れた暮らしに落ち着かない気分になるだけだ。何でも買ってやる。何でも望みを叶えてやる。富樫は繰り返しそう言うけれど、彼が思い浮かべる望みと、自分が抱く望みの間には、永遠に埋まらない溝がある。

ただ。富樫といるのも悪くないなと思えることはある。富樫が乗せてくれる車から見る、流れる景色。無言だけれど、誰かと一緒にいるという感覚。今は、この音楽。

「富樫さん。忙しいんじゃないんですか？」

じっと自分を見つめている富樫に、そう尋ねると、さっと視線をそらす。昨夜、久しぶりにさめに現れた槙原はすぐに帰ってしまったが、寺本から彼が長く姿を見せなかった事情を聞いた。槙原が多忙であるならば、その上役である富樫も同じように忙しい筈だった。恐らく、富樫は諏訪組内部での騒動の渦《か》中《ちゅう》にいるのだろうに。

「別荘なんか、見に来てる場合じゃないような話を聞きましたけど」

「槙原か？」

「いえ」

「ババアか?」

富樫が寺本を知っているかどうか、分からないと思いつつ、質問口調で名前を挙げる。

「寺本さんって…知ってますか?」

「……。あいつ、まだババアの店に来てんのか」

見下ろしている富樫の顔は前を向いており、はっきりとした表情は窺えなかったが、硬いものになったのは分かった。一警察官として知っているのではなく、槙原との関係も把握しているのだと分からせるような反応に、進藤は複雑な気分で尋ねる。

「富樫さんも寺本さんと知り合いなんですか?」

「デカの知り合いなんていねえよ」

フンと鼻息つきで乱暴に答えた富樫は、そのまま何も言わなくなった。進藤はそっとその場から離れると、キッチンへ戻り、洗っておいた食器を仕舞った。家中に響く低い弦楽器の音色は、風や雨の音を打ち消し、不思議な空間へと変える。これは本当に悪くない。キッチンの小窓から見える外は嵐で、余計に違う世界へ来てしまった気持ちが強くなった。

クラシックを大音響でかけ、ソファを陣取った富樫は何か考え事でもしているのか、ぴくりとも動かなくなってしまったので、進藤は本当にすることがなかった。何かないかと家の中を探索していると、廊下のクロゼットに本棚を発見した。分厚い文庫本が沢山あるのに助けられた気分で、中でも長そうな話を選んで取り出した。パール・バックの「大地」。古い文庫本数冊を手にダイニングテーブルにつくと、音楽を聴きながら読み始める。

元々、読書は好きだったが、そういう環境がなかった。思いがけず、読書出来る機会を得た数年間。貪《むさぼ》るように色んな本を読んだ。「大地」も一度読んだのだが、壮大な話だから何度でも読める。音楽のせいもあって、異様に集中出来た。あっという間に時間が経っていたのに気付いていなかった進藤は、自分の目の前が急に明るくなったのにはっとする。

「…！」

「こんな暗い中で読んでると目が悪くなるぞ」

電気くらい点けろと、富樫が憮然とした顔で叱る。小説に没頭《ぼっとう》していた進藤は、自分がどういう状況にいたのか、すぐに思い出せなかった。呆然とした顔を上げる進藤の手元を、富樫は身を屈めて覗き込む。

「…大地？　……俺に対する嫌みか？」

「富樫さん、読んだことあるんですか？」

「貧乏な農民が成り上がって没落《ぼつらく》する話だろ？」

「……。富樫さんって…変わってますね」

感心したように言う進藤に、富樫は心外そうに顔を顰める。お前に言われたくない。短く吐き捨て、背を向けてキッチンへと歩いて行く。富樫が変わっているのは最初から分かっていたけれど、長く一緒にいると、違う意味でも変わっているのだというのが見えて来る。クラシックや文学に造詣《ぞうけい》が深いヤクザというのも珍しいだろう。

いつの間にか音楽がピアノに変わっている。重厚な協奏曲。嵐に似合う曲を選んでいるのかもしれないと思いながら、本を置いて立ち上がった。

「…何か食べるんですか？」

冷蔵庫を開けている富樫に問いかけると、時計を見ろと言われる。振り返って壁面にある時計に目をやれば、五時を過ぎていた。道理で暗い筈だ。それにしても。本を読み始めたのは昼前で、それから五時間近くも座っていたのかと、自分自身に呆れた気分になった。

「肉がある」

ごそごそと庫内を漁っていた富樫は、チルドルームからにやりとした顔で、笹《ささ》の皮で包まれた肉を取り出した。シンク横のカウンターに置き、包みを解くと、中から見事な霜降《しもふ》りの分厚いステーキ肉が現れた。

「お前……いや、いい。これは俺が焼く」

「焼くくらいなら出来ますよ」

「この前、焼肉に連れて行った時、お前に肉は焼かせないって決めたんだ。あんなに焦げた肉を食いたくない」

「……」

渋そうな顔で言う富樫に、進藤は返す言葉がなくて首筋をさすった。焦がしたつもりはないのだが、焼き加減が分からないのは確かだ。それに文句を並べられるよりも、自分で焼かせた方がいい。そう思って富樫に任せ、指示通りにフライパンを出したり、皿を出したりと、他の用意に回った。

フライパンをガス台に置き、塩と胡椒《こしょう》を出していると、富樫がふと姿を消した。トイレにでも行ったのかと思っていたが、戻って来た彼はワインの瓶を手にしていた。キッチンから続くパントリーにワインセラーがあり、いいワインがあったと嬉しそうに言って、引き出しにあったソムリエナイフで器用に栓を開ける。棚からグラスを一つ出すと、富樫がお前も飲めと強要してきた。

「飲めません」

「こんないいワイン、滅多に飲めねえぞ。それに肉食うのに、ワインがなかったらおかしいだろうが」

何がおかしいのか分からないが、逆らうのも疲れるからと、進藤はもう一つグラスを出した。ボトルからグラスに注がれたワインは濃い蝦《えび》色で、オレンジ色の照明の下では黒っぽく見えた。

ワインを飲みながら、富樫は肉を焼き始める。自分用に注がれたワインに鼻を近付けると、思ったよりアルコールの匂いは強くなかった。普段嗅いでいるビールや日本酒の匂いとは違う、複雑で繊細な香りを珍しく思って口をつけてみる。少し渋かったが、苦手な味ではない。アルコールを美味《おい》しいと感じる質ではないと思っていたのに。不思議に思う進藤に、富樫はフライパンに肉を落としながら、「美味《うま》いだろ？」と確認する。

「……美味いかどうかは分かりませんが…これなら飲めそうです」

「だから、そういうのを美味いって言うんだよ」

回りくどい言い方をする進藤に、苛ついた声で返し、肉の上で胡椒を挽《ひ》く。手早くひっくり返し、表面に焼き色をつけただけの状態で皿へ載せると、進藤にテーブルへ運ぶように指示した。

テーブルに夕食として用意されたのは、二枚のステーキと、ワイン、チーズという三品だけだった。富樫の好物ばかりらしく、彼はご機嫌だったが、進藤は複雑な気分になる。

「…さめさんが見たら怒るでしょうね」

「俺はジジイになるまで長生きなんかしたくねえんだよ。好きなもんを食って、さっさと死にたいんだ」

「……」

ナイフとフォークで自分の肉を切りながら、独自の哲学を吐く富樫を、進藤は黙って見つめる。富樫の考えは破天荒《はてんこう》かもしれないが、本質の部分で自分と同じだ。食の好みは別としても、自分も長生きしたいとは思わない。今を生きるだけで精一杯で、先を考える余裕などないせいかもしれないが。

料理をしている間に音楽は消えていた。富樫は進藤にTVを点けるように命じる。ニュースでは台風の情報を流していて、北陸から再上陸した台風が関東方面へ抜けそうだと、報《しら》せていた。

「ほら見ろ。帰れねえじゃねえか」

「……」

午前中に帰っていたら大丈夫だったのでは…とも思ったが、取り敢えず黙っておいた。今更《いまさら》な話だ。TVに映し出されている衛星写真通りに、雨風が強くなって来ている。木々の唸りは大きさを増し、時折がたがたと家が揺れる。今晩はきっとうるさいに違いない。富樫が焼いたステーキを切って、頬張ると、肉の甘さが口に広がった。

初めてまともに酒を飲んだ進藤は、同時に酔っ払うという感覚も初めて味わった。座っていた時は余り分からなかったのだが、食べ終えた食器を片付ける為に立ち上がると、足下がふらついた。不思議な感じに動きを止めた進藤に、富樫が風呂に入って来るように勧める。

「酔っ払ったんだろ。シャワーでも浴びて醒《さ》まして来い」

それが効果的なのかどうか分からなかったが、昨夜も入っていなかったので、進藤は素直に頷いて二階へ上がった。寝室の隣にバスルームがあるのは最初に窓を開けて回った時、確認済みだ。眺望を重視して二階に作られたと思われる浴室はガラス張りで、嵐の夜には不向きだった。バチバチとガラスに叩き付けて来る雨粒の音がタイル張りの床や壁に反響する。それもシャワーを出してしまえば気にならなくなって、進藤はぼんやりした気分で頭と身体を洗い終えた。

ドアを開け、タオルで身体を拭いていた時だ。床に置いた自分の服がなくなっているのに気付いた。その行き先はすぐに分かった。同じ場所にある洗濯機が回っている。

「え……」

洗濯機に入れた覚えはないのにどうして？　慌てて洗濯機を止め、蓋を開けたが、泡だらけで濡れた衣類は使い物にならなかった。仕方なく、もう一度洗濯機をセットすると、棚にあったバスローブを纏《まと》って、一階へ下りる。犯人は一人しかいなかった。

「富樫さん。俺の服、洗濯したんですか？」

「汚れてたから。あのまんまにしとけば、明日には乾いてるぜ。全自動だ」

「俺、あれしか着るもん、ないんですよ」

「そのまんまでいいじゃねえか。…俺も風呂、入って来よう」

富樫に文句をぶつけても聞いて貰えないのは分かっていたが、腹は立つ。むっとした気分で二階へ向かう富樫を見ていたが、解決にはならない。何か着替えになるものはないかと探してみたが、毛布やシーツはあっても、衣類は見つからなかった。

服が乾くまでこの格好なのかと、溜め息を吐きながら、置きっぱなしだった食器類をシンクへ下げ、洗い始めると富樫が戻って来た。さっきとは違うTシャツとジャージ姿に、進藤は眉を顰める。

「富樫さん。着替え、持って来てるなら貸して下さい」

「ああ、悪い。これでしまいなんだ。スーツならあるぜ?」

からかうような笑みを浮かべて言う富樫に、進藤は厳しい視線を返して、洗い物に戻った。わざとに決まっている。子供じみたからかいには乗らないと決め、努めて冷静さを装《よそお》い、食器を洗い終えた。

再びソファを陣取り、音楽をかける富樫を横目に見て、本の続きでも読もうと、ダイニングの椅子《いす》に腰掛けようとした時だ。外で何かがぶつかるような音がして、ぶつんと家中の電気が消えた。

「…っ…?」

「停電か?」

富樫の声が暗闇に響くと同時に、かちりとライターが点く音がする。小さな灯りが移動するのを進藤はその場から動かずに見つめていた。確かろうそくがあったな。そんな富樫の呟きに、進藤は心当たりを答える。

「廊下です。壁際にろうそく立てがありました」

「ああ…」

ドアを開け、居間から出て行った富樫は、ライターよりもしっかりとした灯りを手に戻って来た。かつての家主の趣味だったのか、インテリアとして他にも幾つかろうそくが置かれていたのを思い出し、進藤は富樫に教える。

「…確か、浴室の洗面にもろうそくが置いてありましたよね?」

「そうだったか? お前、見て来いよ」

富樫は近付いて来ると、進藤に手にしていたろうそく立てを渡した。それを受け取り、心許ない灯りを頼りに、闇の中を慎重《しんちょう》に階段を上る。進藤の記憶通り、洗面台の脇にグラスに入ったろうそくが置かれていた。それに火を分け、二つを手に浴室を出ると、富樫が上がって来ていた。

「寝室にもあったのを思い出した」

「探して持って行きます。富樫さん、これを下へ持って行ってください」

グラスに入ったろうそくの方を渡し、ろうそく立てを手に、寝室へ入った。ガタガタと風が窓を揺らしている。寝室には天窓があるから、他の部屋よりも雨粒の音が酷くうるさかった。

富樫の言ったろうそくはすぐに見つかった。出窓の木枠の部分に三本の太いろうそくが立てられた燭《しょく》台《だい》がある。それに火を点すと、部屋の中が明るくなる。ほっとした気分で燭台を持ち上げようとした進藤は、背後に人の気配を感じて、驚いて振り返った。

「…っ」

「危ねえな。火事になったらどうする？」

富樫は進藤が手にしているろうそく立てを取り上げ、燭台の隣へ置いた。一階へ行ったと思っていたのに。雨音がうるさすぎて、足音など、全く聞こえなかった。

「富樫さん…ろうそくは…」

「置いて来たぜ？」

すぐ近くにいる富樫に緊張を覚えるのは、暗闇と、目の前にあるベッドのせいだ。さすがにこんな緊急事態の時におかしなことを考えないだろう。そうは思ったが、笑みの浮かんだ富樫の顔を見てしまうと、楽観的な考えだとすぐに撤回した。

「……」

この場から…富樫から離れなくてはいけない。慌てて逃げ出そうとしたが、富樫の動きの方が早かった。腕を掴まれ、ベッドの上へと薙《な》ぎ倒される。

「っ…と…がしさんっ…」

「いい嵐だ」

「離して…っ…くだ…」

「あんまり静かだと、声が出しにくいだろう？」

押さえつけて来る手から離れようと、もがくのだが、富樫の力は強くてびくともしない。ろうそくのお蔭で室内は仄《ほの》かに明るく、上にいる富樫の表情もよく見えた。余裕の笑い顔はいつも通りで、進藤は眉を顰めてきつく睨み付けた。

「富樫さん、何度も言いますけど…俺はこういう……」

「俺も何度も言ってる。力では勝てないからやめとけって」

「っ…ふざけ…っ……んっ…」

冷静な口調が逃れられないのだと、更に強く教えている気がして、進藤は声を荒らげる。そんな彼の頭を摑み、富樫は唇を重ねた。ぐっと仰向かせるように押さえ、開いた口から舌を忍ばせる。ワインの味が残る富樫の舌が挿って来ると、口の中にその味と心地よい酔いが甦るような錯覚に襲われた。

「っ……ん…っ……」

激しいキスに息が継げなくて、鼻先から呻き声を漏らす。抵抗する為に富樫のシャツを摑むと、腕を押さえていた手がバスローブの紐《ひも》に伸ばされた。押し倒されたことで半ばはだけていたバスローブの前を開けられ、中心を直《じか》に摑まれる。

「ん…っ」

まだ柔らかいものを揉みしだくように弄られ、進藤は苦しげに眉根を寄せた。富樫に翻弄されるのはごめんだと、何とか理性を保《たも》とうとするのだけど、身体だけは急速に熱さを増して行く。形を変えるよう、促す手の動きは嫌になる程優しくて、繊細だった。

「っ……い…やっ…だ…」

「…フン。嫌だって言っても、ついてきたのはお前の方だ」

「なに…言って…！　無理矢理…っ…」

「幾らでも逃げられた筈だ」

「……っ…」

そう言われてしまうと返す言葉がなくて、進藤は答えに詰まる。それでも、違うと否定したかったのだが、唇を重ねられて反論を吸い取られた。角度を変えて続けられる口付けに朦朧となる。唇が一瞬離れる隙間に富樫を制しようと声を上げても、外で吹き荒れる雨風の音で消されてしまう。それにどんな叫び声を上げたところで、富樫に聞く気がなければ意味がない。どんな大声も誰にも届かないような森の中だ。

「あ…っ……んっ…」

富樫の口付けは唇から頬を伝って耳へと伸び、舌で耳殻を舐め上げる。耳の底へ響かせるような低音で、甘い誘惑を囁いた。

「気持ちいいことしかしねえって」

「っ…」

「何がして欲しい？　…キスも…胸弄られるのも、…これを舐められるのも、全部好きだろう？」

「な…っ…に…」

「ちょっと触っただけで、硬くなって来てるじゃねえか。素直になれよ」

富樫が揶揄《やゆ》するように、彼の手の中にある自分が張りを増して来ているのが、進藤自身にも分かっていた。悔しさに息を飲むと、唇を舐められる。

「深く考えることなんか、何もない。お前は気持ちいいって感じてるだけでいいんだ」

富樫の誘惑はいつも抵抗を失わせる呪文のように心に染みていった。まるでそれが普通であるかのように。それが錯覚だと分かっていても、正常な思考を失わせる魔力を持っている。はあ、と大きく息を吐き出すと、身を屈めた富樫に熱くなりかけている自分自身を口に含まれる。

「っ…あ……だめっ…」

咄嗟に身体を捻ろうとしたのだが、内腿《うちもも》を押さえつけられて叶わなかった。股間《こかん》に顔を埋めている富樫の髪を掴み、退かそうとしても強い力で手をはね除けられてしまう。

「ん…っ……あ…っ」

温かく湿った口内で自分自身が硬さを増すのがリアルに伝わって来る。舌先で裏側を舐め上げられると、ぞくりとした快感が背筋を駆け抜ける。どんどんと重くなっていく下腹部が苦しく感じて、脚を曲げて堪えようとするのだけど、与えられる快感の方がずっと多くて追いつかなかった。

「っ…あ……ん…っ……」

唾液で濡れたものを指で根本から扱き上げられると、ぐっと硬くなり、上を向くのが目にしなくても分かる。先端の割れ目を舌先で弄られ、液が溢れ出す。せつない感覚が下腹部に溜まっていくのが辛《つら》くて、熱い息を吐き出した。

「っ…はあ……」

脚を押さえている富樫の手から逃れる為に力を込めようとしてもうまくいかない。口での愛撫で身体が熱くなっているせいもあったが、それより、ワインの酔いが影響しているのだとは、初めてまともに酒を飲んだ進藤には分からなかった。思ったように動かせない身体に苛つき、無駄に力を込めるものだから、更に動けなくなる。

「ん…っ…」

こういうことを望んでいないのに。身体は心を簡単に裏切って、甘い快楽を受け入れる。どうしてという問いかけに答えはない。富樫の言うように「気持ちいいから」だとしか言えなかった。

富樫の言葉は当たっている。自分は富樫に対して、抵抗を貫《つらぬ》けない。嫌だと、苦手だと思っても、一緒にいることを拒《こば》むまではなかった。こうなることが分かっていたのに。分かっててついて来たんだろう？　そう言われても、反論はない。

「…ふ…っ……あ……」

反《そ》り返った先端から零れる液と、富樫が絡める唾液で濡れそぼったものに長い指が繊細な愛撫を施す。優しく触れて来るかと思えば、きつく扱いたり。絶妙な動きに促され、形を変え切ったものは、高く上を向く。赤く色づいた皮膚が張り詰め、解放を願って震えていた。

「っ……だ…めっ…」

いってしまいそうな衝動を何とか堪えているのに、富樫の舌が邪魔をする。細かい動きで括れから先端を弄られると、下腹部がずんと重くなった。富樫の顔が近くにあるのに達してしまうのは避けたくて、理性を喚起したのだが、足りなかった。富樫の口内に含まれ、温かい感触を覚えると、張り詰めたものが破裂する。

「ん…っ……あっ…」

よりによって、富樫の口内でいってしまうなんて。後悔と羞恥が込み上げ、進藤はすぐに彼から離れようとしたのだが、富樫は許さなかった。液を溢れさせる進藤のものを更に深く含み、ごくりと喉を鳴らして全てを飲み込む。

「っ……」

富樫が自分のものを嚥下《えんか》しているのは、口の動きで分かった。信じられない行為に、進藤は頬を熱くして息を飲む。けれど、同時に。それさえも感じてしまっている自分がいて、涯《はて》のない気分になった。

「と……がしさ…ん…っ…」

離して下さい、と掠れた声で告げると、富樫が口内から昂りを抜く。肘《ひじ》をつき、上半身を起こすと、隠微《いんび》な光景が目に入り、進藤は苦い気持ちになった。達したことで張りが和《やわ》らいだものを富樫が愛しそうに舌で舐めている。動物じみた仕草を目にして、愛撫を受けているものがピクンと反応する。

「……足りないか？」

「ち…が…っ…」

「一度いったくらいじゃ、萎《な》えねえよな」

にやりとした笑みを浮かべ、富樫は屈めていた身体を起こす。進藤の脚を開かせたまま、起き上がった身体に覆い被さるようにして顔を近付けた。口が側に来ると独特の匂いが鼻をつく。進藤は微かに眉を顰め、「どうして」と呟くように言った。

「…飲んだりするんですか……」

「美味いぜ？」

からかうような口調で言われ、かっとなった進藤は富樫の身体を追いやろうと手を挙げる。しかし、その前に顎を摑まれ、口付けられていた。

「っ……ん……」

中へ入って来た舌はぬるっとして、一瞬、嫌悪感めいたものを覚えたが、口内を丹念《たんねん》に舐められる内に消えていった。さっきまで自分を含んでいた口だと意識すると、悪いような気がして、強く抵抗出来なくなる。長いキスをして、富樫は進藤の身体を再び押し倒した。

「…口の中でいくと、いいだろ？　女の中でいくみたいで」

「……」

耳元で囁かれる台詞に、経験のない進藤には返す言葉がない。黙っていると、笑い声が聞こえて来る。

「…ああ、悪かった。お前、童貞だったな」

「……離して下さい」

「怒るなよ」

「用は済んだんじゃないんですか」

これまで、富樫は自分をいかせてからかうだけで終わっていた。犯されるのではという恐怖も抱いたが、意味不明の理屈を吐いて途中でやめた。進藤には富樫の考えがさっぱり理解出来なかったが、元々自分には理解不能な相手だから、そういうものだろうと思うことにして、諦めをつけようと考えた。

同意しているつもりはないので、辱《はずかし》めを受けているのは確かだが、犯される訳ではない。だから平気だと、思っていた。しかし。

「バカ。本番はこれからじゃねえか」

「……富樫さん、この前、言いましたよね？」

「何が」

「……」

自分の言ったことをすっかり忘れている様子と、本番はこれからだという台詞に、進藤は顔を強張らせる。まずい。そう思って、富樫の下から逃れようと、身体を横に捻ったのだが、そのまま背中を押さえつけられてしまう。

「…っ…やめ…て下さい…っ」

「安心しろ。痛くしねえから」

「ふざけ…っ…ん…なっ…」

暴れる進藤を左手と脚で拘束し、富樫は右手をベッドの脇にあるテーブルへと伸ばした。潤滑剤《じゅんかつざい》の入ったボトルを取り出すと、進藤に見えるように翳してみせる。

「女と違って男は濡れないから、これで濡らすんだよ」

「…っ…い…やだっ…」

「大丈夫だ。すぐに夢中になる」

背後から聞こえる笑い声にかっとなって、のしかかっている身体をはね除けようと全身に力を込めたが、富樫はびくともしない。逆に腹を抱えられ、脚を開かされる。ぬるりとした液体が狭間に塗りつけられる感触に驚いて、進藤は短い悲鳴を上げた。

「っ…あ」

先日、初めて触れられた時も僅かな動きで感じてしまった、敏感な部分だった。潤滑剤を塗った指は孔《あな》を柔らかくする為、優しく擦り上げて来る。駄目だと思っているのに、その動きに感じてしまう身体は、進藤の意志を大きく裏切っていた。

「…んっ……あ……や…め…っ」

「意地張ってないで、力抜けよ。…中も弄ってやるから」

「っ…」

ぞくりとするような低い声で淫猥な言葉を吹き込まれ、半身が震える。項を舐める舌の動きに背中が竦み上がる。達しても萎えていなかった前は、後ろへ与えられる快感に反応し、硬さを取り戻しつつあった。それがせつなくて、何とか理性を保とうとするのだけど、孔を擦り上げて来る指の動きに阻止《そし》される。

「あっ……んっ…」

声を上げてしまうのも嫌で、必死で堪えるのだが、反射的に零れてしまう。自分のものでないような甘い声は、前を弄られている時に漏れる本能的なものとは種類が違うように感じた。もっと高みにある快楽に近付いているような。それが何処なのか分からないから、困惑が深くなっていく。

「…っ……あっ…」

「すげえいい声出すな。ここ、弄ってるだけでそんなに感じるか？」

「っ……ち…がっ……っ…」

「中は…もっといいぜ」

富樫の低い声が囁くのと同時に、濡れた指先が入り口を掻き分けて入って来る。初めて開かれる感覚に、進藤は息を飲み、身体を硬直させた。

「っ……んっ」

「…力、抜けよ」

拒むように力を込める進藤に、富樫は舌打ちして命じるが、強張りは取れなかった。孔の周囲を擦られて感じるのとは違う違和感に、味わっていた快感が消え始める。形のない恐怖が湧き上がって来て、やめて欲しいと口にしようとする前に、富樫が指を抜いた。

「は…あ…っ」

ほっとして息を吐くと、俯せだった身体を仰向けにされる。富樫は進藤の腿を持ち上げて脚を開かせ、激しく口付けた。

「んっ…」

乱暴なキスに咽《む》せそうになったが、舌を絡められ、口内で生まれる快感に夢中になった。すぐに熱さを取り戻す身体の強張りが取れたのを見計らい、富樫が勃《ぼっ》起《き》したままの前を握る。優しく扱いてやると腰が揺れる。そんな反応を見ながら、再び後ろへと指を忍ばせた。

「…っ…」

また指が挿って来る感覚に、進藤は眉を顰めたが、愛撫によって感じる快感の方が大きくて、抵抗感は少なかった。それでも狭い場所を掻き分け、中へ進んで来る指に苦しさを覚える。

「っ……んっ……あ…」

眉を顰め、口付けを解いて、息を吸う。目を閉じて緩《ゆる》く開いた口で呼吸する進藤の顔は、色香の漂うもので、富樫は満足しながら見つめていた。

「…指が挿ってるの、分かるか？」

「…っ……あ……」

「お前の中……熱い。火傷《やけど》しそうだ」

窓に叩きつける雨音で消されてしまいそうな低い声なのに、耳元で囁かれるせいではっきりと聞き取れた。異物があるというのは分かるけれど、快感は得られない。ちゃんと呼吸しているのに、うまく酸素が取り込めていないような息苦しさを覚えて、進藤は伏せていた目をそっと開けた。

「…っ…い…や……」

後ろに感じる違和感が生む漠然とした不安が嫌で、抜いて欲しいと伝えようとしたが、中で指を動かされ、声が出なくなる。指先で小刻みに内壁を突かれると、唐突《とうとつ》に身体が竦み上がるような快感を覚え、思いがけぬ大きさで嬌声《きょうせい》が零れた。

「あっ」

「…ここ、感じるのか？」

「っ…あ…っ…や…だっ…っ…」

全身が震える程感じる場所を続けて責められ、進藤は眉根を寄せて富樫の腕を掴んだ。やめて欲しくて、我《われ》を忘れて懇願《こんがん》するのだけど、富樫は指の動きを止めなかった。

「嫌だっ……やめっ……っ…んっ」

「すげえ、溢れてるぜ。…いいから、いけよ」

富樫の手に包まれているものは、中で感じる刺激を直接受け取り、再び達しそうなくらいに張り詰めていた。根本から扱かれ、中の指を動かされると、呆気なく弾《はじ》け飛ぶ。

「っ…あっ…」

どくどくと液が溢れ出すのにあわせて、孔が含んだままの指を締め付ける。無意識で媚態《びたい》を演じる進藤に、富樫は愛おしげに口付けて、いった衝撃で零れた涙を舌先で舐め取った。

「初めて見た時、エロい顔した奴だって思ったけど、思った通りだった。…後ろ弄られるのが初めてで、これだけいい反応見せる身体も余りないぜ。マジで一財産、築ける」

「っ……バカ…っ…」

「けど、幾らいい身体でも仕込みが下手じゃ、どうしようもねえからな。…よかったな。相手が俺で」

富樫が吐く傲慢な台詞が信じられなくて、きつい瞳で睨み付ける。けれど、その顔にはいつもの笑みが浮かんだままで、進藤は自分が置かれている状況とのギャップを思い知る気分になった。二度も達して、尚《なお》も冷めない身体を抱え、いいようにされている自分と、富樫との差は大きい。

「っ……あ…っ…」

何か言い返そうと言葉を探している内に、後ろから指が引き抜かれた。これで終わったのかと、一瞬ほっとしたが、すぐにまた息を飲んだ。

「っ…んっ」

一本の指でもぎちぎちだった場所に、二本分の指が埋め込まれる。ぐっと強く奥へ挿入される指に、内臓を圧迫される気分になって、進藤は必死で息を逃がした。

「は…っ…あっ…」

「そうだ。…挿《はい》って来る時は大きく息をしろよ。身体を緩めるよう意識しないと、傷つく」

非情な言葉を囁いて、富樫は二本の指を動かす。潤滑剤をたっぷり塗った指は狭い内部を掻き分けるようにしてゆっくり奥へと進んで行く。指を根本まで挿れてしまうと、進藤の頬に唇を寄せた。

「…感じる場所があったら言えよ」

「…っ……ん…っ…」

「お前の場合、見てたら分かるが…」

鼻先で笑い、富樫は挿れた指を小刻みに動かしながら、入り口近くまで戻す。途中、進藤が顔を顰める箇所《かしょ》があり、そこへ指を宛がってやると、甘い声音が漏れた。

「あっ……っ…んっ…」

素直な反応を見せる進藤に愛おしさを覚えて、口付ける。舌で唇を舐め上げると、熱い息が零れる。全てを吸い取るように激しく口付け、後ろに挿れた指で中を擦り上げる。速度を増す指の動きに翻弄され、進藤は富樫のキスを夢中になって求めた。

「っ…ん……っ…」

下肢が信じられない程熱くて、感覚がない。ない、というよりも快感しか受け取れなくなっている。ぐちゅぐちゅと音を立てて出入りする指に、違和感や苦しさよりも、悦楽を覚えている。前を弄られて感じるのとは違う、圧倒的な快感は理性を砕き、若い身体を蝕《むしば》んだ。

「あ…っ……ふ…っ…」

絡め合っていた舌を外され、離れて行く唇が惜しく感じて、進藤は閉じていた目を開けた。ぼやけた視界に富樫の笑みが映る。満足げな表情を浮かべた富樫は、耳元にキスを降らせ、淫猥な台詞を吹き込んだ。

「気持ちいいんだろ？　…中が動いてる」

「っ……な…にっ…」

「奥まで挿って来て欲しいって…誘ってるんだ。指に肉がまとわりついて、離れねえ」

「っ…」

羞恥を覚えるような台詞に、進藤はさっと眉を顰めて富樫を睨む。けれど、後ろに含んでいる指先に内壁を突かれ、すぐに崩れてしまう。目を閉じ、高い声を上げる進藤を見下ろし、富樫は浅い部分でぐるりと指を動かしてから抜いた。

「っ…あ」

「これだけ外の音がうるさいとお前の音もあんまり聞こえねえから残念だな。甘えた声もいいが、こっちの……音もいいぜ。いやらしい音がするだろ？」

「…っ…」

「女みたいにぐちゅぐちゅいってる」

いやらしい囁きにかっとなって、富樫の肩を摑もうとしたが、入り口を濡れた指で擦られて力が入らなくなる。指を中に挿れられていたせいで、柔らかさを増した孔は更に敏感になって刺激を受け取る。全身が燃えるように感じて、進藤は溜め息のような声を漏らした。

「っ…は…」

「もっと…奥を突くと、飛び上がるぜ。…指じゃ届かない場所を……してやるよ」

伏せた進藤の瞼に口付けを残し、富樫は起き上がると、Tシャツを脱いだ。その気配に気付いた進藤が目を開けると、ジャージを脱いでいる姿が目に入る。ろうそくの灯りのせいで真っ暗闇ではないが、ぼんやりとした視界しかない。それでも、自分の上にある富樫の肉体が圧倒的な存在感を持つものだというのは分かった。中心で屹立《きつりつ》しているものも。ぞっとした気分で起き上がろうとしたが、すぐに富樫が覆い被さって来た。

「っ…やめろっ…て」

「ここまで来て、何言ってんだよ」

「離せっ…！」

「安心しろって。俺は変なもん、入れたりしてねぇよ。ああいうのは、自信のないヤツがすることだ」

「………」

逃れようと抵抗していたのに、富樫が向けて来た台詞が分からなくて、進藤は一瞬動きを止めて彼を見た。不思議そうな表情の進藤を見下ろし、富樫は「ああ」と呟いて、唇を歪める。

「童貞のお前には分からねえよな。…また今度、教えてやる」

「っ…なに…っ……んっ…」

顔を歪め、富樫の腕を摑んだが、先に腿を持ち上げられていた。両脚を開かされ、潤んだ孔に指を含まされる。反射的に孔を収縮《しゅうしゅく》させる進藤に、富樫は冷静な口調で言った。

「締めるなよ。挿れられないだろ」

「…いや…だって…言って…」

「気持ちよくなりたくないのか？　…痛い方がいいのか？」

　ぐちゅと音を立て、柔らかくなっている入り口に指を浅く出し入れされると、身体が竦み上がる。富樫は進藤の反応を見て指を抜き、液を漏らし続けている前へと絡ませた。自分の液で濡れそぼった進藤の前は、いつ達してもおかしくない程、張り詰めていた。

「っ…あ…」

「こっちもぬるぬるじゃねえか。…ここでやめたら、困るのはお前の方だな」

「…っ……」

「この前はどうしたんだよ？　自分で慰めたのか？

…それを見せて貰うのも一興だな。してみるか？」

　富樫のからかいに、きつい視線を向けたが、赤く染まった目元では意味を成さない。前回、入り口を弄られただけで感じてしまった身体を、放り出された。そのまま慰めることはしなかったけれど、熱い身体を収めるのには時間がかかった。中を弄られ、あの時よりもずっと感じてしまっている。ここでやめられてしまったら？　勃起したままの前が萎えるのを待つより、慰めてしまいそうだ。そんな考えを浮かべた自分を恐ろしく思っていると、富樫の唇が弧《こ》を描くのが見えた。

「…それもまた今度、だな。先にお前の味を確かめたい」

「…あっ」

「どんなに美味そうな食い物でも、実際、食べてみねえと、分からないからな」

　低い声で呟きながら、富樫は進藤の孔に自分を宛がう。その感触に進藤が声を上げるのを無視して、ぐっと体重をかけて自分を埋める。初めて男を受け入れる進藤の孔は、抵抗を見せたものの、前をきつく扱いてやると力を失って、昴りの先端を飲み込んだ。

「…っ……いっ……あっ……んっ…」

「力、入れるなよ。…っ……先が挿ったら後は楽だ。…な？」

「やっ……あ…っ」

耳元で囁く富樫の声は優しいものだったけれど、まともに聞く余裕はなかった。指とは比べものにならない圧迫感に、必死で息を逃そうとして口を開いても、うまく呼吸が出来ない。身体の中全部を埋められてしまったかのような錯覚を抱き、苦しいとしか言いようのない状況に、進藤は眉間を歪めて訴えた。

「や…めっ…ろ……って」

「…すげえきついけど……飲み込まれる感じは悪くないな。俺の方が食われてる気分だ」

「…っ…あ……い…やだっ」

「嫌じゃねえだろ。…奥まで誘い込もうとしてるのは、お前の方だ」

最後まで抵抗を口にする唇に、富樫は舌を這《は》わせ、短い口付けを与えてから、張り詰めている進藤のものに手を伸ばす。濡れたものを握り、根本から扱き上げると、進藤が高い声を上げて身体を震わせる。

「っ…あっ…」

触られるだけでも反応してしまうのに、扱かれたりしたら、我慢なんて出来なかった。後ろに挿っている富樫のものをびくびくと締めつけているのに気付けないまま、短い叫び声を上げる。

「だ…めっ…」

上下に扱く力を強めると、進藤はすぐに自分を解放した。達した瞬間、ぎゅっと強く収縮した内壁に、富樫は顔を歪めて残滓《ざんし》を絞るように指を使う。はあ、と進藤が大きく息を吐き、身体を弛緩《しかん》させた隙を狙い、自分のものを根本まで突き入れた。

「んっ…」

最奥《さいおう》を突かれると、全身が震え上がる。達したばかりなのに、尽きることのないような欲望に襲われ、進藤は自分が何処にいるのか分からないような錯覚に陥る。自分が体験している感覚が本物でない気がして。こうして富樫と繫がっても尚、快感を感じているる自分は、自分でないような気がして。

このまま…続けていたら、どうなってしまうのか。怖くて、想像なんて出来なかった。

「っ…は…あ…」

「いいだろ?」

低い声に、閉じていた目を開けると、富樫の顔がぼんやりと見えた。最初見た時と変わらない、人を見下すような笑み。訳もなく心がせつなくなって、眦から涙が零れるのを感じた。更にぼやけた視界で、富樫が怪訝そうに眉を顰めるのが分かる。

「…泣くなよ」

「…っ…おれ…は………」

「なんだ?」

「…あ…んたの……ものには…なら…な…いっ……」

掠れた声は嵐の音に消されてしまいそうな小さなものだったけれど、富樫の耳にははっきりと届いた。何より、涙を流していても光を失わない進藤の目が、彼の意志を教えていて、富樫は苦笑を浮かべる。眦に唇を寄せ、水滴を舐めてしまうと、額に口付けた。

「意地っ張りだな。お前は」

「…っ…」

「俺のものになった方が…楽なのに」

バカだ。そう吐き捨てるように言うと、進藤の反論を唇で塞ぐ。激しく口付けながら、腰を抱えて、ゆっくりと動かし始める。初めて味わう強烈な快感に、進藤は我を忘れて没頭し、富樫と繫がることに、ただ夢中になっていった。

ふっと目が覚めて、瞼を開けると、明るい日差し

が部屋を白く染めていた。身体が酷く怠《だる》くて、起き上がるのも辛かったが、シーツに手を着いて上半身を起こすと、腰に鈍い痛みが走る。すぐに甦って来る苦い記憶を振り払い、顔を上げて部屋を見渡した。

ベッドにも部屋の中にも富樫の姿はない。夜中、響いていた嵐の音は収まっている。何時なのか、時計がないから分からないけれど、昼に近いような時間なのは、窓から見える外の明るさで分かる。進藤は小さく息を吐き、かけられていた羽布団を退け、ベッドから下り立った。

身体に残る不快感を拭いたくて、寝室に繋がるバスルームに入った。昨日とは違い、明るいバスルームは眩しい程で、鏡に映る自分の姿がやつれて見えた。富樫に何度いかされたのか、覚えていない。挿れられた後、彼が中で出すまでの間にも、何度も達した。最後は意識を失うようにして眠ってしまったから、どうやって終わったのかも分からなかった。

ただ、酷く痴態《ちたい》を演じた記憶だけは強く残っている。深い溜め息を吐き、シャワーを浴びると、少しだけマシになった気分で浴室を出た。タオルで身体を拭きながら、着替えがないのを思い出す。洗濯機に入れられてしまったのだが、その後、停電したから出来上がっていないだろう。暗澹《あんたん》たる気分で洗濯機のドアを開けたところ、何故か、乾いた服が出て来た。停電が終わった後、富樫が再びスウィッチを入れてくれたのか。助かった気分で服を着て、一階へと下りた。

「……富樫さん？」

キッチンや居間にも富樫の姿はなかった。不思議に思いながら名前を呼び、姿を捜して窓へと近づく。庭のベンチに座っている富樫を見つけ、進藤は小さく息を吐いてから、外へ出る為に窓を開けた。

「…起きたか？」

気配に気付いた富樫が振り返って尋ねて来る。頷いてから見上げた頭上には、昨日までとは違う、真っ青な空が広がっていた。森の中の空気は台風のせいで更に澄んだようで、きらきらと輝いて見える。降り注ぐ陽差しが爽やかにさえ感じるのは軽井沢という場所だからであって、東京に戻れば照りつける太陽にうんざりするに違いない。

「帰るか」

富樫はそう言って立ち上がり、さっさと部屋の中へ戻って行った。からかわれるかもしれないと恐れていた進藤にとって、いつも通りのやりとりは有り難いものだった。けれど。引っかかるところもあって、その場で立ったまま、考え込んでしまう。

富樫と最後までするのが…男に犯されるのが怖いと思っていたけれど、実際、一夜を終えてみると、呆気ない程に何も変わらない。何を恐れていたのか、分からなくなるくらいだ。途中で放り出された時に感じた不安は何だったのか。身体の怠さはその内消える。厄介な記憶も、その内、薄れる。そもそも、進藤にとって富樫との接触によって生まれる記憶は、彼の心を病む程のものではなかった。もっと嫌な思い出が……苦い思い出が自分にはある。それに比べたら、これは自分にとって優しいものだ。

今はまだ、分からないだけなのだろうか。そう思って、空から地面へと視線を移すと、青々とした緑が目に入る。自分には縁のないもの。富樫との関係もそういうもので、だから、現実感が乏《とぼ》しいのか。

「おい。何してんだ？」

はっとして振り返ると、振り返った先には、スーツに着替えた富樫が怪訝そうな顔で立っていた。そんなに長い間、ぼんやりしていたつもりはないのに。慌てて部屋に戻り、富樫と共に嵐の過ぎた別荘をあとにした。


目覚めた時、昼を過ぎているだろうと思った通りで、時計は二時を指していた。着いた時は夜中で、何処をどう走っているのかも分からなかったが、帰りは昼間だったから、建ち並ぶ高級別荘を観察出来た。やはり、自分には別世界だと他人事《ひとごと》のように思いながら、観光でもしているような気分で眺めていると、富樫が通り沿いにあった蕎麦屋の駐車場へ車を乗り入れる。腹が減ったから何か食べて行こうと言う富樫に従い、店へ入ると、昼時を過ぎているのにほぼ満席だった。

先日、富樫と入った福島の蕎麦屋はガラ空きだったが、別荘地という土地柄と夏休みということもあるのだろう。一つだけ空いていたテーブル席に腰掛け、ざるそばをさっと啜り、そそくさと店をあとにした。

「この前の店の方が美味かったな」

運転席に座ると同時に富樫が呟いた言葉に、「そうですね」と相槌を打つ。別荘を出て、初めてまともに会話したのがそれで、その後、東京へ向かう車の中でも二人は殆ど会話を交わさなかった。進藤自身、思うところがあって話さなかった訳ではない。富樫の方もそうだと分かっていた。だから、妙に安心感のある沈黙を心地よく思いながら、夕方に近付いていく景色を、東京へ着くまでの間、ずっと眺めていた。

アパートの前で車が停まると、進藤はシートベルトを外した。何と挨拶して降りようか。礼を言うのも違うし、また今度とも言えない。さようなら、と言うのが無難だが、おかしいような気がして悩んでいると、運転席の富樫がスーツのポケットに手を入れるのが見えた。

「ほら」

「…なんですか？」

差し出された携帯電話を、怪訝そうに見た進藤に、富樫が無理矢理押しつける。思わず手にしてしまった後、「やるよ」と無愛想な口調で富樫に言われ、驚いて首を横に振った。

「いりません」

「持っておけ」

一体どういうつもりなのだろう。富樫の考えを把握しかねて、何を言おうか悩んでいる内に、さっさと降りろと促される。富樫が勝手なのはいつものことだと、諦め気分でドアを開けて降りる。ベンツはあっという間に道の向こうへ消えた。

「……」

手に残った携帯を、進藤は困惑した気分で見つめてから、アパートへ入った。今日は月曜だから、さめの店は営業している。パチンコ店のバイトは休んでしまったが、さめのところだけには顔を出そうと考えながら、部屋のドアを開けた。Tシャツだけ着替えると、干しっぱなしだった洗濯物を畳み、ついでにゴミを出す為に袋へまとめる。再び出かける為に玄関でスニーカーに足を突っ込んだ時、下駄箱の上に置いた携帯が目に入った。

持っておけ、と富樫は言ったが、その考えは読めなかった。これで自分に連絡して来いという意味なのか。それとも、これに連絡してくるつもりなのか。不審に思いながら黒い携帯を手に取り開くと、電源が入っていなかった。

「…意味ないじゃん」

益々富樫の言った意味が分からなくて、首を傾げて適当にボタンを押してみる。母は携帯を持っていたが、自分の携帯というのは一度も持ったことがない。取り立てて欲しいとも思わなかった。記憶にある母のものより、ずっと薄くなり、進化している機械を珍しく思って触っている内に電源が入った。同時に高い音を立てて着信音が響き始める。

「…っ」

電源が入るのとほぼ同時だったから、驚いて携帯を落としそうになってしまった。慌てて持ち直し、画面を見ると、「槙原」という名前が出ている。富樫の携帯にかけてくる「槙原」は一人しかいない。進藤は苦笑して、ボタンを押してみた。

『何処にいるんですか？　すぐに戻って来て下さい』

声を出す前に聞こえて来たのは、酷く険のある槙原の声だった。進藤が聞いたこともないような刺々《とげとげ》しい声音に、戸惑いながら応える。

「あの……槙原さんですよね？」

『………。……進藤か？』

今にも怒鳴りだしそうな雰囲気だったのに、進藤の声を聞いた途端、槙原は暫く沈黙した後、窺うような声に変わって聞いた。自分を気遣う響きが混じる声は、いつもの槙原のものだ。進藤はほっとして、事情を打ち明ける。

「富樫さんが、この携帯をやるって言って、置いていったんですよ」

『…一緒なのか？』

「いえ。さっきアパートの前で別れました。何処に行ったのかは分からないんですけど…車です」

『今までそこで…一緒にいたのか？』

「…ここでは…ないです。軽井沢に連れて行かれて…今、戻って来たんです」

場所は違うけれど一緒にいたのを認める進藤に、槙原は沈黙する。富樫が姿を消したのは土曜の夜だった。それから二日近く。一緒にいたという進藤が、富樫の携帯を持っている「意味」が槙原には重く感じられた。富樫のやり方は分かっている。進藤の耳に届いた槙原の声は苦いものに変わっていた。

『…悪い。あの人がまた……何か…したか？』

「……」

窺うように聞く槙原は何があったのかを悟っているのだと、進藤は直感した。富樫に抱かれたのを、分かっているに違いない。こういう時には苦い記憶になるのだなと思って、「槙原さん」と呼びかけた。

『……なんだ？』

「富樫さんは…分からない人だって思っていましたが、俺が分からないのは自分自身なのかもしれません」

『……』

槙原は暫《しば》し沈黙した後、「進藤」と低い声で呼びかけた。その後、続ける言葉が見つからず、探しているような気配を感じ取って、進藤は先に声をかける。

「…槙原さんが心配するようなことはないですから」

『…進藤…』

「今からさめさんのところに行かなきゃいけないんです。すみません。また、寄って下さい」

ああ…と掠れた声で答える槙原の声を聞き、進藤は通話を切った。本当は急いでいる訳ではなかったけれど、これ以上、槙原に気遣わせるのは申し訳なかった。深く息を吐き出し、携帯を畳んでジーンズのポケットに入れる。これで槙原との連絡手段が持てた。富樫の強引さは時には幸運を呼ぶのだなと思い、小さく笑ってから、玄関のドアを開けた。


さめの店につくと、まだ開店前だった。早いねと驚くさめに適当な言い訳をして、店仕舞いまで手伝った。翌朝、パチンコ店へ出勤した進藤は、無断ではないが、勝手に休んだのを謝る為に店長が出勤して来るのを待っていた。事務所で出会した店長はすみませんと詫びる進藤に、それよりも…と逆に話を切り出す。

「お前が住んでるあそこ。取り壊しが決まったんだよ。悪いんだけど、来週までに出てくれるか」

「…あ…はい」

進藤は分かりました…と頷くしかなかった。取り壊しの話は前にも同僚から聞いていたので、やっぱりなという感想しかなかったが、来週というからには急いで引っ越し先を見つけなくてはいけない。昼休憩の間に、近くのビルに入っている不動産屋を覗きに出かけると、店頭に貼ってある広告を見て、近辺の賃貸料の高さに驚いた。店に入って話を聞く気にはなれなくなり、どんなにおんぼろでも寮の家賃は破格だったのだと、改めて実感した。

パチンコ店での勤めを終え、コンビニに寄って不動産情報誌を買ってから、さめの店へ向かった。いつも通り忙しそうな店を手伝う為に、すぐにカウンターの内側へ入って、手にしていたコンビニの袋を隅に置き、前掛けを腰に巻く。客の注文に応えてビールや酒を出したり、料理を出したり、小一時間程忙しく過ごすと、一段落ついた。

落ち着いた頃合を見計らって、さめが夕食を食べるよう勧めてくれたので、自分でお膳を用意し、カウンターの端に腰掛けた。手羽先《てばさき》の照り煮が作ってあったので、それをメインにして、ピーマンのきんぴら、にがうりのおかかあえを小鉢に取って添える。あとはあおさの汁とご飯。手伝いを始めて間もなくの頃から、自分で用意するようにしていた。

「…なんだい？」

さめの不思議そうな声を聞いて顔を上げると、コンビニで買って来た情報誌を手にしている。進藤は口の中のものを飲み込んでから、事情を説明した。

「…俺が住んでるアパートが取り壊しになるんです」

「え、あんた、キングの寮にいるんじゃなかったのかい」

「はい。その建物自体を会社が売ったみたいなんですよ。前から決まってたみたいで…なんで、今週中にアパートを出なきゃいけなくなりまして。それで部屋を探そうかなと思って買って来たんです」

「なんだい。そんな話だったら、丁度いい場所があるよ」

にやりと笑うさめに、進藤が首を傾げると、籠から煙草を取り出しながら、上を指さす。

「あんたさえよければ、空いてるよ」

「……ああ」

さめがかつて住んでいたという店の二階のことだと気付き、進藤は遅れて相槌を打つ。さめは現在、店から歩いて五分のマンションで暮らしているから、上を使っていないのは知っていた。二階が貸して貰えるならばこれ以上はない話だ。思わぬ幸運に、進藤がすぐに返事を出来ないでいると、新しい客が入って来る。「あとでね」と言い、さめは煙草を置いて、客への応対に向かった。

パチンコ店と「さめ」での勤めがあるから、出来れば近所に部屋を探したいと思っていた進藤にとって、さめの二階は願ってもない物件だった。最後の客を送り出し、暖簾を仕舞ってから、さめが二階へと案内してくれた。

「ちょっと階段が急なんだ。気をつけなよ。これが億劫になってね。あたしは向こうに移ったんだけど……」

進藤にとっては気になる程ではなかったが、さめはもう歳だし、時折膝の痛みも感じているようなので、階段の上り下りはしんどいのだろう。狭い階段を上がった先には、続きの八畳間が二つと、四畳程の脱衣場が着いた風呂とトイレ、物置があった。廊下もあり、押し入れもあり、窓もある。両手を伸ばせば届きそうな狭い部屋で暮らす進藤にとっては、贅沢過ぎる場所だった。

「すごい…広いですね」

「そうかい？　日当たりとか風通しは悪いから覚悟しなよ。けど…風呂もトイレもあるし…洗濯機なんかもまだ使える筈さ。クーラーもね。だから、すぐに住めるよ。台所だけは下を使って貰わなきゃいけないけど」

「十分です。…幾らで貸して貰えるんですか？」

「お金はいいよ」

「でも…」

「あんたがここで暮らせば、今まで以上にこき使えるだろ？」

わざと悪い言葉を使って笑うさめの優しさに、進藤は有り難く頭を下げた。ただというのは悪いと思ったが、しつこく言えばさめに叱られるのは経験上、分かっている。さめの言う通り、これまで以上に働いて返すのが一番の方法だろうと考え、新居となる立派な部屋を見渡した。

翌日、進藤は店長に寮の鍵を返して、短い間、過ごした古いアパートをあとにした。パチンコ店でのバイトを早めに切り上げ、さめの開店前に引っ越しを済ませた。引っ越しと言っても、大きな荷物は富樫のくれた布団だけで、あとは僅かな生活用品と着替えしかない。往復することもなく、一度で運び終えてしまえた。

そのまま店の手伝いに入り、開店と同時にぞくぞくとやって来る客のあしらいに追われていると、七時近くになって進藤が待っていた顔が引き戸の向こうに現れた。

「…こんばんは」

何処か戸惑ったような表情で入って来たのは槙原だった。一つだけ空いていたカウンターの席を勧めると、両脇に座っている客の間に窮屈そうに腰を下ろす。ビールを出す進藤に、槙原は無愛想な口調で聞いた。

「向こうに行ったらいないかったから…。こっちが本業になったのか？」

「違います。今日は偶々…」

引っ越しがあったからだと事情を説明しようとしたが、他の客もいる場所では余計なことを口にしない方がいいだろうと判断してやめた。何か食べますかと聞く進藤に、槙原は適当に見繕ってくれと言った。

先付けや小鉢を出し、槙原がビールを一本飲み終えた頃、客の第一陣が帰り始めた。空いたカウンターの端席へ移動すると、槙原はぬる燗をつけてくれと進藤に頼んだ。

「その小鉢、俺が作ったんですよ」

「え？」

徳利とお猪口をカウンターの上に置きながら、声をかけて来る進藤に、驚いた顔を上げた。箸で摘んでいるにがうりを翳して、「これか？」と尋ねる。

「にがうりのみそ炒めなんですけど。どうですか？」

「…普通に美味い。お前、料理なんか出来たのか」

感嘆した口調で槙原が言うと、さめがひょいと顔を出す。

「あたしの指導がいいからね」

「それは……勿論でしょうが…。こいつ、さめさんとこで手伝い始めて、まだ日が浅いでしょう。元々、料理が出来るなんて話も聞かなかったし」

「筋がいいんだよ。一度教えたら全部覚えるしね。努力家だし。あんたには渡さないよ」

ふふんと笑って言うさめに、槙原は苦笑を返した。さめが他の客に呼ばれて行ってしまうと、槙原は独り言のように言った。

「お前は俺が見つけたんだけどな」

「…すみません」

「謝ることはないさ。さめさんを手伝ってくれるのは俺も嬉しいし……こういう仕事を覚えたら、ずっと食っていけるしな」

そう言いながらも槙原の顔は寂しそうに見えて、進藤は複雑な気持ちになった。槙原が自分の手伝いをして欲しいと思っているのは知っている。けれど、どんなに槙原個人を慕《した》っていても、彼の仕事がそれである限り、進藤にとっては有り得ない話だった。

「…俺、ここの二階に住むことになったんで」

「え」

声を潜めて告げると、槙原は再び驚いた表情になる。槙原がびっくりするところなど、余り目にするものではなくて、進藤は珍しく思いながら、事情を打ち明けた。

「俺が世話になってた、キングの寮、取り壊しが決まったんですよ。どっかに売ったみたいで」

「そうなのか」

「で、引っ越し先を探そうと思ってたら、さめさんが上に住んでもいいって言ってくれたんで」

そうか、ともう一度相槌を打ち、槙原はお猪口に注いだ酒を飲んだ。空になったお猪口を置いた時には落ち着きを取り戻していて、軽く眉を顰めて、肘をカウンターに乗せる。

「益々、さめさんのものになっちまうなあ」

「逃がさないよ」

地獄耳のさめが奥から声をかけてくるのに、進藤と槙原は笑いあう。そこへ新しい客が入って来て、店はまた忙しくなった。槙原はTVを眺めながら、暫く一人で飲んでいたが、徳利の酒を飲み終えると、勘定を頼んで席を立った。

「また来る」

「ありがとうございました」

「……」

お釣りを渡し、頭を下げた進藤は槙原が何か言いたげなのに気付いた。多分、さめには聞かれたくない話。内容にも心当たりがあったから、槙原が出て行くとすぐに、さめに断りを入れて後を追いかけた。

「……槙原さん」

案の定、槙原は店の脇で立って待っていた。進藤が声をかけると困ったような表情で振り返る。

「…あの人から、電話あったか?」

「…ないですよ」

そもそも、槙原が今晩訪ねて来たのも、富樫とのことを気にかけてだと分かっていた。富樫の携帯に電話をかけて来た時、お互いがはっきりとした話はしなかったが、槙原が勘づいているのだと感じた。だから、きっと間もなく会いに来るだろうと思っていて。

「どうするつもりだ?」

何を言えばいいのか分からず、考え込む進藤に、槙原が答えに困るような問いを向けて来る。何を、どうするというのか。返す答えが思いつかず、進藤は困った気分で問い返した。

「…どうするって……何をですか?」

「あの人はあれで律儀《りちぎ》なところがあってな。一度…抱いた相手の面倒はちゃんと見るんだ。だから……」

「富樫さんに面倒を見て貰うつもりがあるのかって話ですか?　ないですよ。そんなの」

槙原が言いにくそうに口にする内容を、進藤は肩を竦めて繰り返し、即答した。槙原が言う「どうするつもりだ?」という問いの意味が「面倒を見て貰うつもりがあるのか」という内容ならば、すぐに答えられる。そんなつもりはない。必要も。

ただ、それが違う意味ならば、答えられなかっただろうとも思う。どうするつもりだ? そう聞く内容が、富樫との関係そのものを指していたならば。

「…だよな」

槙原は進藤の答えにほっとした表情を見せ、ばつが悪そうに顎をさすった。不精髭を弄って、言い訳めいた台詞を口にする。

「前に色々あってな。ちょっと…気にかけてるもんで。悪かった」

「…槙原さん」

「ん?」

「……いえ、何でもないです」

自分の答えに安堵している様子の槙原に、水をさすのも悪い気がして、先は続けなかった。そこへ槙原の携帯が鳴る音が響く。槙原は懐から出した携帯を開くと、「すぐに行く」とだけ言って、通話を切った。

「…悪いな。また来る」

「八時以降は確実にこっちにいますんで」

ああ、と頷いて背を向ける槙原が、歩いて行く姿が見えなくなるまで、進藤はその場に立っていた。

その背中が通りの向こうに消えてから、ふと、気付いたことがあって、苦い笑いが自然と浮かんだ。槙原は気付いているだろうか。彼と富樫の話をする度に口にしていた台詞を、今日は言わなかった。あの人には困っているから、来ないように言って下さい。

今、困っているのは自分の心かもしれない。そう思って、小さな溜め息を零すと、店へと戻った。

その日、最後の客が帰ったのは十二時少し前だった。客を見送り、暖簾を仕舞うと、後片付けは自分がやっておくから先に帰って休んで下さいと、さめに勧めた。片付けはさほど残っていなかったし、どうせ二階に上がって眠るだけだ。さめは進藤に従い、帰り支度をした。

「悪いね。じゃ、戸締まりと火の元だけはちゃんと見てから上がっておくれよ」

「分かりました。気を付けて」

「ああ。あんたがいてくれると思うと、今晩から安心して眠れるよ。物騒な世の中だからね。店を空けるのは心配だったんだ」

ほっとした顔付きでそう言い、さめは小さな鞄《かばん》を手に店を出て行った。洗い桶《おけ》に残っていた洗い物を済ませてしまうと、皿やグラスを綺麗に拭いて棚へ仕舞う。客席の掃除もしておこうと、椅子を揃え、テーブルを拭いているとがらりと引き戸が開いた。暖簾は仕舞ったが、電気が点っているので客が入って来てしまったのか。もう終《しま》いです…と言いながら振り返った進藤は、背後にあった仏頂面に溜め息を漏らしそうになった。

「…何してんだ？」

「何って……」

見れば分かるだろうに…と思いつつ、布巾を手にしたまま、「掃除です」と答える。そんな進藤の対応にむっとした表情を浮かべ、富樫は後ろ手で引き戸を閉めた。

「ババア、帰って行っただろ」

「会ったんですか」

「お前を待ってたんだ。そしたら、ババアが一人で出て来たから、今日は来てなかったのかもと思って覗きに来たら…」

掃除をしていたので不審に思っているという訳か。お前を待ってたと言う富樫を、進藤は怪訝に思って、残りのテーブルを拭きながら、尋ねてみる。

「近くで待ってたなら、店に来ればよかったじゃないですか。さっきまで営業してたんですよ。何で来なかったんですか？」

「……」

「さめさんに会いたくないいんですか？」

　すぐに返事がないのは、そういう理由なのだろうと、言い当ててみせると、富樫は益々顔を顰め、カウンターの椅子を引いて腰掛けた。掃除したばかりなのに…という文句を飲み込み、富樫の後ろを通ってカウンターの内側へと戻った。

　富樫とさめの仲は良くないが、顔を合わせるのもまずい程、険悪な訳ではない。福島に行った日、富樫と店を訪れたが、その時もお互いが悪口を口にはするけれど、親しさが分かるような内容だった。なのに、あれ以来、富樫が店に顔を出さないのは、さめに会いたくないからなのか、他の理由があるからなのか。さめの言葉からも何かしらの事情があるように感じていたのだが、その内容を進藤は想像出来なかった。

　仕方なく、何か飲みますかと聞くと、「ビール」という返事がある。冷蔵庫から瓶を出して拭き、グラスと共に出そうとした進藤に富樫は不機嫌そうに顔を顰めたまま、言った。

「お前の部屋に行ったんだ」

「……ああ」

　入って来た時から仏頂面だったのはそういう訳か。進藤は小さく笑って、事情を説明した。

「あそこ、取り壊しになるっていうんで、出たんです」

「出たって、何処に？」

「ここの上です。引っ越し先を探そうとしてたら、さめさんが上に住んでいいよって言ってくれたんで、間借りすることにしたんです」

　話しながら、富樫の前にグラスを置き、栓を抜いた瓶からビールを注ぐ。富樫はグラスを持ちもしないで、憤然とした表情で不平を言った。

「どうして俺に連絡して来ない？」

「…なんで富樫さんに？」

「マンションでも何でも買ってやるって言っただろう？　こんなボロ家に間借りすることなんか、ない」

「ボロ家じゃありませんよ。前のアパートよりずっと広くて…」

「もっと広くて綺麗な部屋に住まわせてやるって言ってるんだ」

富樫は真面目に怒っているようだったのだが、彼が真剣な分だけ、進藤は呆気にとられてしまう。富樫と話が噛《か》み合わないのはいつものことだが、これはどうも勘違いされているなと感じた。槙原から聞いたばかりの話も合わせて考えると、恐らく、間違いない。

「富樫さん。富樫さんがどう考えてるか分かりませんが、俺は富樫さんを頼るつもりはありませんから」

「なんで」

「頼る理由がないです」

「理由ならあるだろ。俺と寝たじゃねえか」

「あれは無理矢理だったって、俺は思ってますよ。確かに…富樫さんが言ったように、ついて行った俺も悪いですから、富樫さんに文句を言うつもりも、セックスしたのを否定するつもりもありません。けど、この前も言ったように、俺は富樫さんのものになるつもりも、なったつもりもないですから」

きっぱりと言い切る進藤を、富樫は鋭い目でじっと睨みつける。進藤はその視線を避けることもせず、真っ直ぐ受け止めた。長い時間睨み合っていたが、根負けしたのは富樫の方で、眉間の皺を深めて荒い鼻息を吐いた。

「…やっぱり俺にはお前が分からねえよ。どう考えたって、俺のモンになった方が楽じゃねえか。何でも好き放題にさせてやるって言ってんのによ。パチ屋で働いて、居酒屋でこき使われて、その上で寝るなんざ、侘《わ》びしくねえのか」

「どんなに贅沢をしても好き放題をしても、それが楽かどうかは分からないと思いますけど、俺は」

「お前は贅沢したことがねえからだよ」

「そうですかね」

興味なさげに切り捨てると、進藤は富樫のつまみ

になりそうなものを探す為に冷蔵庫を開ける。さめの作った松前漬《まつまえづ》けが入っていたので、それを小鉢によそって出したのだが、不興を買った。海藻《かいそう》である昆布も野菜と同じ扱いなのだろうかと思ったが、富樫の言い分は違った。

「俺は野菜と同じくらい、ねばねばしたものが嫌いなんだ」

「……。富樫さん、好き嫌いが多すぎですよ。さっき、槙原さんは美味しいって食べてましたよ」

「……槙原が来たのか?」

ええ、と何気なく答えて、再び冷蔵庫を覗いた進藤は、チーズを発見してほっとする。さめが作る料理は野菜や魚中心なので、富樫が好みそうな食材は少ない。これなら富樫も食べるだろうと、箱を出して冷蔵庫のドアを閉めると、睨まれている気配に気付いて顔を向けた。

「…なんですか?」

「まさか…お前、引っ越したのを槙原には報告してたんじゃねえだろうな?」

「いえ。急な話だったんで…。でも、今晩来てくれたんで、話せてよかったです」

「俺より先に槙原に言ったのか?」

「……。…だって…槙原さんの方が先に来たから…」

僻《ひが》みが入ったような言い方に呆れて、深い意味はないのだと説明したが、富樫の怒りは収まらなかった。どうして槙原が先なんだ、と見当違いな文句を向けられ、進藤は閉口してしまう。こういうのを嫉《しっ》妬《と》というのだろうか。けれど、そんなものを向けられるような覚えはないんだが…と困惑しつつ、富樫の為にチーズを切った。

邂逅

二月。一年でもっとも寒い時期に槙原《まきはら》は六年という長い刑期を終え、収監《しゅうかん》されていた新潟《にいがた》刑務所を出所した。

その日が来ると、朝から色々な手続きや挨拶《あいさつ》を済ませ、すっかり着慣れた作業着から着替えた。六年前、差し入れて貰ったスウェットの上下だけという格好は、ぼた雪が降り続く冬の新潟では心許ないものだ。よりによって、一番雪深い季節に出所となったのは、有り難いのか有り難くないのか、分からないなと思いながら、出口へ向かった。

「お世話になりました」

挨拶した刑務官にも薄着であるのを心配されたが、外へ出れば何とでもなるからと、心遣いを断った。外へ出れば。何気なく口にした言葉を心中で繰り返し、憂鬱《ゆううつ》な溜め息を零《こぼ》す。出所が決まってからずっと考えていたことを、この先、どうやって行動に移すかが問題だった。

とにかく、まずは東京《とうきょう》へ戻り、組へ挨拶に出向かなくてはいけない。厳《いか》めしい門を出て、新潟駅へ向かうバスに乗る為、寒さに震えながら顔を上げた槙原は、前方に停まっていた車を見つけて、目を丸くした。

同時に、申し訳ないという気分で顔が歪《ゆが》む。自分を迎えてくれる人間はもういないと思っていたのに。余計な世話をかけてしまうかもしれないからと、誰にも報せずにいようかと思ったのだが、一人だけに出所が決まった旨《むね》を書いて手紙を出した。恐らく……その相手が気を遣ってくれたのだろう。戸惑ったまま、足を踏み出させずにいると、運転席のドアが開き、体格のいい男が降りて来る。見覚えのある顔に、槙原は丁寧《ていねい》に頭を下げた。

「すみません、金崎《かなざき》さん。こんなところまで」

「ご苦労さんだったな。寒いだろう。早く乗れ」

「……桑原《くわばら》さんが？」

「向こうで親父《おやじ》と一緒に待ってる」

短く言う金崎に頷《うなず》き、槙原は勧められるまま、助手席のドアを開けた。車の中は暖房が効いていて、生き返るようだ。ほっと息を吐き、シートベルトを嵌《は》める。後から乗り込んだ金崎が車を発進させると、控え目な口調で尋ねた。

「申し訳ありません。世話をかけてしまって…。桑原顧問には報せておかなくては失礼に当たると思って、手紙を出したんですが…。こんなつもりじゃ…」

「何言ってんだ。水くさい。伯父貴《おじき》が聞いたら怒るぞ」

「…随分、待ってて下さったんですか」

「一時間程かな。いつ出て来るか分からなかったから…」

「一人で?」

「ぞろぞろ連れて来るとお前が気を遣うだろうと思って」

そう言いながらも、金崎自身が人とつるむのを嫌う人間だと知っていた。そういう金崎に迎えを頼んだ桑原の気遣いにも感謝して、フロントガラスの向こうへ目をやる。

鼠色《ねずみ》の空から落ちて来る雪はやむことを忘れたようだ。初めて新潟で冬を迎えた時は、経験したことのない寒さと雪の多さに驚いたものだが、それも何年か経つ内に当たり前になった。長く厳しい冬のお陰で、温んだ空気を有り難く思えるようにもなった。

東京にはこんな、身を切るような寒さはない。どんな寒さだったか。雪を見ながら思い出していると、金崎の声がぽつんと聞こえる。

「残念だったな」

「……」

元来、金崎は無口な男だ。言葉の足りない慰めは、他の人間には分からないものだったろうが、槙原には意味が通じた。

「…自業自得ってやつです」

「それは違うだろう。梅本《うめもと》さんはお前が出て来るのをずっと待ってた」

「……」

だといいんですが。遅れて呟《つぶや》いた言葉が静かな車内に響く。目を閉じると、遠い新潟まで面会に来てくれた梅本の顔が、瞼《まぶた》の裏に浮かぶ。はよ出て来い。お前がおらんと、わしに小言言う人間がおらんで、好き放題になってまう。豪快に笑ってそう言った梅本がいてくれたら。きっと、この日ももう少し晴れやかな気分で迎えられただろうに。

「梅本さんがいたら、もっと盛大に用意して迎えに来ただろうな」

「……よかったですよ。金崎さんで」

「昔も、出所した若いもんを紅白の幕下げて、出迎えたことがあった」

「……。…本当によかったです」

それは絶対勘弁して欲しいと肩を竦《すく》める槙原を横目で見て、金崎は厳《いか》つい顔に笑みを浮かべた。かつては柔道選手だったという金崎は大柄で無骨な男だ。似合わない笑みは、自分を気遣ってのものだと悟り、申し訳ない気分になった。

「すみません。金崎さんにまで気を遣わせて…」

「いや。俺は気が遣えるような人間じゃない」

「でも…」

「俺が笑ったらおかしいか？」

真面目な顔になって聞く金崎に、頷く訳にはいかなくて、「いいえ」と首を横に振った。間もなくして、車は高速に乗り、関越道《かんえつどう》へ入る為、北陸道《ほくりくどう》を西へ向かった。これで長く過ごした日本海《にほんかい》の空とも別れを告げるのだと思うと、嬉《うれ》しい筈なのに、何故だか空虚な気分になった。

六年前。槙原は傷害致死事件を起こし、長期の実刑判決を受けて、新潟刑務所に収監された。十代の早い時期から傷害事件の前歴を重ね、諏訪《すわ》組という暴力団の構成員であった槙原に仮釈放は認められず、満期を待っての出所となった。

槙原が起こした事件の内容からしても、出所した彼は諏訪組に歓待されるべきであったが、六年の間に事情は変わった。槙原を庇護《ひご》していた諏訪組幹部である梅本が急死したのが、その主な原因だった。

金崎が運転する車が東京へ着いたのは、日も落ち、すっかり暗くなった頃だった。久しぶりに目にする夜の新宿《しんじゅく》は酷《ひど》く眩《まぶ》しく感じられ、槙原はまるで別世界へ連れて来られたようだと思った。

「伯父貴から事務所へ連れて来るよう、言われてるんだ。疲れてるところを更に気疲れさせるかもしれないが…」

「いえ。自分も真っ直ぐ、事務所へ挨拶に伺《うかが》おうと思ってましたんで」

「…けど、その格好じゃな。先に着替えるか」

スウェット姿の槙原を見て、金崎は車を紳士服量販店へ向ける。槙原はこのままでいいと遠慮したのだが、店の前へ車を停め、降りるように促す金崎は自分の面子《メンツ》を考えろと切り返した。

「そんな格好で連れ帰ったら、親父や伯父貴に怒られるのは俺だ」

「…すみません」

迷惑そうな物言いでも、金崎なりの気遣いだと分かる。有り難く親切を受け取り、店へ入ると、近くにいた店員が顔を強張らせるのが分かった。仕方のない話だ。金崎は見るからにそれと分かる強面《こわもて》だし、「おい」と呼び止める声も太いものだ。

「これに似合う服を見繕《みつくろ》ってくれ」

「は…はい。分かりました…」

まだ若い店員は強張った顔で「どうぞこちらへ」と奥へ入るよう促す。緊張しながら店員が勧めるスーツを槙原はろくに見もせず、「それでいい」と無愛想に返事し、一式を受け取って試着室へ入った。

スウェットを脱いで、シャツに袖を通し、ズボンを穿《は》く。逮捕される前、毎日のように着ていたスーツなのに、とても窮屈《きゅうくつ》に感じた。

ネクタイの結び方さえ、あやふやになっていて、思わず苦笑が漏れる。舐《な》められないようにと虚勢を張る為にスーツを着始めたのが十八の頃。スーツを着ていた期間と同じだけ、収監されていたのだから、それも仕方ないかと思いながら、試着室を出た。

「…似合うぞ」

「…借り物みたいじゃないですか」

靴を履き、全身を鏡に映して見ると、酷く滑稽《こっけい》な姿がそこにあって、気が遠くなった。サイズが合っていないとか、色が合わないとか、そういう訳ではないのに、どうもしっくり来ない。着慣れていないというのがありありと分かって、スウェットの方がマシなのではと思えて来る。

「その内見慣れる。…幾らだ？」

「全部お買い上げでよろしいですか？」

支払いを済ませて来る…と言って、金崎と店員がいなくなると、改めて鏡の中の自分を見つめた。

また、これから毎日スーツを着るのだろうか。虚勢を張る為に。誰かと闘う為に。そんなことを考えていたら、自然と溜め息が漏れた。

「なんだ。気に入らないか？」

いつの間にか戻って来ていた金崎に浮かない顔を見られ、取り繕うように頭を掻《か》いた。折角《せっかく》、金崎が揃えてくれた衣装なのだから、せめてしゃんとしてみようと、背筋を伸ばす。

「いえ。とんでもないです。自分にはもったいないと思ってたんです」

「よせよ」

気を遣うなと言って、金崎は店を出る。脱いだスウェットを詰めた袋を手に、槙原もその後に続いて、再び車に乗り込んだ。

新宿の本部事務所の前へ車が停められると、すぐに中から迎えの人間が大勢出て来た。ご苦労様でした…と声をかけて来る人間たちをざっと眺めたが、見知った顔はなかった。全員、自分よりも若く、不在の間に入って来た新しい組員たちだと分かる。俺は浦島太郎だ。そう自分に言い聞かせ、事務所へ足を踏み入れた。

上階にある応接室では諏訪組組長である諏訪虎三《とらぞう》と、元若頭の桑原が待っていた。桑原は虎三よりも十以上年上の、諏訪組内では最古参の大幹部である。かつては若頭を務め、虎三の右腕として諏訪組を盛り立てて来たが、高齢の為、槙原が収監された後、その座を退《しりぞ》いた。今は金庫番として諏訪組の資金を統括する立場に就いている。

その桑原が長年側近として置いているのが金崎である。腹心の部下を一人で、わざわざ新潟まで迎えにやらせたのは、槙原を気遣う桑原の心の表れでもあった。

「槙原、ご苦労だったな。悪かったな。迎えにも行けんで」

「いえ。色々とご迷惑をかけて申し訳ありませんでした。金崎さんに来て頂けただけでも恐縮《きょうしゅく》しています。若頭も…いえ、桑原顧問にもお気遣い頂き、ありがとうございました」

「元気そうでよかった。…金崎、ご苦労だったな」

一緒に部屋へ入って来た金崎は、虎三と桑原に挨拶をした後、下がって行った。二人の勧めを受け、槙原がソファに腰掛けると、虎三がしんみりとした口調で話し始める。

「梅がいたらな。お前が元気で帰って来たのを喜んだろうに。まさか、あの梅が俺より先に死んじまうなんてなあ」

「順番で言えば俺が一番だろうよ」

残念そうな虎三に桑原が顰《しか》め面《つら》で言うのを聞きながら、槙原は梅本の顔を思い出して、微《かす》かな笑みを浮かべた。梅本がこの場にいたら。なんでもええから、まずは飲みに行くぞ…と、引っ張り出されていただろう。

諏訪組の本部長として桑原と並んで虎三を支えていた梅本が、その右腕であった鳥居《とりい》と共に亡くなったのは、一年半程前のことだ。誰もが予想しなかった死は、交通事故によるものだった。

「梅はお前を本当に気にかけてたな。自分のせいで、お前をムショに入れちまったって、いつも悔やんでいた」

「…伯父貴のせいなんかじゃありません。俺がバカやっちまって…。迷惑をかけたのは俺の方です」

　槙原が諏訪組へと入るきっかけとなったのは、梅本との出会いだった。まだ十代で血気盛んだった槙原を、梅本は笑ってあしらい、自分の側に置いて我慢と寛容を教えた。

　梅本自身、破天荒《はてんこう》な人間であった為、槙原は自然とその二つを身につけた。先に我を失うのは大抵梅本の方だったから、抑える立場になることで、身を以《もっ》て学習したのだ。自分を抑えることが平気になったのも、梅本と過ごせたからだ。

「俺の勝手な真似で、親父にも恥掻かせてしまって、すみませんでした」

「恥なんて言うな。お前は梅の面子を守ったんだ。誇りに思え」

　虎三がそう言い切ってくれるのを有り難く思い、深々と頭を下げる。それでも、虎三のように自分を庇《かば》ってくれる人間ばかりではないと、内心で思っていた。

　六年前。梅本は六本木《ろっぽんぎ》の地上げに関わり、仲立ちに入った業者の裏切りにあった。相手は別の組に泣きつき、土地と金を巡って、組同士の抗争に発展しかけたのだが、その間に当の業者が姿を晦《くら》ませた。両方の組が血眼《ちまなこ》になって捜した結果、業者を見つけたのは槙原だった。

　梅本の元へ業者を連れて行く途中、逃げ出そうとした業者を槙原は殴り殺してしまった。その場が公道であったことから、通行人によって通報され、槙原は逮捕された。素手での犯行、計画性のなさ、殺意の否認…などによって、殺人罪ではなく、傷害致死罪が適用された。

「…とにかく、お前は暫《しばら》くゆっくりしたらいい。梅に代わって、お前の面倒は桑原が見ると言ってくれてるから」

「…親父…」

「悪いな。俺はちょっと出掛ける用があるんだ。あとは桑原と話してくれ」

時計を見ながら腰を上げた虎三を、それ以上引き留める訳にもいかず、槙原は立ち上がって部屋の出口まで見送りに出た。頭を下げ、虎三が行ってしまったのを確認してから、桑原の元へ戻ると、立ったまま、「顧問」と呼びかける。

「顧問なんて呼ぶな。大層な肩書きが取れて、ほっとしとるんだ。桑原でいい」

「…桑原さん…あの…」

「虎三の言う通り、ゆっくりしろ。まずは飯でも行くか。…先走ったことは考えるな」

低い声で付け加えられた言葉は、本心を読まれているような気にさせられるものだった。微かに眉を顰《ひそ》め、「ありがとうございます」と礼を言う。今は周囲に甘えるべきかもしれない。そういう形の孝行もあるのだと、梅本が言っていたのを思い出し、釣られて湧き出す暴情《ぼじょう》を抑え込んだ。


部屋を出た桑原に何が食いたいのかと聞かれたが、特に思いつかなかった。何でもいいです…と答えながら、先に立ってエレヴェーターのボタンを押す。タイミングよく扉が開くと、中から数人の男が降りて来た。乗り込もうとしていたのが大幹部の桑原だと気付き、全員が脇へそれて頭を下げる。

「桑原さん、いらしてたんですか。……槙原じゃねえか…」

中でも年長の男が桑原へ挨拶したのだが、その斜め後ろに控えている槙原を見ると、驚いた声を上げた。槙原も知っている相手だった。

「ご無沙汰してます。波多野《はたの》さん」

「いつ出て来たんだ？」

「今日です」

「そうか…。また飯でも行こうや。…失礼します」

槇原に短く声をかけ、波多野は桑原に頭を下げてから、連れを伴って去って行った。入れ替わりでエレヴェーターに乗り込んだ桑原は、扉が閉まると、独り言のように呟いた。

「…お前がおらん間にうちの地図も随分塗り替えられた。あれも今じゃ、次期若頭《わかがしら》候補だ」

「…波多野さんが…ですか」

「肝《きも》っ玉は小さいが、立ち回るのはうまいでな」

気に入らないというように鼻先から息を吐き、続けて、組内の現状を説明する。

「若頭の河合《かわい》も頑張ってはおるが、虎三よりも年上だからな。何年持つか…。本当は今からもう少し若い、近藤《こんどう》やら川上《かわかみ》やらに任せた方がいいのかもしれんが、器量に欠ける。梅が死んだ後、本部長の席が空いたままなのも、どんぐりの背比べが続いとるからだ。…まあ、波多野もそうだし、他にも若いのが育って来とるからな。もう少ししたら、一気に世代交代出来るといいんだが…。だから、お前が帰って来てくれたのも、丁度よかった」

「…期待されるような材料がありません。俺には」

「梅の代わりが出来るのはお前しかおらんと、俺も虎三も思っとる」

分かっとるだろう…と言いながら、自分を見る桑原の目が真剣なものであるのが億劫《おっくう》で、槇原はさりげなく顔を背《そむ》けた。今、正直な気持ちを言った方がいいのか。悩んでいる内に、エレヴェーターが一階へ着き、ドアが開く。

どうぞ…とドアを開けながら桑原を促し、エレヴェーターを降りる。廊下には数人の若い男たちがたむろしており、桑原の姿を見ると、さっと壁際に並んで頭を下げた。

「ご苦労様です」

ご苦労様です…と繰り返される声を聞きながら、桑原と共にその場を通り過ぎようとしたのだが、何処からか強い視線を向けられているのを感じた。知り合いでもいるのかと訝《いぶか》しみながら、周囲を見渡したのだが、見覚えのある顔はない。

　では誰が？　不審に思う槙原の前で、桑原が立ち止まる。

「…なんだ。来とったのか」

　意外そうな表情で桑原が声をかけたのは、立ち並んだ男たちの中でも、一際目を惹く人間だった。

　背が高く、体格がいい。そして、何より、顔がいい。鋭い目と、高い鼻梁《びりょう》。整った顔立ちは、この場にいるのが間違いなんじゃないかと思わせる、華やかなものだった。

　まだ若い。二十五にもなってないだろう。ホストにでもなったら、売れっ子だろうに。そんなことを思いながら観察していると、桑原を見ていた相手が目線を寄越す。一瞬、目が合ったのだが、それだけで、さっき感じた強い視線の持ち主が分かった。

　こいつだ。直感で確信し、すぐに桑原へと視線を戻した男を、じっと見つめていた。

「ちょっと用があって」

「飯に行くんだが、一緒にどうだ？」

「いや、いい」

　桑原が男を誘ったのも意外だったが、男の方が素っ気なく断ったのは驚きだった。こんな若い男が桑原相手にため口をきくとは。時代が変わったのか、何か理由があるのか。眉を顰めて考え込む槙原に、気にしている様子もない桑原が声をかける。

「槙原。行くぞ」

「…あ、はい」

　促されるまま、桑原と共に男の側を離れたが、気になってしょうがなかった。事務所前に停められた車の後部座席に桑原と並んで乗り込むと、すぐに正体を聞いた。

「…さっきのは誰ですか？」

「気になるか？」

「……」

にやりとした笑みを浮かべて見て来る桑原の態度を見ても、ただの構成員でないのだと分かる。槙原は正直に「はい」と返事した。

「梅が亡くなる少し前か…。池袋《いけぶくろ》で揉めてたのを俺が拾ってやったんだ」

「池袋?」

「進和会《しんわかい》の縄張りにあるゲーセンでせこい商売をしやがってな。やって来る客相手にチンチロリンで賭けさせ、親になって金取ってたんだ」

「チンチロリン…ですか」

「賽子《さいころ》と丼《どんぶり》で出来るんだ。これ以上、シンプルな博打《ばくち》はないし、単純なほど、人間ってのは燃えるもんだ。その上、あれには才能があってな。あっという間に人気が出て、進和会の耳にも入って揉め事になった。あれはああだが、腕っ節も強くて、それまでも喧嘩やら何やら騒ぎを起こしてたんだ。当時、向こうじゃ結構な有名人だったらしい」

桑原は進和会の会長とは同級生という縁で、懇意《こんい》にしているのを槙原も知っていた。しかし、それがどうして…という疑問はすぐに解ける。

「進和会の会長が話を持ちかけて来たんだよ。このままだったら、うちの人間が叩いて仕舞いになるだろうが、あれはもったいないってな。手懐ければ、相当稼ぐドル箱になる筈だって。…で、好奇心もあって見に行ったら、気に入ったんで連れて帰って来た」

「…気に入ったって……桑原さんがですか?」

「ああ」

桑原は見る目が厳しく、人を褒《ほ》めることは少ない。彼が自分に対して評価を高くしてくれているのも、梅本への手前があるからだと思っていた。

そんな桑原が自ら「気に入った」と言うのだから相当だ。さっき見たばかりの男を思い出してみたが、外見からは桑原の評価が判断出来かねると思った。

「まだ…若そうでしたけど」

「二十…三になった筈だ」

「二十三」

　その若さで…と思ってしまうのは、桑原への男の態度がどう見たって、横柄《おうへい》なものだったからだ。どんなに能力があったとしても、礼儀のない人間を槙原は嫌った。

「態度は幹部並のように見えましたが」

「ああ、確かにな。口も悪いし、態度もでかい。…けどな、槙原。あれが『幹部』になるのは時間の問題だぞ」

「……」

　嫌みのつもりで口にした言葉を、笑って繰り返す桑原の真意は理解出来なかった。僅《わず》かな間しか見ていないが、それだけでも自分とは相容《あいい》れない存在だと言い切れる。

　しかし、あれが幹部になるような時代ならば、諏訪組に自分の居場所はもうないのかもしれないないなと思って、内心で溜《た》め息を吐《は》いた。


　桑原が槙原を食事に連れて行ったのは、彼の行きつけである神楽坂《かぐらざか》の料亭だった。出所祝いだと言って、芸妓をあげて、豪勢な料理を振る舞われたのは、槙原にとって有り難くもあり、窮屈でもあった。以前は年齢や立場によって、そういう場所に同席しなくてもよかったのだが、そうもいかなくなったのだと、自分を取り巻く状況の変化を痛感した。

　それは宴席で、桑原から向けられた言葉からも意識させられた。

「春が過ぎたら、お前を梅の代わりに幹部会に入れようと、虎三と話し合っとるから、そのつもりでおれよ」

「そんな……冗談はよして下さい」

「冗談なもんか。大体、梅の地盤はお前が出て来るまでってことで、俺が預かってるんだ。梅と一緒に鳥居まで死んじまったんだ。誰も跡を継げる人間がいなかったのはお前だって、知ってるだろう。お前には梅に代わって、地盤を引き継いで、諏訪組の中核になって貰わねえと。俺たちが困るんだよ」

しっかり頼むぞ…という桑原の言葉を重く感じた。梅本が生きていてくれたら。せめて、彼の右腕であった鳥居がいてくれたら。きっとこれからどうしようと迷うこともなかった筈だ。前と同じように、梅本や鳥居の下で、屋台骨の一本として、支えていくことだけを考ていられた。

梅本の代わりなんて。自分にはとても務められないと思ったのだが、桑原にその場で告げることは出来なかった。桑原にも虎三にも。若い頃から世話をかけているし、迷惑もかけている。実は辞めようと思っているなど、とても口には出せず、槙原は迷いを深くして桑原との食事を終えた。

料亭を出るという頃になって、桑原が思い出したように聞いた。

「…そういや、お前、行く宛《あて》はあるのか？」

「…大丈夫です。…それより、明日、梅本さんのところにお線香を上げに行きたいんですが…奥さんって、まだ店やってますよね？」

「ああ。俺から連絡しといてやるよ。お前が訪ねて行ったら喜ぶ筈《はず》だ」

お願いします…と頭を下げ、迎えの車に乗る桑原を見送った。車が見えなくなると、店員にタクシーを頼んだ。すぐにやって来たそれに乗り込み、荷物を置いて来た本部事務所へ戻る。車内で、別れ際に桑原が寄越した封筒を覗《のぞ》いた。

中身が何か分かっていたから遠慮したのだが、固辞するのも失礼に当たる。有り難く受け取った封筒には、案の定、万札がぎっしり詰まっていて、小さな溜め息が漏れた。

これで暫くは凌《しの》げるが、今後を考えないといけない。このままずるずると桑原の厄介《やっかい》になり続ける訳にもいかない。梅の地盤を引き継いで。そんな桑原の言葉が甦《よみがえ》り、難しい顔で考え込んでいると、事務所前に車が停まっていた。

緊張した顔付きの運転手に支払いを済ませ、車を降りて事務所へ入ろうとした時だ。内側から扉が開き、出て来た相手とぶつかりそうになる。

「……」

「…あ」

さっと横へ避《よ》けようとしたのだが、相手が一度で覚えた顔なのに気付いて、動きを止めた。桑原が次期幹部だと評していた男。そういえば、名前を聞かなかったな…と考えていると、同じように動きを止めた男がにやりとした笑みを浮かべた。

「槙原サン」

「……」

面と向かって人差し指の先を向け、男は槙原の名前を呼ぶ。名前を知られていたことを不思議に思うよりも、その仕草がカチンと来た。どんな有望株だか知らないが、自分の方が歳も立場も上だという自負が、槙原にはあった。

「…人に向かって指をさすなって教わらなかったのか」

「……。…さあ？」

眉を顰めて注意する槙原に、男は面食らったように目を丸くした後、首を傾《かし》げた。それがバカにされているように感じ、槙原は更にむっとして「退《ど》けよ」と低い声で言う。

道を譲らなくてはいけないのはお前の方だ。鋭い視線でそう教える槙原を、男は笑みを消して、じっと見つめた。男の方が身長が高いから、自然と見下ろされるような形になる。そういう状況にも苛《いら》つきを覚え、眉間《みけん》の皺《しわ》を深くして、重ねて言おうとしたのだが。

「手」

「…？」

「手、見せろよ」

目上の人間に対し、その口のきき方はなんだと怒るよりも、その内容の方に気が取られてしまった。手を見せろって？　余りに場に不似合いな内容を不思議に思って、槙原は釣られるようにして右手を上げる。

「手？」

「…ああ」

男は槙原の右手を握り、掌《てのひら》を上に来るようにして広げさせた。手相でも見ているような仕草に、槙原は益々《ますます》不可解な気分になる。

自分は退けと言っているのに、どうして手を見せろと返すのか。さっぱり男の意図が分からず、じっと掌を見ている相手を窺《うかが》っていた。

そして。しげしげと掌を見ていた男は、にやりと笑った顔を上げると、槙原が想像もしなかった台詞《せりふ》を口にした。

「…あんた。俺と組まないか？」

「は？」

「だから……」

意味が分からず聞き返した槙原に、男は繰り返そうとしたのだが、新たに出て来た人間たちに邪魔される。二人揃ってそこを退くしかなくなり、槙原は怪訝《けげん》な表情を向けてから、男と別れて荷物を取りに事務所の上階へ上がった。

なんだ、あいつは。エレヴェーターに乗ってからも苛ついた気分は消えず、眉間の皺は取れなかった。荷物を置いていた部屋に入り、スウェットの入った紙袋を手にすると、さっき、男に掌を見られたのを思い出した。

「……」

紙袋を一旦《いったん》、置いて、自分で右手を開いて掌をじっと見る。やはり…手相でも見ていたのか。手相なんて。確か…まだ二十三だと聞いた、若い男には不似合いな特技だ。それに手相など、宛になるものか。

バカバカしいと吐き捨て、再び紙袋を手にして部屋を出た。一階へ下りる間に、これから何処《どこ》へ行こうかと考えていたのだが、妙案は浮かばなかった。

桑原には大丈夫だと言ったものの、行く宛はない。幸いなのは、桑原が当座の金をくれたことだ。取り敢えず、今晩は何処かで泊まり、明日にでも暮らせるような部屋を探さなくてはいけない。六年前、住んでいたのは当時付き合っていた女の部屋で、逮捕された後は一度も会っていなかった。

女の部屋に置いていた荷物がどうなったのかは知らない。大した物はなかったから、始末されたのだろう。今頃、あいつはどうしているだろうか。そんな感傷的な思いを抱きながら、事務所を出た槙原は、歩き出してすぐに呼び止められた。

「槙原サン」

「……」

その声に驚いて振り返ると、さっき別れた男が笑みを浮かべて立っている。まさか…自分を待っていたのかと眉根を寄せる槙原に、男は近付いて乱暴な口調で食事に誘った。

「飯でも食いに行かねえか?」

「……」

なんで、俺がお前なんかと。そんな文句は言葉よりも先に顔に出る。男を睨《にら》み付ける槙原の顔は、普通の人間ならば恐ろしく感じる程の険相だったが、男には気にならない様子だった。

「腹が膨れてるなら、飲むだけでもいい」

「…なんで俺が…」

「いいじゃねえか。行こうぜ」

なあ、と言って、男は槙原の腕を摑《つか》む。咄嗟《とっさ》に振り払おうとしたのだが、考えていたよりも男の力はずっと強かった。体格が逞《たくま》しいだけでなく、それなりの腕力もあるということか。男から視線を外さないまま、槙原はするりと身体を捻《ひね》って彼の手を逃れる。

力任せに振り払わずとも自分から逃れた槙原に、男は小さな驚きを浮かべた。

「……合気道?」

「そんな上等なもんじゃねえよ。俺はお前みたいにガタイがいい訳でも、バカ力がある訳でもないからな。喧嘩《けんか》ばっかしてたら、自然とこつが身に付いた

だけだ」

　ふん、と鼻息つきで答え、男に背を向けて歩き始める。これで付き合うつもりがないと分かっただろうと思ったのだが、後を追いかけて来た男が横に並んだのを見て、槙原はキレた。

「…ふざけてんじゃねえぞ！　いい加減にしろ！」

「飯行こうって言ってるだけじゃねえか！」

　低い声で凄む槙原に対し、男も同じように怒声で返す。

「なんで俺がお前なんかに付き合わなきゃいけねえんだ!?」

「いいじゃねえか！　急いでる訳じゃねえんだろ!?」

「やだね！」

「なんで!?」

「お前みたいな偉そうなガキの顔見て飲んで、何が楽しいよ!?」

「……」

　冗談じゃないと吐き捨てる槙原を見て、男は動きを止めた。僅かな間、考える素振りを見せた後、立ち去ろうとする槙原の腕を再び摑む。

「…っ…」

　性懲《しょうこ》りもせず…と思いながら、槙原はさっきと同じような方法で逃れようとした。しかし、一度で槙原のやり方を学習した男は、今度は振り払わせずにそのまま歩き始めた。

「っ…バカ野郎！　離せ…っ…」

「…じゃ、楽しい場所へ連れて行ってやるよ」

「な…に言ってんだ！　離せって言ってんだ！」

　怒鳴りながら暴れる槙原を物ともせず、男は真っ直ぐ歩いて、とあるビルへと入った。そこは。


「これなら満足か？」

「……」

「俺の顔見て飲むのは楽しくないんだろ？　だったら…」

こいつらの顔見てたらいい。そう言って、男が指すのはずらりと周囲を囲んだキャバ嬢だ。暴れる槙原を男が強引に連れ込んだ先は、本部事務所の目と鼻の先にあるキャバクラだった。男が店へ入ると同時に、キャバ嬢たちが我先にと寄って来て、案内されたボックス席に座ると同時に、右も左もキャバ嬢で埋め尽くされた。

帰ろうとしても、百戦錬磨なキャバ嬢たちの接待攻勢に遭ってしまい、立ち上がることも出来ない。眉間に深い皺を刻んだまま、戸惑いを浮かべる槙原に、男は余裕の笑みを浮かべて、揚げ足を取るような台詞を吐いたという訳だ。

「…お前な…。いい加減にしとけよ…」

怒りに打ち震えながら、槙原は斜め前にいる男を鋭い目で睨む。しかし、先程とは違い、相手は男だけじゃない。

「水割り、これぐらいの濃さでいいですか〜？」

「あたしたちも何か頂いていいですか〜？」

「何か食べます〜？」

槙原の険悪な表情に気付いてはいても、キャバ嬢たちは適当に無視して、自分たちの仕事をこなそうとする。甘ったるい声が飛び交う中、槙原は男の隣についたキャバ嬢が呼ぶ名を耳にした。

「富樫《とがし》さん。こちらも諏訪組の方？」

富樫。それが男の名前なのか。桑原からどういう経緯で諏訪組に入ったのかという話は聞いたが、名前は聞いていなかった。富樫と呼ばれた男は、ロックで作らせたグラスを受け取りながら、キャバ嬢に槙原の説明をする。

「槙原さんだ。うちのお偉いさん候補だからな。お前らも顔売っておいた方がいいぞ」

からかわれているような気分で、槙原はかちんと来たのだが、キャバ嬢たちは違った。全員がさっと目を光らせ、次々名刺を差し出して来る。名刺を受け取ろうとしない槙原の前には、あっという間に紙片の山が出来た。

うんざり顔の槙原はそれには目もくれず、男…富樫に、「それで」と聞いた。

「何の用だ?」

「別に」

「…何か用があるから誘ったんじゃないのか」

「お近付きに、と思って」

富樫の返事を聞いて、槙原は深く息を吐き出して立ち上がった。お近付きになんかなりたくない。無言でキャバ嬢を跨《また》ぎ、槙原は早足で店を出た。追いかけて来るかもしれないと思い、外へ出ると同時に駆け出した。あんな訳の分からない男にこれ以上付き合うのはごめんだ。相手をまく為に暫く縦横無尽《じゅうおうむじん》に駆けてから、目についたビジネスホテルに飛び込んだ。

富樫に絡まれなかったとしても、何処かに宿を取らなくてはと思っていた。丁度空室があったので、宿泊を頼み、キイを受け取って部屋へ入った。狭い部屋で一人になると、溜め息が漏れる。

「……なんなんだ。あいつ…」

一体、富樫というのはどういう男なのか。何を考えて自分に絡んで来るのか。全く理解出来ないと首を捻り、スーツを脱いで風呂に入った。

シャワーを浴びながらも、富樫の考えを想像していたのだが、思いつかなかった。お近付きに、なんて。自分に近付くことで、富樫に何らかのメリットがあるというのか。刑務所を出たばかりで、組の状況もまだ正確には把握していない自分に、近付こうとするのは。

単純に、新入りである富樫が、上の立場である自分に取り入ろうとしている、とは思えなかった。そんな姑息《こそく》なことを考える人間ならば、まず、あんな言葉使いや態度を取らない筈だ。それに取り入るならば、桑原の方が相応《ふさわ》しい相手である。桑原が食事に誘った時、富樫は素っ気なく断ってみせたのに。

頭を洗う為に、シャンプーを手に取った槙原は、ふと、富樫に掌を見られたのを思い出した。手相でも見るように掌を見た後…。

確か、富樫は…。

「……俺と組まないか……？」

そう言ったのではなかったか。一瞬、何を言われているのか分からなかった上に、邪魔が入ってしまったので、ちゃんと聞き返せなかった。でも、確かに富樫はそのようなことを言った。

俺と組まないか。なんで？　それこそ、ふざけるな、だ。冗談じゃないと切り捨て、短い髪をざっと洗って頭から湯を浴びた。


ホテルの自販機で何本かのビールを買い、飲みながら、深夜までTVを見ていた。昨日は全く違う環境にいたのだと思うと不思議になった。どちらが自由であるのかは分からないなと思い、外へ出て初めての夜を狭いホテルの一室で明かした。

翌朝。ホテルに延泊を頼み、部屋へ荷物を置いて出掛けた。昨日、金崎に買って貰ったスーツを着て、タクシーで中野《なかの》へ向かう。駅前にある有名な商店街の中に、梅本の妻が経営している喫茶店があった。

梅本が生きている頃……刑務所に入る前、幾度となく訪れた店は、六年ぶりに見ると、古くなったという印象を感じた。若い頃から梅本を支えて来た妻は、夫が組の幹部になってからも店を閉めたりはしなかった。この人はいついなくなっちまうか分からないからさ。下町育ちの妻の口癖を思い出しながら、一つ息を吐いて、ドアを開ける。

「いらっしゃ……清《せい》ちゃん！」

「…ご無沙汰してます」

「ああ、よかったねえ。昨日、桑原さんから電話貰って……本当に元気そうで…よかったよ」

他の客も構わず、梅本の妻はカウンターの内側から出て来て、槙原に駆け寄った。皺の浮かんだ眦《まなじり》に涙を浮かべ、よかったと繰り返して、座るように勧める。しかし、店には客が複数おり、興味深げな視線を鬱陶《うっとう》しく思って、槙原は用件を切り出した。

「…いえ。自分は伯父貴の仏壇に参らせて貰いに来ただけなんで…」

「ああ、そうだね。……さっちゃん、ちょっと頼むね」

店を手伝っている中年の女性に声をかけ、妻は槙原を伴って店の奥へと向かう。店の入っているビルは梅本の所有物であり、一階を喫茶店に、二階を住居として使い、その上階はオフィスなどとして貸し出していた。

梅本に連れられ、何度も二階の自宅で飲み明かした。懐かしい気分で自宅へ入ると、居間と続く和室にまだ新しい仏壇が置かれていた。梅本の写真や、花が並んでいるのを目にすると、少しだけ足が竦んだ。

「あんたが出てくるのを、本当に心待ちにしてたんだよ。なのに…交通事故なんてねえ。鳥居まで一緒に逝《い》っちまって…」

妻は肩を落として呟きながら、仏壇の前に置かれた座布団に膝をつき、慣れた手つきで線香に火を点す。どうぞ…と勧められた槙原は、詰めていた息を吐き出し、仏壇の前に正座した。

梅本と鳥居の乗った車が高速道路の多重衝突事故に巻き込まれ、二人が即死したという連絡を受けたのは、一昨年の夏だった。自分が出所する前に梅本が死んでしまうなんて、槙原は想像もしていなくて、愕然《がくぜん》とした。

線香を上げ、手をあわせて色んな想いを込めて頭を下げた。顔を上げると、若い頃のものらしい梅本の写真が見えて、寂しさが込み上げて来るように感じた。梅本に出会ったのはまだ十代の頃だった。そんなに元気が余ってるなら、俺のところに来いや。豪放磊落《ごうほうらいらく》な笑いと共に言ってくれた、梅本の濁声《だみごえ》が耳に甦る。

座布団を下りると、妻が湯飲みを載せたお盆を持ってやって来た。

「清ちゃん。昨日はどうしたの？　あの…昔付き合ってた女の子のところに戻ったの？」

「…いえ」

梅本は人を招くのが好きな男で、自宅には彼を慕う組員たちが家族を伴ってよく出入りしていた。槙原も当時一緒に暮らしていた女を連れ、食事をしに訪れたことがある。梅本も妻も、槙原を心配し、早く一緒になるよう勧めていた。

短い答えだけで、首を横に振る槙原を見て、妻は溜め息を吐く。そうだよねえ…と呟き、お茶を飲むように勧めた。

「六年は長いよね」

「はあ…」

「まあ、清ちゃんはいい男だし、すぐに新しい彼女が見つかるよ。うちの人や鳥居に代わって、桑原さんや組長さんを助けてやってあげて」

「…自分はそんな器《うつわ》の人間じゃないんですが…」

「何言ってるの。もう清ちゃんしかいないんだよ」


しっかりして…と言う妻に、槙原は苦笑を浮かべただけで、頷けなかった。誰もが自分に期待をかけてくれるのは有り難い話だけれど、実際の力量がついていけていない。これからも備わるかどうかも分からない。仏壇の梅本を見る目が、自然と恨《うら》めしいものになってしまった。


墓参りに行きたい…と言う槙原に、妻は郊外にある霊園の名前を教えた。自分は店があるので一緒には行けないからと、詳しい住所や場所を書いたメモをくれる妻に篤く礼を言い、一階へ下りる。

「また寄ってね。あの人がいなくなって、うちも寂しくなってしまったからね」

「ありがとうございます」

深々と頭を下げ、店を出ると、暫く歩いてから立ち止まった。梅本の墓は東村山《ひがしむらやま》市の霊園にあるというのだが、槙原にとって訪れたこともない場所だった。

「…電車で行った方がいいか…」

タクシーだと相当な金額になるのではないか。当座の金はあるが、収入の宛のない自分は節約すべきだと考え、駅へ向かって歩きかけた時だ。パアンという車のクラクションの音が聞こえる。自分に向けられたものだとは思わなかったが、何気なく振り返った。

「……」

そして、そこに思いがけない光景を見つけて、槙原は硬直した。数メートル先に停まっている真新しいベンツの運転席にいる男。見覚えのある顔がにやりと笑い、運転席のドアを開けて降り立つ。

「何処行くんだ？　乗せてってやろうか？」

「……」

どうして、富樫がここに？　事務所近くならともかく、中野という場所は梅本の自宅がある以外、諏訪組には縁もゆかりもない場所だ。偶然だとは思えない。怪訝そうに眉を顰めて、槙原は富樫の車へと近付いた。

「なんでこんなところにいるんだ？」

「桑原のじいさんに聞いたんだ。仏壇に参りに行くって言ってたって」

富樫の説明で、彼がこの場にいる理由は分かったが、今度は別の疑問が生まれる。富樫はどうして自分を捜すような真似をするのか。これは昨日の続きなのだろうかと、頭の痛い気分で、槙原は聞いた。

「…俺に何か用でもあるのか」

「墓に行くんだろ？　東村山は遠いぜ。乗せてってやる」

何処へ行くのかと聞いた癖に、実は全部分かっている様子の富樫に溜め息を吐き、槙原は空を仰いだ。ふざけるなと吐き捨て、無視して行くべきか。けれど、富樫は同じ組の人間でもある。またこの先も絡まれる可能性は高く、ここら辺ではっきりと、自分たちの違いについて分からせておくべきだと考えた。

無言で助手席のドアを開け、乗り込む槙原を見て、富樫は笑みを深めて運転席へ戻る。エンジンをかけ、滑るように走り出した車は、梅本の墓がある東村山市へと向かった。

富樫の運転技術は非常に高く、ハイクラスの車であるせいもあって、タクシーとは比べものにならない乗り心地だった。車を運転する富樫は走り出してからずっと無言で、先に口を開いたのは槙原だった。

「…誰の車を借りて来たんだ？」

「俺のだ」

「…お前の？」

まだ新車のベンツは、そのグレードからも、一千万は下らないだろう。富樫は桑原のお気に入りでもあるようなので、誰かの車を借り受けて来たのかと思ったが、返って来た答えは意外なものだった。

「……」

どうやって？　と聞こうとしたが、やめた。まだ新入りだという富樫にそれ程の財力があるのは不思議だったが、桑原から曰《いわ》くのある男だと聞いている。独自のシノギがあるのだとしても、聞くのは藪蛇《やぶへび》だ。

そう考え、槙原は黙ったのだが、運転席からはからかうような声が聞こえて来る。

「どうやって買ったのか、聞かねえのか？」

「チンチロリンで稼いだんだろ？」

興味なさげに言い返すと、富樫がハンドルを握ったまま、視線を寄越す。「桑原のじいさんか？」と確認する声は訝しげなものだった。

「お前みたいなひよっこが桑原さんをじいさん扱いするのは百年早い」

「ひよっこ」

バカにしたような笑みを含めて繰り返す富樫を、槙原は眉を顰めて睨んだのだが、いちいち腹を立てるだけ、無駄だと思って口を閉じた。口を開けば気分の悪い思いをするだけだ。そう思って、順調に霊園へと向かう車の助手席に身体を沈めていた。

下調べでもしてあったのか、土地勘でもあるのか。富樫は迷うことなく梅本の墓がある霊園へ辿《たど》り着いた。すぐ向こうは埼玉《さいたま》という境目にある霊園の墓は、梅本が生前、地方にあった自分の親の墓を移した時に購入したものだと、妻から聞いていた。

駐車場へ富樫が車を停めると、槙原はシートベルトを外しながら、「悪かったな」と言った。それから、自分には二度と関わるなと言おうとしたのだが。

「…お前が何を考えてるのか知らんが、俺はお前みたいなタイプの人間は…」

好きじゃないとはっきり告げる前に、富樫は運転席のドアを開ける。さっさと車を降りる富樫が話を聞いていた様子はない。槙原は舌打ちして、急いでドアを開けると、霊園の方へ向かう富樫の背中に「おい」と声をかけた。

「何処行くんだ?」

「俺が参っちゃ、悪いか?」

「……」

富樫が諏訪組に入ったのは、梅本が亡くなる少し前だったという話は桑原から聞いた。面識があったのだろうかと、不審に思いながら、ドアを乱暴に閉め、富樫の後を追いかけて前に出た。墓地を歩いて行き、梅本家と書かれた墓を見つけた時、しまったと思った。花の一つも持って来るんだったと後悔し、心の中ですみませんと詫びる。

けれど、墓の中の梅本が花を喜ぶとは思えない。今度来る時は酒を持って来ようと思いながら、手をあわせる。暫く、頭を下げたままでいた槙原は、顔を上げてから、そういえば…と思って、辺りを窺った。富樫はどうしたのだろう。隣で手をあわせているのかと思ったのに気配はなく、見れば、少し離れたところで突っ立っていた。

「…何してんだよ。参るんじゃないのか」

「……。…ここから参ったからいい」

「は?」

どういう意味か量りかね、富樫を追及しようとしたのだが、彼の顔が妙に強張ったものになっているのに気付き、声をかけるのをやめる。駐車場での富樫は不遜《ふそん》な態度だったけれど、今は緊張した空気を漂わせている。

それがどうしてなのか。彼の過去に原因があるとは気付けず、槙原は梅本との間柄について尋ねた。

「梅本さんに世話になったんじゃないのか」

「…殴られた」

「はっ」

仏頂面になって告白する富樫を見て、槙原は痛快な気分で笑った。そりゃそうだ。墓の中にいる梅本に礼を言いたい気分で、富樫の元へ歩いて行く。

「その口のきき方じゃな。殴られるに決まってる。梅本さんは桑原さんみたいに、気の長い人じゃない」

「仕返ししてやりたかったのに、その前に死んじまった」

「残念だったな」

富樫が墓の正面に立たなかったのは、梅本に恨みを抱いているからなのかとふと考えたが、違うだろうとも思った。梅本は理由なく暴力を振るう人間ではなかったし、殴るような相手には愛情を抱いていた筈だ。気に入ってるから殴るんだ。気に入らない奴を殴ってどうする。手が痛いだけ、俺が損するじゃねえか。そんな台詞を吐く梅本に、槙原自身、若い頃はよく殴られた。

梅本の愛情は富樫のような男にも伝わっていた筈だ。そう信じたい気分で、梅本の話をする。

「…梅本さんに殴られたってことは。気に入られたってことだ」

「嘘だろ」

「どうしようもない奴を殴ったりする程、暇な人じゃなかった」

梅本を思い出しながら話すと、富樫はつまらなそうな顔で歩き始める。その隣に並んで、自分もよく殴られたのだと告白した。

「俺もよく殴られた。態度や言葉遣いや……お前も梅本さんが生きていたら、もうちっとマシになれたかもしれないのにな」

「マシってなんだよ」

「気付いてないのか？」

自分の態度の悪さを自覚していないのかと、怪訝そうな目を向ける槇原に、富樫は悪びれた風もなく言い捨てる。

「俺は俺だ。殴られたくらいじゃ、変わらねぇよ」

「……あのな」

まさか、自分が誰かを説教する日がやって来るとは。墓の梅本に聞こえたら、大笑いされるだろうなと思いつつ、槇原は富樫に忠告した。

「お前がどう考えているのか知らないが、ヤクザっていうのは普通よりも礼儀や態度を重んじるものなんだよ。お前みたいに目上の人間に好き放題な口をきくような奴は、どんなに力があっても叩かれる。桑原さんがどう庇おうと、お前がそういう態度を取り続ける限り、うまくはやっていけないぞ」

「…めんどくせえな」

「は？」

「めんどくせえ」

渋い表情で呟く富樫を見て、槇原は眉間に深い皺を刻んだ。自分が恥ずかしくなるくらいの正論を吐いたというのに、富樫には全く聞こえていないようだ。これは無駄だ。バカバカしくなって、顰めっ面で前を見ると、隣で富樫が独り言のように繰り返す。

「…やっぱ、ヤクザってめんどくせえよな」

「今更何言ってんだ」

「俺は槇原サンみたいに改心は出来ねえな」

「改心ってなんだ？」

使い方が間違ってるんじゃないのかと指摘する槇原に、富樫は真面目な顔で尋ねた。

「…槇原サンはなんでヤクザに？」

まさかそんなことを富樫から聞かれるとは思ってもいなくて、思わず立ち止まった。なんでヤクザに？　喧嘩ばかりしていたのを梅本に拾われた。梅本との出会いがきっかけだけれど、強制された訳じゃない。自分の意志で選んで入った道だ。

その理由は。

「…他に何もなかったんだ」

正直な答えを口にして、槙原はポケットから煙草《たばこ》を取り出した。刑務所に入ったことで禁煙出来ていたのだが、自販機を見たら引き寄せられるようにして買っていた。自分が再び禁煙するには、吸えない環境に行くしかないだろう。

咥《くわ》えた煙草に火を点ける。吸い込んだ煙を吐き出して、隣を見ると、富樫は渋い表情を消し、笑みを浮かべていた。

「…いいね」

「何が」

「他に何もないって。…俺も同じだ」

他に何もなかった。一音ずつ、含めるようにして繰り返した富樫の声は、不思議と心を捉えるものだった。良くも悪くも、こいつは自分を惑わせる男だ。

そう思って、白い煙を吐き出しながら、富樫の横顔を見つめた。


駐車場へ着き、富樫の車に乗り込むと、新宿の諏訪組まで戻った。色々言いたいことはあったが、富樫が口を開かなかったせいもあり、本来無口な槙原は釣られるようにして無言を通した。本部事務所に着くと、用があると言う富樫と別れ、槙原は礼を言って車を降りた。

去って行く車を見送りながら富樫のことを考えていると、背後から声をかけられる。

「槙原」

「…林田《はやしだ》さん」

「元気そうだな。出て来たって聞いて、会いたいと思ってたんだ」

嬉しそうな笑みを浮かべるのは、同じ梅本派の一員として、かつては兄貴分にあった林田だった。年齢も、組でのキャリアも上にあたる林田に、槙原は丁寧に頭を下げて、挨拶が遅れたのを詫びる。

「すみません。昨日、出て来たばかりで…今日は伯父貴の墓参りに行っていたんで…」

「何言ってんだよ。お前、ムショで頭の硬さが増したんじゃねえの。俺なんかにお前が頭下げることないって。…ちょっと茶でも飲まないか」

槙原の態度に林田は困った表情を見せ、近くの喫茶店へと誘った。槙原よりも五歳年上の林田は、以前から太っていたが、暫く見ない内に横幅を増していた。椅子に座るのも、どすんと音がしそうな体型を、瘦《や》せた槙原は神妙な顔つきで見る。

そんな槙原の気持ちを読んだ林田は、ばつが悪そうな顔で瘦せなきゃいけないとは思っていると告げた。

「医者にも言われててよ」

「医者…ですか」

「糖尿《とうにょう》で」

うんと年齢が上の人間が病気の話などで盛り上がっているのを耳にしたことはあるが、自分と同年代である林田がそう言うのを、槙原は驚いて聞いた。自分たちはもう、病気を気にしなくてはいけない歳なのか。考えてもいなかった現実に、内心で啞然《あぜん》とした。

出会った頃の林田は迫力ある体格を生かし、下の人間を力でねじ伏せていた。有り余る腕力を生かし、どんな相手からもみかじめ料を奪い取ってみせる手腕は誰もが認めるものだった。林田は人を見る力にも長《た》けていたので、槙原に対しては距離を置いて、兄貴風を吹かしたりはしなかった。

ウエイトレスにコーヒーを二つ注文すると、林田はすぐに気弱な話を始めた。

「伯父貴と鳥居さんがあんなことになっちまってよ。俺もあれから鳴かず飛ばずよ。近藤さんの世話になってはいるんだが、病気のこともあって、厄介もんだ」

「…厄介もんなんて…。林田さんがそうなら、俺はどうなるんですか」

「俺とお前じゃ、最初から格が違うよ。歳が上ってだけで…。もう、お前くらいのもんだぜ。ちゃんとした態度を取ってくれるのは」

そう言ってから、林田ははっとした顔になって、「そういや」と切り出す。

「さっき、お前が降りて来たのって、富樫の車じゃなかったか？」

「……はあ」

林田は富樫を知っているのだ。あれだけ、デカイ態度の男だから、組内では有名になっているに違いない。そんなことを思いながら、様子を窺うような口調で無難な説明をした。

「桑原さんに紹介されまして…。伯父貴の墓参りに一緒に行ってたもんですから…」

「お前が富樫と？　喧嘩になったんじゃねえのか？」


苦笑して聞く林田は、富樫の性格をよく分かっているようだった。ウエイトレスが運んで来たホットコーヒーに砂糖を入れながら、富樫から聞いた話を裏付けるような内容を口にする。

「すげえ態度デカイだろ？　あいつ。伯父貴にも殴られててよ」

「みたいですね」

「けど、全く堪《こた》えてない風でさ。伯父貴も呆れてたよ。あいつが伯父貴の墓参りなんて…どういうつもりなのかな」

首を捻る林田に、恐らく富樫の目的は自分であって、梅本の墓参りではないという話はしなかった。林田は頭の回る男ではない。だから、話も聞き出しやすいと思い、何気ない口調で富樫の様子を聞いた。

「なんだか、桑原さんがすごく買ってるみたいですが…」

「ああ。池袋から引っ張って来たのも桑原さんだからな。あれは…まだ二十三とかなんだが、桑原さんがいきなり、店を一軒、任せたんだよ」

「店…ですか」

「好きにやってみろって、場所と金を出したんだ。それが大当たりしたんで、あいつに文句を言える人間はいなくなった。何たって、桑原さんの秘蔵っ子だし、金を稼げる人間は重宝される。組長にも可愛がられてるしな。これからはここの時代だよ」

ここ、と言って、林田はこめかみを指先で突く。確かに、富樫はその目つきだけでも、相当頭が切れると分かる。バックには大幹部が控えていて、財力もある。あの態度を論《あげつら》う人間はいないのかと内心で溜め息を吐いていると、林田が「けど」と続けた。

「川上さんとか、近藤さんとかは毛嫌いしてるけどな」

「……ああ、でしょうね」

成る程…と頷き、槙原はコーヒーを飲む。川上や近藤は富樫の言う「めんどくさい」ことを大事にしたがる幹部だ。彼のやり方を貫こうとするのは…どんなに財力があったとしても、それだけで全てを打ち消すことは、やはり難しいだろう。

「金のあるあいつに近付きたい奴らも多いんだろうけど、近藤さんたちに睨まれるのも面倒だから、あいつは一匹狼ってやつだよ。その内、組を抜けるんじゃないかって、皆噂してる」

「……」

林田の話は納得出来るものだったが、桑原は「次期幹部」だと断言していた。どちらの読みが当たっているのか。軍配が上がるのは林田だろうな…と予想しながら、愚痴に変わった話を聞いていた。


健康を気遣いながらも、砂糖を山ほど入れたコーヒーを飲み干した林田と別れ、槙原は事務所へ向かった。昨日、挨拶出来なかった若頭の河合や、他の幹部たちへ挨拶して回っている内に夜になった。

複数の人間と話す中で、自分の立場が微妙なものであるのを改めて気付かされた。組長と桑原が、亡くなった梅本の代わりとして幹部に登用しようとしているのを、よく思っていない人間は考えていたよりもずっと多かった。梅本がいなくなったことで浮いた利権を狙っているのがありありで、裏を考えた会話ばかりを交わしていたら、疲れてしまった。

夕食の誘いは色々あったが、全てを断って、ホテルへ戻ることにした。一人になって、先のことを考えよう。そう思って、ホテルの自動ドアを抜けた槙原は、フロントのすぐ脇にある狭い待合スペースで、ふんぞり返って新聞を読んでいる男を見つけて、硬直した。

「……」

「…早かったな」

入って来た槙原に気付くと、富樫は新聞を横に置いて立ち上がる。一体、何なんだ。眉間に深い皺を刻み、不可解そうな顔で睨む槙原を、富樫は気にする様子もなく、食事に誘った。

「こんな時間に帰って来るってことは、飯はまだなんだろ？　飯、食いに行こうぜ」

「……あのな」

「話があるんだよ」

どういうつもりなのか問い質《ただ》そうとした槙原に、富樫は真面目な顔で言う。人をバカにしたような笑みでもなく、不遜な表情でもなく。真摯《しんし》な匂いのする顔つきをじっと見て、槙原は「分かった」と頷いた。

富樫と共にホテルを出ると、路上に停められていた彼の車に乗った。助手席に座った槙原は、富樫の話について考えていたのだが、暫く走った車が停まった場所を見て、苦笑を浮かべた。

そんな槙原を見て、富樫はつまらなそうな顔で「なんだ」と言う。

「やっぱり知ってるのか」

「親父に連れて来られたのか？」

「若い女は嫌いみたいだから」

富樫の嫌みに肩を竦め、車を降りた槙原は「さめ」という看板が出ている店へ向かって歩き始めた。組長と縁のあるその店には、槙原も以前はよく顔を出していた。

暖簾をくぐり、軽い音を立てる引き戸を開けて、富樫が先に店へ入る。狭い店は満席に見えたが、カウンターの端席が丁度二つ、空いていた。

「いらっしゃい。……おや。久しぶりじゃないか」

富樫に声をかけた店の女主人…さめは背後にいる槙原を見て、皺の目立ち始めた顔に笑みを浮かべる。長く顔を見せなかった理由は、誰か彼からか聞いているに違いない。嬉しそうなさめに頭を下げ、席へついた。

「ビール……でいいよな?」

「ああ」

「はいよ。これはあたしからのお祝いだ。…しかし、あんた、なんでこんなのと一緒に来たんだい?」

富樫の声に応え、すぐにビール瓶とグラスを二人の前に置いたさめは、意外そうな顔で槙原に尋ねる。あんたたちじゃ、水と油だろう…という指摘に、槙原は苦笑するしかなかった。

「女将《おかみ》さんはうまいこと言いますね。その通りです」

「俺はそんなつもりねえけどな」

一人、分かっていないらしい富樫は首を捻って、槙原のグラスにビールを注ぐ。さめが出してくれた先付けは菜の花としらすの辛子和《あ》えで、槙原は季節を感じさせる小鉢を喜んで見たのだが、隣の富樫は鼻の頭を顰めてみせる。

「こんなもん、食えるかよ。まともなもん、出せよ」

「本当にあんたは口のきき方を知らない子だね。それに野菜も食べなきゃいけないって、言っただろう」

「葉っぱなんか食えるかよ。うさぎじゃねえんだ。俺は」

さめと正面から言い合う富樫を、槙原は呆れと驚きをもって見つめた。さめは手厳しく、口うるさいので有名だ。どんな上役と一緒に来ても、誰もが老女の説教だけは素直に聞くというのに。

「…ほら。刺身はいいんだろ？　このガキはね、好き嫌いが激しくてね。野菜が食べられないんだよ」

「だから、野菜なんて虫の食うもんだって言ってるだろ？」

　刺身が盛られた皿を受け取り、富樫はさめに言い返す。他の客に呼ばれたさめが行ってしまっても、富樫はぼやいていた。

「あの口さえなけりゃな。悪い店じゃないんだが」

「…お前に言われたくないだろうよ。さめさんも」

　その通りだよ！　と、離れた場所から返して来るさめは地獄耳だと、富樫は眉を顰める。甘海老の刺身を手で摘《つま》み、つるりと飲み込んでビールを飲む富樫に、槙原は「で、」と促した。

「なんだ？　話って」

「……昨日、言っただろ？」

「何を？」

「俺と組まないかって」

「……」

　ちゃんと確かめられずにいたが、聞き間違いではなかったのだと分かり、槙原は隣の富樫を横目で見た。おしぼりを手にして、甘海老を摑んだ指を拭く富樫に、真剣さは見られない。

　やはり富樫は分かっていないのだろうか。梅本の墓に行く時、富樫の車に乗ると決めたのは、自分たちの違いを…自分たちが相容れない人間であるのをはっきり分からせてやろうと思ったからだ。

　タイミングを逸《いっ》して話せなかったが、この場ではちゃんと言うべきだと思いながら、槙原は煙草を取り出した。

「…女将さんも言っただろう？　俺とお前じゃ、水と油だ」

「そうか？」

「お前がどうして分からない振りをするのか、本音は読めないが、俺とお前は考え方が違い過ぎる。お前みたいな生意気な男は、嫌いなんだよ。俺は」

気に入らない相手と組める訳がない。組む義理も理由もない。たとえ、桑原に頼まれたとしても絶対断るだろう。そういう確固とした思いがあったから、槙原は敢えて「嫌い」という言葉を使って、富樫を拒絶した。

しかし、富樫はショックを受けた様子もなく、笑みを浮かべて言う。

「槙原サンは賢いねえ」

「嫌みか?」

「いや、これは本音。…水と油って、確かに分かっちゃいるんだけど、俺にはあんたが必要だと思うんだ」

笑みを消した富樫はそう言って、槙原の前に自分の右手を広げてみせる。昨日、事務所の入り口で、突然「手を見せろ」と言われたのを思い出し、槙原は軽く拳《こぶし》を握って、富樫の言葉を待った。

「俺は手を見たら、どういう人間か分かるんだ」

「……手相が見られるってことか?」

「いや。手相とか、そういうんじゃなくて、勘みたいなもんなんだけど…。その人間と自分が合うのかどうか、手を見て判断する」

「……」

富樫は自分の手を見た後、「俺と組まないか」と言った。ということは。彼は「自分と合う」と判断したのか。思わず、鼻先から笑いが漏れた。

「占い師にでもなったらどうだ?」

「あそこで色んな人間の手を見たが、あんたが一番よかった」

「いい?」

「俺と合うってこと」

真面目に言っているのかと、疑いを込めて富樫を見たが、本当のことなのだから仕方がないとばかりに肩を竦めるだけだった。訝しい気分で槙原は首を捻る。グラスのビールを飲み干し、さめに熱燗《あつかん》を注文した。

先に頼んでいた柳葉魚《シシャモ》と共に、徳利《とっくり》とお猪口《ちょこ》が置

かれると、槙原は富樫に「飲むか?」と勧めた。

「…いい」

「酒は駄目か?」

嫌そうな顔で頷いた富樫は、新しいビールをさめに頼む。美味そうに日本酒を啜《すす》る槙原を、眉を顰めたまま見つめていた。

「そんなもん、よく飲めるな」

「…お前は好き嫌いが多いな」

さめが叱る意味も分かると思って、槙原は呆れ口調で言う。富樫はさめからビール瓶を受け取り、手酌《てじゃく》で自分のグラスに注いで、半分程を一息で飲み干した。綺麗に焼き目のついた柳葉魚を手に取り、頭から齧《かじ》って食べる。

子を持って膨らんだ柳葉魚を美味そうに食べる富樫を見ていたら、梅本を思い出した。梅本も柳葉魚が好きで…特に子持ちのものを好んでよく食べていた。

「……」

富樫に嫌いだと、子供じみた言葉を突きつけるよりも先に、言うべき言葉があった。つい、感情的になってしまった自分を悔いながら、冷静な口調を意識して、自分の迷いを告白した。

「…俺は…辞めようと思ってるんだ」

「…え?」

「出て来る前から考えてた。梅本の伯父貴も…鳥居さんもいなくなっちまったあそこに、俺の居場所はないからな」

桑原が出て来てすぐに、梅本の跡を…という話をしたのには理由があったのだと気付く。恐らく、桑原は辞めようかどうか、悩んでいる自分の気持ちを察していたのだ。

そんな桑原の気遣いは有り難く、もったいないものだと思う。恩返しの意味でも、期待に応えなくてはという気持ちはある。けれど。周囲の様々な思惑をはね除け、やっていくだけの器量が自分にはないという思いの方が強い。

　だから、組まないかという誘いは無駄なのだと告げると、富樫はさっと表情を変えた。厳しい色合いの混じる顔はどきんとするようなもので、槙原は戸惑いを覚えて隣を見る。

「冗談はやめろよ。俺にはあんたが必要なのに」

「……は？」

「俺があそこでやっていく為にはあんたが必要だって言ってるんだ」

　きっぱりと言い切る富樫の真意は読めなかったが、本気であるのは分かった。にやついた笑みなど全くない顔には、彼には似合わない必死さがあった。

　何故、昨日会ったばかりの自分に、こうまで入れ込むのだろう。不審な気分で眉を顰め、お猪口を持ち上げると、自分の手が目に入る。

　酒を飲み干し、お猪口を置いて手を見たが、さっぱり分からなかった。

　手を見たら、どういう人間が分かる。そんな富樫の言葉を、槙原が理解出来るようになったのは、それから何年か後のことだった。

あとがき

こんにちは、谷崎泉です。「真音」の一巻になります。
初めて真音というお話を読まれる方も、雑誌連載時からお付き合い頂いている方も、どうぞよろしくお願いいたします。

このお話は最初、同人誌で導入部を書いたのですが、どうも長くなってしまいそうで、雑誌でやれないものかと考えました。同人誌ですと、どうしても自分に甘くなってしまいますので、最後まで書く自信がなかったのです。
リンクスの担当さんに相談したところ、連載という場所を与えて頂き、ありがたく思って、私なりに頑張って書きました。しかし、私の力量不足故に、リンクスさんにはご迷惑をおかけしたと思います。それは本当に申し訳なく思っております。

挿絵は麻生海先生が担当して下さいました。連載が始まる直前の、急なお願いだったにもかかわらず、快く引き受けて下さいましたのを、心から感謝しております。本当に麻生先生のいらっしゃる方角に足を向けて寝られません…。

進藤も富樫も槙原も。さめさんも。イメージ通りに仕上げて頂きました。ありがとうございます。ラフを頂く度、心が踊りました。雑誌で出来上がったものを拝見する度、自分の話じゃないように思っていました。

一巻の書き下ろしには富樫と槙原の出会いの話を書かせて頂きました。こちらは二巻に続きを書く予定ですので、よろしければご覧下さい。三巻まで出して頂ける予定でもありますので、最後までお付き合い願えたらと思います。

真音は普段から登場人物が多いと言われる私の話の中でも、特に登場人物が多い話でもありまして、読んで頂くのもなかなか大変かと思います。出て来る人たちそれぞれに思い入れがあり、上手に深く書きたいと思っていたのですが、本当に…筆力がなく。伝わり切らない部分が特に多いのでは…と不安に思っています。

それに、主人公である進藤と富樫の関係は理解し難いところもあるかもしれません。でも、私なりに書きたい部分は書けたと思っています。二人の変化をお楽しみ頂けるのを願います。

肌寒い春に

谷崎泉

初出

真音 Act.1〜3――2008年 小説リンクス6.8.10月号　掲載

邂逅――書き下ろし

LYNX ROMANCE

凶《きょう》恋《れん》

水月真兎　illust. 佐々木久美子

898円
（本体価格855円）

高校生の若宮蒼一郎は、若宮組組長である祖父が病に倒れたため若年ながらも組を守る立場に立たされる。艶やかな美貌の蒼一郎は組員たちの心の支えだったが、蒼一郎の身には黒龍会の下部組織、統仁会の魔手が伸びてきていた。そんな折、服役中だった若頭・剣持大吾が出所し、若宮組に戻ってくる。頼りがいのある大吾に組員たちは大喜びするが、彼はそんなことはおかまいなしに美しく成長した、蒼一郎のバージンを狙っていて…。

LYNX ROMANCE

蜜《みつ》と禁《きん》断《だん》のエピローグ

桐嶋リッカ　illust. カズアキ

898円
（本体価格855円）

魔族の集う聖グロリア学院。この学院に通う「蛇使い」の能力をもつ古閑光秀は教師で兄嫁である刹那に六年間片想いをしている。兄夫婦の関係は名目だけのものだったが、古閑は刹那が夫を密かに愛しているのを知っていた。報われない恋に傷つく刹那を見ていられず、「発情期」をやり過ごすための相手という建前で、古閑は兄の代わりに彼を抱き慰め続ける。だが兄夫婦の離婚が突然決まり、自暴自棄に陥る刹那に、古閑は——!?

LYNX ROMANCE

狼王《おおかみおう》～運命のつがい～

剛しいら　illust. タカツキノボル

898円
（本体価格855円）

勇猛な戦いぶりで恐れられているスペイン王の異母兄・アナシス。オスマン帝国に囚われた魅惑の歌声を持つガレーシャが同族の人狼だと気付き、番にするべく略奪する。一目で恋に落ちた彼と体を噛み合えば甘美な衝撃が貫き、番の証である同調によって身も心も繋がったかと思えた。だが生神として崇められて育ったがゆえ俗情に疎いガレーシャの心が掴めない。その隙を突くかのように人狼ハンターの銀弾がガレーシャを襲い…!?

LYNX ROMANCE

接吻契約《プロミス》

桃田りう　illust. 朝南かつみ

898円
（本体価格855円）

天涯孤独の真至は偶然にも精霊の碧が封じられた「印」を解いてしまう。迫られるままに契約し精気を得るためにと唇を奪われた真至。共に暮らすことになり重ねるごと深く淫らになる口づけに戸惑うが、碧との生活は拭えなかった孤独を癒してくれた。この温かな日々が続く事を願い始めた頃二人の前に「印」の管理者が現れる。人に害を加えた過去のある碧を危険視し、再び封印しようとする彼の圧倒的な力の前になすすべもなく…。

LYNX ROMANCE

恋《れん》愛《あい》禁《きん》猟《りょう》区《く》

火崎勇

illust. 小山田あみ

898円
（本体価格855円）

細身で押しの弱いの平井柚芽は、会社近くのカフェでよく見かける男に恋をしている。いつも窓際に座る彼を柚芽は密かに『窓際の男』と呼びこっそりと眺める日々を送っていた。嵐の日にもカフェを訪れた柚芽だったが帰りのエレベーターの中に停電で閉じ込められてしまう。幼少のトラウマから、閉所恐怖症で暗所恐怖症でもある柚芽は狭い室内で過呼吸に苦しむが、偶然乗り合わせていた『窓際の男』の熱いキスによって助けられ…。

LYNX ROMANCE

共《きょう》依《い》存《ぞん》

妃川螢

illust. 実相寺紫子

898円
（本体価格855円）

高校生の花邑史世は、事件に巻き込まれて記憶を失い、性格が一八〇度変わってしまう。以前とはうってかわり庇護欲をそそる史世の姿に、恋人であり黒龍会三代目総長の那珂川貴彬は喜々として世話をやく。しかし普段史世が一切表に出さなかったトラウマに気づき、心を痛める。そんなある日、一瞬記憶が戻りかけた史世は事件の真相に気づき、友人に危険を知らせるため家を抜け出すが、黒龍会の敵対組織に捕らえられてしまい…。

LYNX ROMANCE

空《そら》を抱《だ》く鳥《とり》

きたざわ尋子

illust. 陸裕千景子

898円
（本体価格855円）

長和製薬の創薬研究所に勤める充紘。恋人の久保寺の腕に抱かれて日々幸せを感じつつも、長和製薬が業界一位になったことを受けて激化する抗議団体の活動が気がかりだった。久保寺が不穏な周囲を警戒する中、隙を突かれた充紘は何者かに拉致されてしまう。殺人兵器を作るよう脅迫されるが、充紘は久保寺の助けを信じ、抵抗を諦めなかった。そして久保寺も、充紘を取り戻すためにある決断を下す――！　シリーズ最終巻!!

LYNX ROMANCE

恋《れん》愛《あい》記《き》憶《おく》証《しょう》明《めい》

名倉和希

illust. 水名瀬雅良

898円
（本体価格855円）

催眠療法によって記憶をなくした有紀彦の目の前には、数人の男。有紀彦は、今の恋人をもう一度好きになるためにわざと記憶をなくしたのだと教えられ、困惑する。その上、箱入り息子である有紀彦の自宅で、1カ月もの間恋人候補の三人の男たちと生活を共にするという。彼らから日々口説かれることになった有紀彦は、果たして誰を恋人に選ぶのか――!?　感動のクライマックスが待ち受ける、ハートフルラブストーリー。

LYNX ROMANCE

夜《よる》の乱入者《らんにゅうしゃ》

椹野道流　illust. 琥狗ハヤテ

898円
(本体価格855円)

トラウマから他人と接することに怯える小説家の和は、暑さにへばっていた黒猫を介抱した。以来通ってくるその猫・クロスケとの交流に安らぎを覚える和の前に突如、猫耳尻尾付きの全裸の男が現れる。自らをクロスケだと主張する彼は猫神様で、恩返しにきたという。仰天したまま押し倒され、気持ちいい恩返しをされてしまった和。ずっと傍にいると約束してくれたクロスケの温もりに包まれ、固く閉ざしていた心が癒されていき…。

LYNX ROMANCE

冷酷《れいこく》なる瞳《ひとみ》の伯爵《はくしゃく》

バーバラ片桐　illust. 小路龍流

898円
(本体価格855円)

天涯孤独の真名は、暴漢に追われていた男を命がけで助ける。偶然にも彼は幼い頃、飢え死にしそうな真名を救ってくれた、北久瀬伯爵家の後継者・彪武だったのだ。いつかご恩返しをしたいと願っていた真名は再会を喜ぶが、彪武はある事情ですぐに真名の元を去ってしまう。数年後、再び巡り会った彪武は、醜い相続争いから誰も信用せず、心を閉ざしてしまっていた。更に真名を覚えておらず、金目当ての男妾と誤解されてしまい…。

LYNX ROMANCE

よくある話《はなし》。

中原一也　illust. 朝南かつみ

898円
(本体価格855円)

冴えない中年オヤジの袴田俊樹は突然、元AV女優の妻に離婚を迫られる。その夜、バーで泥酔した袴田は、気づくと同じ会社の出世頭・池田優作と全裸で同衾していた。一夜の過ちで、モテる池田が自分に興味を持つわけがないと思っていたが、熱烈に口説かれる。全く理解できないまま、押しが強くAVが大好きだという池田に流され、様々なプレイを楽しむ仲に。だが偶然、池田が袴田の別れた妻のファンだと知ってしまい——!?

LYNX ROMANCE

夢《ゆめ》にも逢《あ》いみん

かわ有美子　illust. あじみね朔生

898円
(本体価格855円)

東宮となるはずが、策略により世から忘れ去られようとしていた美しい宮は、忠誠を捧げてこの世のすべてを与えようとしてくれる涼やかな容貌の公達・尉惟に一途な恋慕を抱いていた。だが、独占しつくさんとする尉惟の恋着ゆえの行いに、自分が野心のために利用されているのではないかという暗い疑念がきざしてしまう。濃密な交わりで肌を重ねてもなお、狂おしい想いを持て余す宮は…。

LYNX ROMANCE

夜《よる》に君《きみ》を想《おも》う

可南さらさ illust. 高宮東

898円
(本体価格855円)

弟のように可愛がっていた年下の幼なじみ・神嶋洋に告白された大学生の高沢千実。一途な恋情を向けられ、千実は自分も同じ気持ちだったことに気づく。だが、洋には決して知られたくない秘密を抱える千実は、彼を手酷く拒絶することしかできなかった。二年後、気まずい関係を修復できずにいた千実は、偶然洋に恋人がいることを知る。傷つく千実は、叶うことのない恋に終止符を打つため洋とある約束を交わし、関係をもつが——。

LYNX ROMANCE

幸《こう》福《ふく》の下《げ》僕《ぼく》

中嶋ジロウ illust. 葛西リカコ

898円
(本体価格855円)

目立つことを厭う大学生の室山沢は、風俗店を経営する蓮村克也に、男性相手にウリをしないかと誘われる。見た目も性格も地味な沢は、勧誘された理由もわからず、強引な克也に言われるまま、入店テストを受けさせられてしまう。克也によって身体を開かれた沢は、いたぶられることに激しい興奮を覚える。自分さえも知らなかった淫蕩な性癖に怯える沢だったが、優しい態度の中に傲慢さを滲ませる克也を拒絶することができず——。

LYNX ROMANCE

新装版
スキャンダル 上 下

水壬楓子 illust. 高座朗

898円
(本体価格855円)

養護施設で孤独に暮らしていた中野佑士は、セックスの相手をするかわりに不自由ない生活を手に入れる——そんな取引で代議士・秋津祥彰の養子となった。無垢な身体を開かれ蹂躙されながらも、どこかやさしい祥彰の腕に孤独だった佑士の心は癒されていく。そんなある日、佑士は祥彰の政敵に誘拐されてしまう。見知らぬ男達から輪姦・陵辱され、佑士は祥彰の政治生命を断つために嘘の証言を迫られるが…。

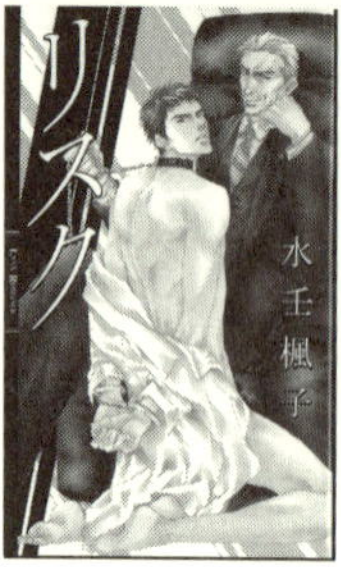

LYNX ROMANCE

リスク

水壬楓子 illust. 高座朗

898円
(本体価格855円)

捜査二課に身を置く城島高由は、政財界にかなりの影響力を持つ政治家の久賀清匡と8年前から身体の関係を持っていた。愛されている実感も持てない愛人という立場の関係に心痛を覚え始めた城島は、誘われるまま、上司でキャリアの管理官・高森一穂を抱いてしまう。その後も度々誘いを受け、好意を向けられるが、片時も久賀のことが頭から離れずにいた。そんな中、城島は久賀が他の男を抱いたことを知ってしまい——!?

LYNX ROMANCE

新装版
殴《なぐ》る白衣《はくい》の天使《てんし》

篠崎一夜　illust. 香坂透

898円
(本体価格855円)

新米外科医の如月侑那は、天才と評される正宗誠一郎の指導のもと日夜勤務に励んでいた。優秀で誰からも慕われる正宗は、如月にとって尊敬してやまない存在だったが、ある日、彼の卑劣な行為を偶然目撃する。正宗の悪びれない態度に怒りを覚えた如月は思わず殴るが、謝罪を兼ねた食事に誘われ、戸惑いながらも応じてしまう。しかし飲食中、いつしか意識を失ってしまった如月が次に目を覚ますと、なぜかホテルの一室で——!?

LYNX ROMANCE

タイトロープ ダンサー STAGE4

久能千明　illust. 沖麻実也

898円
(本体価格855円)

グイドとバサラの強引な誘いにより、司令官奪還作戦に協力することになったカイと三四郎。しかし敵の罠によって作戦は失敗に終わってしまう。戦いと混乱の中、カイは精神に重大な傷を受けて意識を失ったまま戦場を後にした。一方三四郎は、拘束されたグイドを救おうとするサーシャと共に基地に残り、密かに作戦の準備を進めていたが……。『青の軌跡』シリーズ第12弾!!

LYNX ROMANCE

タイトロープ ダンサー STAGE5

久能千明　illust. 沖麻実也

898円
(本体価格855円)

リマル中継基地に潜入していた三四郎は、「心の死」を乗り越えたカイと再会し、司令官奪還作戦を決行する。しかし、幾多の障害を乗り越えてグイドを救いだし、司令官の救出に向かった二人の前にさらなる困難が!! 絶体絶命の状況の中、残酷な決断を迫られたカイと三四郎が取った行動とは!? そして全てが終わった後、彼らを待ち受けていたものは——。『青の軌跡』シリーズ、堂々の完結!!

LYNX ROMANCE

瞬《またた》きとキスと鎖《くさり》

きたざわ尋子　illust. 緒田涼歌

898円
(本体価格855円)

旅行先で暴行されそうになり、逃げ出した佑也は、憧れていた元レーサーの滝川に助けられた。彼が滞在予定のホテルに泊めてもらった夜、礼にと身体を差し出すが、そのいたいけな姿に違和感を覚えた滝川に拒絶される。複雑な家の事情から、代償を求められることに慣れてしまっていた佑也。頑なになっていた心を包みこむような滝川の優しさに、戸惑いながらも想いをゆだねていく。しかし、何者かが佑也をつけ狙い始め……。

この本を読んでの
ご意見・ご感想を
お寄せ下さい。

〒151-0051
東京都渋谷区千駄ヶ谷4-9-7
(株)幻冬舎コミックス　小説リンクス編集部
「谷崎《たにざき》 泉《いずみ》先生」係／「麻生《あそう》 海《かい》先生」係

リンクスロマンス

真音 1

2009年5月31日　第1刷発行
2010年5月31日　第3刷発行

著者……………谷崎《たにざき》 泉《いずみ》

発行人…………伊藤嘉彦

発行元…………株式会社　幻冬舎コミックス
〒151-0051　東京都渋谷区千駄ヶ谷4-9-7
TEL 03-5411-6434（編集）

発売元…………株式会社　幻冬舎
〒151-0051　東京都渋谷区千駄ヶ谷4-9-7
TEL 03-5411-6222（営業）
振替00120-8-767643

印刷・製本所…共同印刷株式会社

検印廃止

ISBN978-4-344-81652-7　C0293
Printed in Japan

幻冬舎コミックスホームページ　http://www.gentosha-comics.net